미치다 열광하다

인쇄 · 2021년 5월 10일
발행 · 2021년 5월 17일

지은이 · 박소현
펴낸이 · 한봉숙
펴낸곳 · 푸른사상사

주간 · 맹문재 | 편집 · 지순이 | 교정 · 김수란, 노현정 | 마케팅 · 한정규
등록 · 1999년 7월 8일 제2-2876호
주소 · 경기도 파주시 회동길 337-16 푸른사상사
대표전화 · 031) 955-9111(2) | 팩시밀리 · 031) 955-9114
이메일 · prun21c@hanmail.net
홈페이지 · http://www.prun21c.com

ISBN 979-11-308-1788-0   03810
값 18,000원

미치다
열광
하다

박소현

나는 내 인생을 미치도록 열정적으로 살아올 수밖에 없었다. 쉰 살까지의 내 삶은 사적인 부분들을 제하고 셋으로 나누어진다. 강원도의 시골마을에서 태어나고 자라서, 파리로 유학한 뒤 거기서 내 이름으로 된 갤러리를 운영하였으며, 조국에 돌아와서는 공공문화예술 영역에서 공적인 일을 하고 있다. '강원도 촌닭'이 근대 문화예술의 본향이자 세계의 예술수도인 파리의 갤러리스트로 활약하다가 바야흐로 문화대국으로 발돋움하는 대한민국에서 '공공의 꿈'을 펼치고 있는 삶. 미치지 않고서는 미칠 수 없는, 불광불급(不狂不及)의 그것이었노라 감히 말한다.

동향 후배인 모 영화감독이 언젠가 말했다. "누나, 누나는 미술이 있다는 걸 어떻게 알았어요? 나는 어렸을 때 미술이 있는 줄도 몰랐는데, 재수하다가 알게 되어 미대에 입학했거든요." 인구 겨우 3천 명 남짓의 조그마한 시골동네에서 예술에 관심을 둘 리 없었다. 내 고향 영월은 강원도의 시골을 대표하는 동네, 그리고 내가 20여 년을 산 파리는 세계 문화예술의 중심지. 그러니까 영월과 파리는 상징적으로 문화예술의 가장 오지와 중심도시인 셈이다. '영월과 파리 사이', 거기에 사람이 있다.

이 책을 통해 나는 약 20년간의 프랑스 생활을 중심으로 유학 이전의 어린 시절부터 귀국 후의 공공활동까지 포함하여 예술 속에서 미치고 열광해왔던 나의 삶을 독자들과 나누고자 하였다. 나는 술라주, 비알라 등 세계 현대미술의 교과서에 나올 작가들이나 드니즈 르네 같은 전설적인 갤러리스트는 물론 신성희, 백영수, 김창열, 김병기 등 한국 근대미술 작가들과 교감하는 마지막 세대이기도 하다. 나는 이 책에서 때로는 이러한 대가들과의 인연을 흥미롭게 서술하고, 때로는 기존 비평에서 포착하지 못한 부분까지 주목하며 작품의 본질에 접근하고, 때로는 정책적 포부를 논의하고자 한다.

이 책은 나의 경험을 토대로 한 내 이야기이기도 하지만 같은 시대를 살아가는 우리의 이야기이기도 하다. 50대의 눈으로 보면, 요즘 세상은 각박해져서 어릴 적 느꼈던 정서나 향수는 점점 아득한 추억이 되어가고 있다. 요즘 20~30대는 조금만 더 열심히 하면 뭔가 새로운 세상이 펼쳐질 것 같은 희망을 품고 달리던 그 시절의 우리와 달리 매사에 부정적인 것 같다. 이 책을 읽으면서, 청년들은 이렇게 무지막지하게 살아온 아줌마도 있구나 하며 조금 더 용기를 내주면 좋겠고, 중년들은 이렇게 당신과 똑같이 평범한 시골 여자가 모든 걸 다 던지고 예술 하나를 찾아 바꾸고 만들고자 뛰는 모습에 주목해주면 좋겠다.

그래? 그렇다면 문화가 뭔지, 예술이 뭔지, 나도 한번 알아가볼까? 그런 생각으로 조금씩 책장을 넘겨준다면 성공이다. 문화예술. 21세기에 들어와 가장 많이 듣게 된 단어 중 하나인데, 그 정확한 의미는 과연 뭘까? 파리가 그리 대단한 도시도 아니고, 예술이 뭐 그리 고상한 사람들의 이야기도 아니다. 이 시대를 살아가는 우리의 이야기이고, 주인공은 나 자신이어야 한다. 우리에게는 유치하게 살아온 과거가 있고 몰라보게 달라진 지금이 있지만, 과거 자체를 유치하다고말 일도 아니며 그 바탕 위에 오늘이 있고 세련된 내가 있는 것이다.

최종적으로 원고를 정리하면서, 나는 초고를 준비하던 때와는 또다른 고민에 빠졌다. 어떻게 하면 책의 선택을 앞둔 독자들에게 이책을 펴내고자 하는 내 생각을 잘 전달할 수 있을까? 부연 설명을잔뜩 늘어놓으며 거창하게 목소리 높이는 방식에 이미 우리는 싫증이 날 대로 나 있으니 말이다. 며칠의 고민 끝에, 어깨에 너무 힘이들어간 권투선수처럼 굳이 뭔가에 얽매여 쓰기보다 그저 담담하게나의 고백을 하려고 한다. 듣기를 강요하지 않고 술술 이야기보따리를 풀어나가는 이야기꾼처럼. 그 가운데 독자들도 함께 미치고 열광할 수 있기를 바란다.

2021년
박소현

차례

미치다 열광하다

1

나는 누구인가?

나를 찾아서

‘똥지’는 내 어릴 적 별명이다. 아니, 정확하게 말하자면 그건 아니었다. 사실 내 별명은 ‘꼭지’였다. 남아선호사상이 팽배했던 당시, 딸부잣집에는 흔히 종말, 말자, 후남, 꼭지 같은 이름의 딸이 있었다. 이제 딸은 그만 낳고 꼭 아들을 보려는 바람으로 주로 막내딸에게 지어주던 이름들인데, 그 가운데 나는 ‘꼭지’가 되었던 것이다.

그런데 몇 살밖에 터울이 나지 않는 바로 위의 언니가 문제였다. 나를 부를 때 제대로 ‘꼭지’라고 발음하지 못해서 ‘똥지’라 했고, 그게 그대로 굳어지고 말았다. 지금도 친정엄마는 우리 시골동네에서 ‘똥지 엄마’로 통한다. 나 외에는 별로 특별난 별명을 가진 아이들이 없기도 했고, 또 그만큼 내 유년이 유난하기도 했다는 뜻일 것이다.

이처럼 나는 이미 태어날 때부터 환영받기보다는 여자라는 이유로 능력과는 아무런 상관도 없이 남자에게 밀리는 인생이 되었다. 그런 시골에서 자란 내가 어떻게 파리에서 20년을 살았는지 묻는 사람들이 참 많았다. 모파상의 소설『여자의 일생』이 떠오를 만큼 암울한 시대를 살았던 여자였으니, 그런 궁금증들도 당연했다.

나는 내 책을 통해, 여전히 진행형인 미해결의 과제들을 안고 있는 이 세상에 당당히 맞서고 있는 내 인생을 여러분과 나누고 싶다. 이미 21세기를 살고 있는 우리가 다시는 느끼지도 못할 한국적 정서로 그것을 풀어나갈 것이다. 그리고 '어떻게 살아야 잘 사는 삶인가?'를 끊임없이 고민하는 많은 분들과도 내 삶을 나누고자 한다. 아버지는 심심하면 "우리 때는 말이야"로 시작하여 한국전쟁 이야기를 꺼내고 군대 이야기로 마무리하곤 하셨다. 내 이야기들은 그 시절의 추억 회상용이 아닌, 이 시대의 우리들이 함께 공감하며 새로운 세상 앞에서 더 당당해지는 화제가 되기를 기대한다.

나는 5년 전 약 20년간의 프랑스 생활을 마치고 고국으로 돌아왔다. 프랑스로 떠나면서부터 지금까지 약 25년. 사반세기의 그 시간 동안, 나 자신도 알지 못하는 그저 막막한 예술이라는 세계 속에서 예술가들과 함께 살아왔다. 예술기획 혹은 예술경영 등, 작가로서 직접 창작하는 길을 떠나 그저 예술과 함께하는 것이 나의 운명이라고 생각했던 것 같다.

어린 시절부터 꿈꿔왔던 그 어렴풋한 세상이 바로 내가 생각하는 세상이라고 믿었던 것 같다. 그 세상을 꿈꾸며 나는 참 많은 세월을 서울에서 파리로, 혹은 다른 여러 나라들로 떠돌았다. 그러나 이제는 그 세상은 다른 어디에서도 찾을 수 없는, 바로 내가 서 있는 이곳임을 알게 되었다.

예술의 나라 프랑스에서 20년을 살며 가장 많이 들었던 단어는 'art'가 아닌가 싶다. 이 단어는 사실상 '문화'의 개념 속에 이미 포함되어 있는데, 우리 시대에 가장 많이 거론되는 단어 역시 '문화예술'이다. 그럼에도 불구하고 여전히 문화가 도대체 뭔지 모르는 사람들 또한 적지 않다.

내가 꿈꾸는 세상은, 예술 혹은 문화라는 말을 특정인들끼리만 들먹이는 단어로 모셔두는 세상이 아니라, 일상 가운데서 누구나 자기도 모르는 사이에 이미 문화 속에 묻혀 사는 세상이었다. 미술관에 걸려 있는 오래된 미술품들은 보존을 위해 만지지 말아야 하지만, 굳이 미술관의 모든 작품들을 만지지 못하게 할 이유 또한 없다. 미술이라는 장르 속에는 보존해야 할 작품이 있는 한편, 재료에서 나오는 단단한 표현감을 느끼려면 보는 것만으로는 부족한 작품들도 상당히 많다.

미술관의 문턱 또한 더 낮아져서 더 다양한 사람들에게 공감을 주는 일도 필요하다. 예술가들의 작품이나 행위에 대해 감동하는 시대를 넘어, 평범한 일상 속에서 누구나 함께 느끼며 즐길 수 있는 '행복 공간'이 되어야 하는 시대가 왔다. 소극적인 감상이 아니라, 작품 수용 과정을 통해 자신이 어떻게 생각하고 느끼는지가 더 중요해진 것이다. 누가 비싸고 좋다고 말해서가 아니라, 자신만의 이유로 좋아하는 공간과 예술에 다양하게 접근할 수 있도록 모두 미적 감수성을 언제나 열어두는 그런 세상.

2020년 가을. 나는 내 인생의 또 다른 막을 열기 위해 다시 꿈틀거리기 시작했다. 달력 한 장을 남겨두고 오십을 바로 코앞에 둔 시점에서 나는 내 인생의 2장을 막 시작했다. 모든 것은 때가 중요하다. 그리고 그 '때'는 언제나 바로 이 순간을 가리킨다. 과거는 이미 지나갔고 미래는 아직 닥치지 않았다. 지금! Maintenant! Now! 내가 무엇인가 할 수 있으므로 그 모든 것을 결정짓는 때는 언제나 지금인 것이다.

어느 회전초밥집에서 본 일이 생각난다. 할아버지 한 분이 몇 번이고 근처를 맴돌더니 반대편 자리에 앉으셨다. 걸음걸이가 불편해 보이는 걸로 봐서 아마도 여든은 훨씬 넘으신 듯했다. 그리고 한참 뒤, 누군가 계산하는 소리가 들렸는데 아까 그 할아버지였다. 연신 "괜찮아요, 괜찮아요." 하는 직원의 말은 되레 뭔가 문제가 있음을 알리고 있었다. 할아버지의 테이블에는 몇 번 씹다가 뱉은 듯한 새우 몇 마리가 보였다. 새우초밥을 시켜 밥만 겨우 드시고 정작 새우는 남기신 것이다. 할아버지는 너무 초밥이 드시고 싶으셨으나 그 치아 상태로는 도무지 씹을 수 없으셨나 보다. 주머니에 돈은 있으나 삼킬 수 없으니 모든 맛있는 것들이 그야말로 그림의 떡이 된 할아버지.

그렇다면 지금 내가, 그리고 나와 내 가족이 행복할 수 있는 일은 무엇일까. 지금 내가 할 수 있는데 지나치고 있는 일은 없을까. 오랜 시간이 지나도 후회하지 않을 일들을 찾는 것, 그것이 바로 지금 나의 행복의 첩경일 것이다.

그런 의미에서 이 책에 실은 글들이 누군가에게는 새로운 시작의 동기를 부여하는 작지만 강한 속삭임이 되기를 바란다. 예술 분야에 종사하면서 나는 참으로 많은 사람들을 만났다. 예술가들과 컬렉터들, 그리고 공무원들과 정치인들을 만나는 것이 내 일의 주요한 부분이었기 때문이다. 내가 이 책에서 펼쳐갈 이야기를 들려주고 싶은 대상 또한 바로 이 세 부류의 사람들이다.

첫째, 예술가들은 왜 자신이 예술을 하는지에 대해 제대로 고민해볼 필요가 있다. 작가의 상상력은 자유롭지만 시대정신을 무시하고서 설득력을 얻기는 어려운데, 이 둘 사이의 변증법적 교호 과정을 고민해야만 어떤 정신적 깊이와 높이에 도달할 것이다.

둘째, 예술을 사랑하고 또 필요로 하는 사람들은 그러한 창조 작업을 의미화하고 가치를 부여하는 자기 역할을 자각하고 행동화해야 한다. 20년의 프랑스 생활 동안 출중한 능력에 비해 제대로 날개를 펼치지 못하는 안타까운 이들을 많이 보았는데, 원석을 발견하고 빛나게 하는 사람들이 소중한 이유이다.

셋째, 문화예술에 관심이 있는 정치 지도자들은 한국인이 지닌 무한한 끼를 세계화시켜 국제사회에 우리 한국의 예술이 돋보일 수 있도록 나서주는 역할을 해야 한다. 이러한 일을 잘 뒷받침해주는 지도자야말로 틀림없이 우리나라를 문화강국으로 이끄는 멋진 정치인이 될 것이다.

나는 지난 사반세기 동안 문화예술을 둘러싸고 한편 희망과 가능성을 보았고 한편 절망과 안타까움을 겪기도 했다. 제3자의 시각으로 바라본 국내의 모습들을 덤덤하고도 현실감 있게 이야기하겠지만, 내가 만난 모든 이들이 각자의 영역에서 최대의 역량을 펼쳐 보일 수 있기를 바란다.

나는 누구인가? 이제 막 사회생활을 시작하던 무렵부터 지금까지 나는 그에 대해 질문했다. 가톨릭의 청년 프로그램인 '선택'을 이수하면서 조금 더 나 자신에 관심이 많아졌고, 스스로를 조금은 더 잘 알게 되었다. 영혼의 깊은 연못을 들여다보는 것은 쉽지 않지만, 내면의 여행을 할 때마다 생명의 물을 길어올리는 청량감을 느끼기도 했다. 복잡한 경쟁사회 속에서 어떻게 잘 살 것인가를 고민하는 첫걸음 또한 '나를 알아가기'가 아닐까 싶다.

나는 결코 특별한 사람이 아니다. 이 책을 집어 든 당신처럼 아주 평범한 가정에서 평범하게 살아온 사람일 뿐이다. 내가 당신과 어쩌면 조금은 다를지 모르는 점은 단 하나다. 아주 조금 더 용기가 있었고, 그래서 두려워하지 않는다는 점. 솔직히 말하자면, 이렇게 사나 저렇게 사나 마찬가지라면 차라리 내가 하고 싶은 대로 살다가 죽어야지 하는 마음이었다. 그렇게 나는 현실을 박차고 더 넓은 세상으로 떠났다.

프랑스로 가서 내로라하는 미술학도들이 모이는 파리에서 유학을 마치고, 갓 학교 밖으로 나온 또래의 젊은이들처럼 방황할 겨를도 없이 사업을 시작했다. 200장짜리 비즈니스 계획서를 써서 현지 은행들의 지점장을 찾아가 인터뷰한 결과, 파리 한가운데 마레(Marais) 지역에 있는 건물을 내 이름으로 살 수 있었다. 한 달에 몇백만 원씩의 원리금을 상환해가며 그 건물이 완전한 내 소유가 될 때까지 하루에 딱 세 시간을 잤다. 그림 파는 일이 누군가에게는 쉬울지 모르나, 한 점의 그림을 팔기 위해 내가 노력하고 투자한 시간들을 지켜본 사람이라면 그렇게 쉽게 말할 수는 없으리라. 그러한 시간들을 보내고 나의 정체성을 찾아 고국으로 다시 돌아온 것이다.

나는 강원도 시골마을에서 태어났다. 그것도 열 명에 가까운 식구가 조그마한 집에서 올망졸망 전쟁처럼 살던 2남 4녀 중 막내딸이다. 친정어머니는 위로 딸 셋을 낳을 동안 아들 못 낳는다는 이유로 수많은 수모와 구박을 당하셨다. 할머니는 기력이 있으실 때는 당신의 막내딸 집에서 식모처럼 집안일 하시다가 돌아가실 때 다 되어서 그 구박했던 며느리의 손에 거둬지셨다. 게다가 큰아버지의 행방불명으로 우리 집에서 떠맡게 된 큰집 사촌형제 둘까지, 내가 자라던 동안은 열 명이 넘는 대가족이었다.

이런 내가 예술을 이야기할 수 있었을까? 당연하다! 나는 당당하게 대답할 것이다. 예술이란, 고귀한 집안에서 몇억짜리 그림을 벽에 걸어두고 우아하게 얘기하는 사람들을 위한 것이 절대로 아니기 때문이다. 서양에서 그림의 근대적 거래가 처음 이루어지던 무렵, 누군가를 기억하기 위해서는 그림을 그려 남길 수밖에 없었다. 뒤이어 사진기가 나오자 화가들은 절망에 빠졌으나, 다행히도 그 시대에 안주하지 않고 그 너머를 간파했던 화가들이 나타나지 않았던가. 고전주의, 낭만주의, 자연주의, 사실주의, 인상주의. 그렇게 변해오며 화가들은 시대를 함께해왔고, 여전히 화가들로 존재한다.

그렇다면 우리 시대의 예술가들은 어떻게 살 것인가? 또한 예술을 사랑하고 지지하는 사람들은 어떻게 살 것인가? 문화예술을 화두로 이 시대를 함께 살아가는 나와 당신, 어떻게 시대의 요구에 정직하고 성실하게 대면할 것인가. 그리고 어떻게 이 시대 너머 저편에서 다가오는 새로운 물결에 창의적이고 슬기롭게 대처할 것인가. 함께 고민하고 나누어보자. 모쪼록 이 책이 그러한 장을 마련하는 데 하나의 출발점이 되기를 바란다.

유년의 기억

우리는 누구나 자신이 누구일지 궁금해한다. 그래서 자신의 정체성에 대해 자문하지만, 그러한 자기 질문은 종종 자아의 본질에 대한 궁금증으로 이어진다. 나는 누구일까? 자아란 무엇일까? 우리 각자는 어릴 때부터 지금까지 하나의 독립된 동시에 연속된 개체로서 존재한다고 믿는다. 우리의 몸은 약 5년의 시간이 경과하면 그 이전에 우리 몸을 구성하는 물질성분이 다 바뀌는데도 말이다. 그럼에도 불구하고 우리가 태어나서부터 지금까지 쭉 '나'로서 존재해왔다고 믿는 근거는 무엇일까. 그것은 곧 기억이 아닐까.

자아란 기억의 총체이다. 자신을 인식하고 자신이 어떤 존재인지 깨닫기 위해서는 기억이 필수적이다. 나는 오래전 어릴 때 일어난 일부터 남들은 그냥 지나쳐버릴 세세한 일까지 잘 기억하는 편이다. 지금부터 시작될 내 이야기들의 첫머리에서 몇 개의 기억들을 소환

해낼 것이다. 『잃어버린 시간을 찾아서(À la recherche du temps perdu)』[1]에서 주인공이 기억을 통해서 자아를 찾는(확인하는) 것처럼. 서로 떨어져 있으면서 중첩되어 있기도 한 그 기억들. 먼저, 내 유년의 기억 하나를 떠올려본다.

나에게 할머니의 죽음은 유년의 상처이다. 그러나 그것은 슬픔이 아니라 원망이다. 어린 내가 그렇게 미워하도록 해서 죄를 짓게 만들고, 정작 당신은 홀연히 훌훌 죽음의 세계로 떠나버렸던 우리 할머니.

우리 집은 고등학교에 진학하는 친구들이 한 반에 겨우 절반 정도였던 시골동네에서 '계집아이'들을 대학까지 보낸 정말로 드문 경우에 해당했지만, 남아선호의 정도는 심했다(할머니는 아들을 못 낳는다고 엄마를 싫어하셨고 당신의 딸네 집(작은고모네)에서 사셨다). 우리 집은 동네에서 딸부잣집으로 유명했다. 아들을 낳기 위한 엄마의 끈질긴(?) 노력으로 나는 딸부잣집의 막내딸로 태어났고, 나를 낳고 아들을 봤다고 하여 나는 '복댕이'로 불리기도 했다.

그러나 할머니에게는 나라는 계집애는 손주도 아니었다. 나와 세

---

1 마르셀 프루스트(Marcel Proust)의 장편소설. 미술작품과 미술사적 지식을 동원한 치밀한 묘사법이 흥미로우며, '문장으로 그린 풍경화'라는 평가도 있다. 예컨대 '노을이 진다.'라는 표현을 "지금 이토록 슬픈 빛으로 빛나는, 마치 보닝턴(Richard Bonington)이 그린 〈아드리아해〉처럼 한쪽에서 다른 한쪽으로 차차 어둠이 태양을 쫓아가는 형국의 하늘은 그 그윽한 풍광 속에서 아스라이 사라져갔다."라고 묘사하였다. 보닝턴은 베네치아파의 영향을 받은 영국의 낭만주의 화가이다.

살 터울인 바로 밑의 남동생에게는 땅콩 박힌 알사탕을 봉지째로 쥐여주면서도 나나 언니들에게는 단 한 알도 주지 않으셨다.

내가 한 예닐곱 살 정도였을까? 우리 집 앞에는 꽤 턱이 높은 도랑이 흐르고 있었는데, 그날도 동생은 손아귀가 터져라 사탕 봉지를 움켜쥐고는 나에게 자전거를 밀어주면 사탕을 한 알 주겠노라고 했다. 그 알사탕 하나를 얻어먹기 위해 나는 동생의 세발자전거를 힘차게 밀었다. 내 얼굴은 발갛게 달아올랐을 것이다. 동생은 더 세게, 더 세게를 외쳐댔고 나는 그 사탕 한 알에 머리를 아예 바닥으로 떨구고 있는 힘껏 두 발을 굴렀다.

세 살 어린 동생이 그 속도에 핸들을 잡기 힘들었던지, 우리 둘 모두 꽤 높은 높이의 도랑 아래로 처박혀버렸다. 예닐곱 어린 마음에도 내 몸의 상처나 아픔보다도 동생 머리에서 흐르는 붉은 피에 순간적으로 두려움이 앞섰다. 엄마는 버선발로 뛰쳐나오셨는데, 동생 외에는 아무것도 보이지 않았음에 분명했다. 겁에 질린 내 등짝을 찰싹 소리가 들릴 정도로 후려쳤다. 그 짧은 순간, 등짝을 맞는 고통보다 더 마음이 아팠던 것은 내 존재 전부를 모조리 철저하게 무시당했다는 느낌이었고, 그에 따라 복받치는 설움이었다. 아마도 그런 이유로 어릴 적 그 기억이 지금까지도 너무나 생생하게 내 기억 속에 자리 잡고 있는가 보다.

그날 이후로 나는 내가 여자인 것이 싫었다. 남자였으면 좋겠다고 생각했고, 남자인 척, 더 씩씩한 척 행동하며 유년시절을 보냈다. 사춘기에 접어든 여학생이라면 누구나 관심 있을 스커트, 거울을 보며 자신을 치장하는 모습 등은 나와는 전혀 상관없었다. 일부러 남자아이들과 주먹치기로 싸우고 남자아이들을 때려눕히기도 하며 그 녀석들보다 훨씬 더 씩씩하다는 걸 보여주고 싶어 안달을 했다. 타 지도 못하는 신사용 자전거를 사주지 않으면 밥을 굶겠노라고 내 방 문을 걸어 잠그기도 했다.

그 시절의 나를 기억하노라면 지금도 마음 한편이 많이 저려온 다. 유교 집안에서 태어났으면서, 여덟 살짜리 아이 혼자 성당을 찾 아간 것도 그러한 영향이 컸다. 성당 안에서는 외롭기도 하고 고아 가 된 듯한 느낌도 들었지만, 오로지 나 자신의 모습으로 앉아 있을 수 있었던 그 순간이 참 좋았다.

그렇게 혼자서 성당과 인연을 맺고, 교리 공부도 스스로 요청하 여 시작했다. 마침내 첫 영성체를 하게 되었을 때, 우리 집안은 가톨 릭이 아닌지라 그 준비도 혼자 알아서 했다. 엄마에게 첫 영성체를 받아야 하니 하얀 옷을 사달라고 할 수도 없었다. 조용히 아무도 모 르게 옷장을 뒤져보니, 마침 하얀 합창단 블라우스가 있었다. 첫 영 성체를 받던 그날은 토요일이었고, 마침 가을 운동회가 있던 날이었 다.

운동회를 마친 뒤 합창단 블라우스를 입고 가서 첫 영성체를 받 은 기억이 지금도 생생하다. 또래 친구 중에는 공주를 연상시키는 하얗고 예쁜 드레스 비슷한 옷을 입은 아이도 있었지만, 나는 아무 도 돌봐주지 않아 꼬질꼬질한 땀자국에 노란색 운동복이 비치는 흰 색 합창단 블라우스 차림이었다. 그렇게 찍힌 첫 영성체 사진을 보 면 여전히 먹먹한 유년시절의 기억이 스멀스멀 올라온다. 나는 도대 체 뭘 찾으러 그 어린 나이에 혼자 성당에 갔던 것일까?

나는 누구일까? 나는 왜 여자일까? 왜 나는…? 언제나 스스로에게 묻고 또 물으며 사춘기를 보냈다. 자전거를 타고 아침부터 저녁까지 온 동네를 헤매고 다니며 나의 정체성에 대해 생각했고, 나에게는 덤비지도 못하는 비겁한 머슴애들조차 꼴에 남자라고 아들아들 하는 그 시골 촌구석을 떠나고 싶었다. 나는 꼭 나의 꿈을 펼칠 수 있는 곳으로 훨훨 날아가고야 말리라.

소년기에 접어들자, 나를 표현할 수 있는 미술이라는 통로를 발견하게 되었다. 물론 그 시골에서 엄마가 나를 미술학원에 보내줄 리 없었다. 경제적인 여유는 있었지만, 예술교육을 시켜야 한다는 인식은 없었던 것이다. 세 살 터울의 바로 위 언니는 나와는 다르게 거짓말도 않고, 떼쓰지도 않고, 말도 잘 듣는 순둥이 딸이었다. 당연히 엄마는 언니가 해달라는 것은 다 해줬다. 언니가 피아노 치기를 좋아하자 엄마는 언니를 피아노학원에 보내주었다. 그런 엄마에게 반항하며 시작한 것이 바로 그림이었다.

"엄마, 선생님이 나 미술학원 다니래!"

엄마가 조금만 생각해봐도 그게 사실이 아님을 금방 알았을 테지만, 당시 엄마는 바빴다. 그냥 알아서 다니고 학원비나 주면 된다고 생각했던 것 같다. 그렇게 미술학원을 다니며 그림이라는 세계를 알아가기 시작했다. 주말이나 방학이면 서울의 유명 대학에 들어간 선배들이 내려와 후배들을 지도해주기도 했다.

그림의 세계는 참으로 신기하고 묘했다. 밤새도록 아그리파, 줄리앙, 비너스, 아폴로, 세네카, 아리아스 등 신화와 역사 속 인물들의 석고상을 '톰보우' 4B연필로 그려낼 때. 고요한 밤 가운데 울리는 연필 소리는 참으로 신비스러웠다. 알 수 없는 어떤 미지의 세계로 향하는 꿈의 마지막 문턱을 넘기 위해 모두들 미친 듯이 연필 소리를 냈고, 그 소리는 새벽까지도 계속되었다. 집에 가는 시간조차 아까우면 다 같이 화실 바닥을 대충 쓸고 밀걸레로 한번 닦은 후, 연필가루로 시꺼메진 촌스러운 담요들을 마구 바닥에 깔고 다같이 붙어서 잠시 잠을 청했다.

무엇이 서러운지 한 명이 훌쩍이는 소리를 내면 그 어둠 속에서 함께 소리를 죽여가며 흐느꼈다. 그렇게 훌쩍이는 소리가 여기저기에서 들려오기 시작하면 우리들 그림을 봐주던 강사 선생님이 어느새 옆방에서 그 소리를 눈치채고는 엄격하고 단호한 목소리를 내셨다.

"조용히 해! 잠들 자라고 했지!"

그래도 훌쩍임이 계속되자, 급기야는 불을 켜고는 말씀하셨다.

"얘들아, 한 십 분만 소리 내서 울고 자자."

강사 선생님은 우리들을 모두 안아주며 함께 엉엉 소리 내어 울어주셨다. 그러노라면 경쟁하던 미운 아이들도 어느새 내 옆에서 함께 눈물을 흘리고 있었고, 미운 마음도 모두 그 순간만큼은 사그라졌다. 눈이 퉁퉁 부어터지도록 울며 보냈던 그 새벽은 지금도 잊히지가 않는다.

그 시절에는 참 힘들었지만, 지금 생각해보면 화실의 추억은 그림이라는 예술의 세계로 들어가는 첫걸음이었다. 힘겹게 살기 위한 예행연습이었다고 할까. 그 힘겨움은 바로 나 자신을 위한 치유이며, 동시에 타인을 치유하는 힘의 원천이 되는 내 상처를 끌어올리기 위한 출발이었는지도 모른다. 왜 예술을 선택했을까? 왜 비싼 돈을 들여가며 그렇게 고통스러운 선택을 했을까? 도대체 뭘 찾기 위해서 예술을 선택했는지, 살면서 조금씩 답을 찾고 있는 것인지도 모르겠다.

인간은 누구나 상처를 받으며 살아간다. 상처받지 않는 삶은 진짜 살아 있는 삶이 아닌 것이고, 그러므로 치유 역시 인간의 몫이다. 그렇다면 이 치유는 어떻게 해야 할 것인가? 상처를 주는 사람과 상처를 받는 사람은 따로 정해져 있지 않으며, 때로는 내가 상처를 입히기도 하고 또 때로는 치유해주기도 하며 살아간다. 위로 받아야 할 많은 사람들은 각자 자기 방식대로 위로받고 싶어 하지만 대부분은 그와 다른 방식으로 치유받을 수밖에 없다.

그 가운데 있는 것이 바로 예술이 아닐까? 실컷 울고 나면 가슴이 후련해지기도 하고, 한바탕 웃으며 수다를 떨고 나면 기분이 좋아진다. 카타르시스나 신명풀이처럼 남들의 울음과 웃음을 보고 치유받기도 하고, 스스로 울고 웃으며 치유되기도 한다. 또는 나의 울음과 웃음으로 남들을 울리고 웃길 수도 있다. 그 모두가 예술의 씨앗이고 예술의 열매가 된다. 거창하게 예술을 논하지 말자. 예술은 그 자체로서 이미 누군가를 치유한 것이며 앞으로도 많은 사람들을 치유할 것이다.

예술과 상처, 또는 예술과 치유의 관계에 대해 생각해본 사람이라면 내 이야기가 무엇을 말하고 있는지 감을 잡았을 것이다. 많은 예술가들은 우리와 같이 아주 평범한 삶 속에서 영감을 얻는데, 그 영감은 유감스럽게도 기쁨보다는 상처 내지는 고통에 관한 경험들로 비롯되는 경우가 많다. 그 고통 속에서도 살아내야 할 과제를 안은 많은 위대한 화가들은 그 고통을 이겨내기 위하여 예술로써 표출하며, 그 과정을 통해 치유를 경험한다. 그 상처는 평생을 그렇게 표출해도 완전히 치유되지 않는 경우도 많을 것이다. 따라서 예술은 그들이 살아가기 위한 하나의 비상구 역할을 한다. 그리하여 예술은 특별한 그 무엇이 아니라 우리 삶의 한가운데, 모두의 가슴속에 존재한다. 표현하고 싶은 욕구, 표출해버리고 싶은 욕망의 도구인 것이다.

죽음 체험

'조상'은 나이 든 동네 떠돌이인 '망태기 할아버지'였다. 조상이라는 호칭은 예컨대 '나카무라상' 할 때와 같이 일본식 존칭에서 유래된 것으로 짐작된다. 그러나 물론 동네 사람들이 존경의 뜻을 담아 그리 부른 것은 아니었다. 지금 기억하기로, 그는 한국전쟁 때 월남했던 사람인 것 같다. 그는 거리에서 고철을 주워 망태기로 넘기며, 귀신 붙었다고 동네 사람 누구도 가지 않던 버려진 동네 성황당에서 살았다.

어느 날부터 부상을 입었던지 앉은뱅이 자세로 다리를 질질 끌며 동네 이곳저곳을 헤매며 짐승처럼 살기 시작했다. 남의 집 앞에 대변을 보고 덮어놔서 동네 어른들한테 구박을 받기도 했다. 짓궂은 동네 녀석들은 그가 눈에 띄면 뒤를 졸졸 쫓아가며 '조상'이라 부르면서 놀리고, 심지어는 돌 같은 것들도 던졌다. 어쩌면 나도 그 가운데 섞여 있던 개구쟁이였을 것이다. 때로는 자기네 부모에게 발각되어 등짝을 두들겨 맞으며 집으로 끌려가는 아이들도 종종 있었다.

기억을 되짚어보면, 당시의 내 나이는 겨우 서너 살이었다. 그 시절의 기억이 쉰이 된 나에게 너무도 선명히 남아 있는 이유는 아마도 그 기억이 '상처'가 되었기 때문이 아닐까. 정확하게 뭘 잘못하고 있는지는 모르지만 뭔가 나쁜 짓을 하고 있음은 알면서도, 내가 속한 그 무리에서 튕겨져 나가서도 안 될 것 같아서 그 일에 동참했을 때. 폭력은 물론 당하는 사람에게 상처가 되지만, 그것을 행하는 사람 또한 상처를 입게 된다는 것을 배우는 데는 참으로 긴 시간이 필요했다. 아홉 살 터울의 큰언니와는 가끔 옛날 일을 얘기한다. 서너 살 내 머릿속의 기억과 열서너 살 큰언니의 감정들이 일치한다는 사실에 우리는 둘 다 놀란 적이 있다.

어느 햇볕이 쨍쨍 내리쬐는 여름날, 동네 아이들이 마구 소리를 질렀다.

"조상이 죽었다!"

"조상이 죽었다!"

죽음이라는 것을 경험한 적이 없던 어린 시절, 그의 죽음은 내가 접한 첫 죽음이었다. 한 떠돌이 노인의 무참한 죽음. 지금도 그처럼 비참하게 생을 마감하는 사람들이 또 있을까 싶다. 이미 동네 어른들은 산처럼 쌓인 흙더미 옆에 열사병인지 영양실조인지 모를 병으로 죽은 '조상'의 시신을 가마니로 덮어두었다. 그러고는 그의 장례를 어떻게 치를 것인가에 관한 이야기를 나누었던 것으로 기억한다. 급기야 그의 시신은 몇몇 어른들의 주도로 산 언저리 어딘가로 상엿

소리와 함께 사라졌다.

동네에서 그를 위해 크게 해줄 것은 없었다. 그렇지만 모두 다 어렵게 살던 그 시절에 작은 시골마을로 흘러들어온 그였음에도 불구하고 누군가 항상 먹을 것을 가져다주었다. 누가 먹을 것을 가져다주면, 그는 늘 자기 밥그릇 안에 부어달라고 손짓을 했다. 모두 자신을 꺼린다는 걸 알기 때문에 음식을 가져다준 그 사람에게 고마워하며 더러운 자신의 손을 묻히지 않는 것이 그 사람을 위하는 일이라 생각했던 것 같다. 그의 그릇은 사람의 밥그릇이 아닌 개 밥그릇과 같다는 느낌이 들었다.

똑같이 생명이라는 것을 부여받고 태어났을 터인데, 그렇게 떠돌며 개 밥그릇 같은 그릇에 얻어먹고 산 그의 삶은 왜 그래야만 했을까? 신은 정말로 존재하는 것일까? 그런 그의 시신을 실은 상엿소리는 슬픔보다는 울부짖음이었고, 너무나 한 맺힌 한 인간의 마지막 아우성이었다.

'조상'의 죽음과 그 상엿소리가 슬프게 들렸다고 기억하는 건 서너 살 먹은 나뿐만이 아니었다. 나보다 아홉 살이나 많은 큰언니도 똑같이 슬프게 기억하고 있었다. 그만큼 인간의 감수성은 나이 차를 넘어서는 보편성이 있는 것인데, 상엿소리의 가락 자체가 구슬프기 때문이라는 말 또한 보편적 감수성에 근거한다.

무덤이 있는 언덕으로 가던 좁은 잡초 길엔
풀꽃들이 지천으로 피어 있겠지.

김영동의 〈멀리 있는 빛〉은 신비감과 함께 과거의 그 슬픈 상여를 떠올리며 20대에 내가 즐겨 듣던 노래였다. 그 후 한동안 상여 가는 길의 울부짖음과 비슷한 소리를 담은 음악이 유행했다. 당시 화제작이었던 영화 〈서편제〉의 영향 또한 컸음은 물론이다. 현재는 과거의 기억으로부터 비롯되어 나를 나로서 존재하게 한다. 그 기억들이 켜켜이 쌓여 나의 정체성을 형성하며 흔적으로 남는 것이다. 그러한 과거의 기억들은 오늘의 나의 삶에 그렇게 자리 잡고 있다.

　과거의 기억을 통해 오늘의 나를 보곤 하는데, 그처럼 기억을 통한 과거와 현재의 교차는 일상 속에서 수시로 벌어진다. 몇 년 전 보았던 영화 〈유스(Youth)〉 또한 그러한 예이다. '경험의 동시적 현재화'가 서정의 본질이라 했던가. 기억 속에 갈무리된 과거의 경험들은 현재의 나에 의해 소환되어 언어화한다. 그런 면에서 우리 삶의 매 순간순간은 서정적이고 혹은 회화적이다.

살다 보니 이런 일도

이런 사람을 아시나요? 스스로 꺼낸 그 질문에 대답하며, 나는 내가 어떤 사람인지 점점 더 나의 과거를 되짚어 거슬러 올라가게 되었다. 강원도 시골에서 나고 자라서, 긴 세월을 파리까지 가서 살던 과정과 다시 귀국해서 서울에 정착한 지금까지 나의 과거를 둘러보며 조금씩 나를 찾아보았다.

이제 막 쉰 살이 되는 우리 세대에게는 누구나 기억할 굵직굵직한 사건들이 몇 개 있다. 젊은이들을 억지로 감금해놓고 물건을 강매하던 불법 피라미드 업체 사건, 세간의 이목을 모았던 이단교회 중 하나로 우두머리의 이름을 딴 J×× 사건, 사람을 납치해서 외딴섬에 팔거나 쓸모없으면 기름으로 짤지도 모른다는 엽기적인 소문까지 돌던 인신매매 사건.

일반인이라면 그중 하나라도 살짝 스치기조차 꺼릴 것이다. 그게 인지상정이다. 그런데, 그런데 말이다. 고등학생 때부터 20대 초

중반까지, 그 어린 나이에 세 사건을 모두 경험한 사람이 바로 나다. 우리 가족에게 말하면 '아, 그게 그 사건이었구나.' 하고 그제야 이해하게 될 수도 있다. 당시에는 나 또한 너무나 어린 나이여서 미처 몰랐는데, 나중에야 비로소 그렇게 어마무시한 사건들이었다는 걸 알았다.

인신매매범을 잡은 소녀

미술 공부를 시작한 고등학생 시절부터, 난 학원에서 데생을 하고 새벽 두세 시가 되어서야 집으로 귀가하곤 했다. 아빠의 귀여움을 독차지한 막내딸인지라, 아빠 승용차를 타고 등교도 하고 미술학원이 끝나는 새벽에도 아빠 차로 귀가했다.

아빠가 출장을 갔던 날이었을 것이다. 그냥 택시 타고 집으로 오라는 전화를 받았다. 여느 때와 다름없이 새벽 두 시 반에 미술학원에서 나와 큰길에서 택시를 타려고 골목길을 가로질러가던 중이었다. 저쪽 골목 초입에 흰색 포니 자동차가 라이트를 켜고 서 있었다. 위험한 상황을 경험해본 적 없는 나는 그 상황이 위험하다는 것을 인식하지 못한 채 계속 앞으로 발걸음을 옮겼다. 내가 그 근처에 거의 가까워져도 차는 움직이지 않았다. 마음속으로 생각했다.

'이야, 착한 아저씨구나. 내가 멀리서 오는 걸 보고 내가 다 지나간 후에 차를 돌려서 가려나 보다.'

그 골목은 평소에도 많은 차들이 돌려서 나가는 장소로 자주 쓰이는 곳이었다. 나 때문에 지체하는 고마운 아저씨가 조금이라도 시간을 아낄 수 있도록 서둘러 차 앞을 지나가려는 순간이었다. 끼이이익! 갑자기 포니가 나에게로 치달았다. 어, 하고 자연스레 발걸음이 뒤로 몇 발자국 움직여지고, 나는 골목 오른쪽에 줄지어 주차되어 있는 차들 쪽으로 걸음이 밀렸다.

눈 깜짝할 사이에 내 등 뒤엔 자주색 봉고차가 막아섰고, 앞쪽에는 나를 막 몰아붙인 흰색 포니가 내 무릎 바로 위 허벅지를 누르고 있었다. 단 한 발자국만 디디면 풀려나는 상황인데도 자주색 봉고차와 흰색 포니 사이에 끼어 움직일 수조차 없게 갇히고 말았다.

소도시의 겨울밤, 시내는 바람소리 외엔 아무 소리도 없는 적막감으로 가득 차 있었다. 죽을 때 죽더라도 할 수 있는 데까지 해보자! 소리를 지르려고 하는데, 이놈의 목소리가 안 나왔다.

"살려주세요! 사람 살려!"

평소에는 목청 좋기로 소문난 난데. 단지 한 마디, 많이도 아닌 딱 한 마디 말을 하려고 해도, 도무지 목소리가 나오질 않았다.

"ㅅ, ㅅ, 살려ㅈ…."

말 한마디도 채 못 하고 눈물이 마구 흘렀다. 이렇게 죽고 싶진 않았다. 뭐라도 어떻게 해봐야 할 것 같아서 손에 들려 있던 화구상자로 차를 내리치며 안간힘을 써보았다. 힘껏, 내가 낼 수 있는 온몸의 힘을 동원해서 내리치기 시작했다. 그러자 갑자기 내 몸속에서 어떤 용기가 났는지 목소리가 터져 나오기 시작했다.

"살려주세요! 도와주세요!"

온 거리가 떠나가도록 목청을 높여 소리지르기 시작했다. 차 안의 실내등만 조그마하게 켜두고 외부조명은 모두 끈 채, 포니의 악당은 내 허벅지를 점점 더 차체로 조여왔다. 내가 마구 소리를 지르며 차를 내리치는 동안, 오 맙소사, 길 건너편에 누군가 보였다.

"아저씨! 도와주세요!"

어쩌면 저기 서 있는 단 한 사람이 내 생명의 은인일지도 모른다! 그런 생각이 들어, 한 오라기의 실이라도 잡는 심정으로 아저씨를 애타게 불렀다.

"아저씨! 아저씨!"

그렇게 목청이 터져라 소리를 질렀는데, 이 광경을 지켜보던 그 아저씨마저도 이 상황이 너무 무서웠나 보다. 안절부절못하고, 이리 갔다 저리 갔다 어쩔 줄 몰라 하는 모습이 역력했다.

이 상황에선 분명 나를 도와야 하는 게 맞지 않는가? 이 세상에 남아 있는 정의는 뭔가? 순간, 이 상황이 종결됨과 동시에 난 죽어버리겠구나, 라는 절망감이 가득 차올랐다. 나를 구하지 못하고 자기 혼자 살려고 하는 저 나쁜 어른 놈까지, 내가 귀신이 되면 잡아버리고 말 테다, 라는 생각이 들었다. 나는 소리를 질렀다.

"예이 나쁜 놈아! 내가 죽어서 귀신이 되면 널 같이 데려가고 말 거야!"

"네 새끼도 데려갈 거고, 모두 데려갈 거야!"

그렇게 막말을 퍼부어대자, 그 말이 뜨끔했던지 건너편 아저씨가 멈칫멈칫거리더니 무언가를 생각해낸 듯했다. 곧이어 호루라기의 헛바람소리가 몇 번 가늘게 들려왔다. 그 사람은 다름아닌 시민 방범대원이었던 것이다.

몇 번의 헛바람소리가 들리는가 싶더니, 드디어 어둠 속의 긴박한 무심을 마구 쥐어흔들며 이 캄캄한 적막을 깨우는 호루라기 소리가 도시를 찢었다. 호루르르, 호루르르. 그리고 겁쟁이 아저씨도 이제 용기가 생기면서 정신이 좀 드나 보았다. 새벽 적막을 찢는 호루라기 소리에 놀란 포니 자동차는 꽁지가 빠져라 쌩, 하고 골목을 재빠르게 빠져나갔다. 아저씨는 나에게로 달려왔다.

"학생, 괜찮아? 미안해, 정말 미안해. 아저씨가 정신이 나갔나 봐."

나를 잡아주며 몇 번 두리번거리더니, 막 셔터를 내리던 큰길 가의 약국으로 나를 부축해주었다. 그리고 약사에게 설명하며 안정제를 달라고 하였다.

"아, 아저씨, 종, 종이랑 연필 좀 주세요."

그렇게 겨우 말을 마쳤다. 약사는 유리로 된 테이블 안쪽으로 들어가더니 종이와 연필을 주었다. 난 그 종이에 재빠르게 내가 잊어버리지 않도록 차량 번호를 적어놓고는 그대로 쓰러지고 말았다.

하얀 포니가 재빠르게 골목을 빠져나갈 때 아빠 얼굴이 떠올랐다. 호랑이 굴에 들어가도 정신만 차리면 된다던 아빠의 말도 또렷이. 그때 난 하얀 포니의 번호판을 단숨에 외웠다. 그리고 약사가 내준 종이에 적어놓고는 쓰러져버린 것이다.

눈을 떠보니 경찰서였다. 그사이 약국에서 신고하여 경찰들이 나를 경찰서로 데려온 모양이었다. 정신이 좀 들자, 경찰서는 아수라장이었다. 어느 굴다리가 어쩌고 저쩌고 하면서 무전하는 소리가 들려왔다. 드디어 친절하게 생긴 경찰 아저씨가 내게 말을 걸었다.

"학생, 괜찮아? 학생이 적어놓은 번호로 추적하고 있으니 곧 잡힐 거야!"

그러곤 나에게 집 주소, 이름, 전화번호를 대라고 했다. 아빠의 반대로 미술학원을 그만두어야 할 위기를 몇 번 넘겼으므로, 이런 상황으로 인해 또다시 미술을 그만두라는 이야기를 아빠와 반복하고 싶지 않았다. 그 어떤 상황보다 위험했기에 이번에는 아빠가 봐주지 않을 것임을 알았다.

"아저씨, 저 아빠가 미술하는 거 반대하거든요. 아빠가 사고난 거 알면 저 미술학원 못 다녀요. 제발 집 전화번호 묻지 마세요, 이름도요."

"아니야, 학생. 전화하려고 하는 게 아니라 형식상 이렇게 적어둬야 하는 거야. 절대로 부모님들께 얘기 안 할게. 약속!"

그러면서 아저씨가 새끼손가락을 내밀었다. 경찰이 거짓말하리라고는 꿈에도 생각하지 못했다. 나는 그 경찰 아저씨와 약속하며 새끼손가락을 걸고는 순순히 주소, 이름, 전화번호까지 모두 말해버렸다.

지금도 뚜렷이 기억나는 '인용기'라는 경찰 아저씨의 이름. 어디 두고 보자, 언제고 마주치면 꼭 따지고 말 테다. 그 어린 나에게 거짓말한 나쁜 경찰관!

경찰 아저씨는 나를 집까지 안전하게 데려다주었다. 하룻저녁에 일어난 일이라고는 도저히 상상할 수 없는 일들이 일어난 게 불과 몇 시간 전, 이제 막 그 공포의 순간에서 빠져나오고 있었다. 새벽의 그 짧은 몇 시간이 1년쯤은 된 듯이 그렇게 길 수 없었다.

난 이 일을 절대로 엄마 아빠한테 알리고 싶지 않았다. 온 가족이

살다 보니 이런 일도

잠든 집에 들어가 아무도 소리를 못 듣게 뒤꿈치를 들고는 살살 거실을 지나, 동생들 방을 거쳐 내 방으로 들어갔다. 그러곤 겉옷도, 양말도 벗지 않고, 씻지도 않은 채, 이불 속으로 쏙 들어가서 누웠다. 그런데 그 순간부터 본격적으로 온몸이 으슬으슬해지더니, 드디어 경기가 나는 듯 덜덜덜 떨리기 시작했다.

그렇게 잠시 누웠을까? 갑자기 전화벨 소리가 요란하게 울리며 온 집안을 깨웠다. 이런! 나는 그 전화가 나로 인한 것임을 단번에 알아챌 수 있었다. 잠시 후, 전화를 받는 소리가 나더니, 후다다닥! 엄마와 아빠가 거실과 동생들 방을 지나 내 방까지 단숨에 뛰어오는 소리가 들렸다. 내 방의 불이 환하게 켜졌다.

아빠가 제일 사랑하는 막내딸이 허옇게 질려 덜덜 떨며 누워 있는 모습을 보니 기가 찼나 보다. 오죽이나 그림을 그리고 싶었으면, 이라고 생각하신 것 같았다. 이 공포를 혼자서 어떻게든 참아보려고 한 내 마음을 아빠는 이미 읽은 듯했다. 괜찮냐고 몇 번이고 묻더니, 고개만 끄떡이지 말고 말, 말을 해보라고 했다.

"으응, 아빠, 괜찮아. 그런데 나 미술학원 가지 말라고 하지 마. 어?"

그 순간에도 미술학원 이야기부터 하는 나를 보자, 아빠는 더 이상 미술학원 이야기를 꺼내지 않았다. 내 손을 잡고 더 두툼한 아빠의 겨울옷으로 내 어깨를 폭 감싸주고는 나를 부축하고 일어섰다. 경찰서에서 하얀 포니를 잡았다는 전화를 받은 것이다.

나는 아빠 차의 운전석 바로 옆에 앉는 걸 무척이나 좋아했다. 우리 아빠가 운전하는 모습은 왠지 모를 안정감을 나에게 주었던 것 같다. 내가 워낙 조수석에 타는 걸 좋아하니 아빠는 나를 항상 그 자리에 태웠다.

경찰서에 도착해 보니 그놈이 맞았다. 나를 노려보던 날카롭고 매서웠던 눈빛. 자동차 실내등의 흐린 불빛 아래로 나를 노려보던 무섭고 공포스러웠던 그 눈빛.

지금 나는 더 이상 두려울 게 없다. 녀석을 제외한 이곳에 있는 모든 사람들이 모두 내 편이다. 어른? 지금도 같은 생각이지만, 나이만 먹었다고 어른이 될 수는 없다고 생각했던 것 같다. 놈은 술을 마셔서 실수했다고 했다. 그러면서 고개를 숙이고 있었다. 지금은 세월이 바뀌어서 그럴 수 없지만, 당시만 해도 경찰서에서는 술 마시고 실수했다고 하면 어느 정도는 인정해주었다.

잠시의 공포지만 너무 두려웠던, 나를 무섭고 치가 떨리게 했던 그놈을 그냥 그대로 둘 수는 없었다. 마침 어느 책상 위에 놓여 있던 경찰봉이 눈에 띄었다. 순식간에 나는 그 방망이를 들고 놈을 마구 갈겼다.

"이 나쁜 놈아, 죽어, 죽어."

주변엔 경찰들도 있었지만, 일부러 잠시 나에게 시간을 주는 듯했다. 말리는 척만 했던 것이라 생각한다. 여고생인 어린 나를 말리지 못한다는 건 말도 안 되니까. 잠시 방망이를 휘둘러 놈을 있는 대로 몇 대 후려갈겨주자, 놈은 경찰서의 유치장으로 들어갔다. 다음 날도 그다음 날도 경찰서에 가느라 3일을 학교에 가지 못했다.

3일 후 경찰서에 가보니, 와이프란 여자가 어린아이와 함께 와 있었다. 배는 남산만 하게 불러 곧 출산을 앞둔 여자 같았다. 여자는 한 번만 봐달라고 아빠와 내가 앉아 있는 의자 앞에 와서는 엎드려 엉엉 소리까지 내며 구슬프게 울었다. 급기야는 아빠의 바짓가랑이까지 붙잡고 한 번만 살려달라고 애원했다.

내 인생에서 제일 아빠가 싫었던 순간이 바로 그때였지 싶다. 여고생인 내가 한눈에 봐도 이 사람들은 일당처럼 보였는데, 시골에 사시는 우리 아빠는 자신도 운전하고 다니는데 분명 실수하는 순간이 있을 거라며 그 악당들에게 합의를 해준 것이다. 미성년자라는 이유로, 내가 사고를 당했음에도 불구하고 어른들의 결정에 따라야만 했던, 지금 생각해도 매우 억울한 사건이었다.

J를 아시나요?

미술의 길로 들어서면서 참 많은 일들을 겪었다. 80년대와 90년대를 보낸 우리 세대라면 누구나 기억날 만한 사건들 중 하나가 바로 J×× 사건이었다. 알파벳 세 글자로 된 교단 이름은 교주의 이름 머릿글자로, 이 사람은 몇 해 전 중국에서 잡혀 우리나라로 송환되어 수감 생활을 한 것으로 알고 있다.

내가 J××라는 이 생소한 집단을 접하게 된 것부터 사연이 있다. 나는 어릴 때부터 음악을 포함한 예술 분야에 관심이 있었던 터라, 어느 기회에 무명의 장애인 가수를 잠깐 알았다. 연습실에도 몇 번 방문한 가운데 음악하는 사람들과 조금씩 관계가 형성되면서, 자연스레 그들의 생활도 접하게 되었고 J××도 알게 되었다. 당시 J××는, 자기들의 예술만을 하며 살기에는 너무 가난한 예술가들과 미래에 대한 확신이 없는 젊은 대학생들을 상대로, 활발하게 그러나 비밀리에 전교활동을 벌이고 있었던 것이다.

돌이켜보면 J××라는 종교집단은 아직 판단력이 흐린 젊은 대학생들을 세뇌시키는 방법을 쓴 것 같다. 때로는 금전적인 도움도 주고, 부모나 친구가 없는 가난한 학생들에게는 가족과 같은 편안함을 주기도 했다. 그렇게 자연스레 그 집단과 친숙하게 만들며 전교활동을 했다. 젊은 예술인들 또한 예술을 하면서 느끼는 외로움을 그런 집단 속에서 달랬고, 그 속에서 위로와 힘을 얻었을 것이다. 텔레비전에 나오는 유명한 연예인을 비롯해서 예술인과 정치인이 속해 있었으니, 마음 기댈 곳 없는 외로운 예술가들이나 대학생들을 꾀기에 부족함이 없었다.

J××의 예배 방식은 여느 교파와는 크게 달랐다. 교주라는 사람은 본부라 불린 곳에 있거나 외국 출장이 많았는데, 목사에 해당하는 직위가 따로 있는 것도 아니고 달랑 교주 한 사람이 혼자 주도했다. 그 사람을 교인들은 '선생님'이라 불렀고, 주일이 되면 전국 여러 곳의 해당 교회들에서 그들의 선생님이 하는 얘기를 '말씀'이라 표현하며 일반 예배가 아닌 비디오 예배를 올렸다.

나는 그 장애인 가수가 추천하여 호기심에 두어 번 갔고, 그 가수로부터 J××의 지역대표를 맡은 초등학교 교사를 소개받기도 했다. 마침 그 여교사한테서 그들이 그렇게 열광하는 '선생님'이 제천에 온다는 것을 들었다. 텔레비전에서만 보던 흰색 리무진 몇 대가 제천 시내를 가로질러 달리고, 그 뒤를 검은색 자동차들이 줄을 지어 따랐다. 그러고는 당시 제천에서 가장 큰 호텔이었던 '제천관광

호텔'로 들어섰다.

　제천 근교의 대학들에서 몰려온 J××선교단 학생들은 훤칠한 키에 짧은 미니스커트 차림이었다. 누가 보면 미인대회라도 열린 것 같은 분위기로 관광호텔 주변을 가득 채워 줄을 서 있었다. 제천 총지부장이었던 여교사 덕(?)에 나는 훤칠하지도, 예쁘지도 않았지만 줄의 맨 앞에 설 수 있는 영광 아닌 영광을 얻었다. 그리고 그 선생이라는 자를 만날 기회가 생겼다. 대체, 어떤 사람이기에?

　지부장인 그 교사는 내가 제일 아끼던 빨간색 짧은 원피스를 빌려달라고 했다. 키 작은 내가 입었을 때 무릎 위로 올라오는 길이였으니, 키 큰 그 사람이 입으니 완전히 초미니스커트 길이가 되었다. 내가 봐도 좀 너무 남세스러운 정도의 길이였다. 그녀는 평소에는 수수하고 화장기 없이 털털한 바지 차림이었는데, 그날만은 빨간 립스틱에 초미니 원피스 차림이 왠지 굉장히 어색하게 보였다.

　반면에 나는 뭐라고 설명할 수 없는 그 어떤 '촉'이 발달돼 있었던 것 같다. 스커트를 입으면 안 되고, 도리어 뭔가로 내 몸을 칭칭 감싸고 가야 할 것 같은 느낌이 들었다. 그녀에게는 기성복 멜빵바지가 있었다. 그 바지는 위아래가 붙어 있어서 누가 도와주지 않으면 쉽게 혼자 옷을 입고 벗기도 힘들 정도로 불편한 구조였다. 게다가 허리 옆에 지퍼, 등 뒤에 지퍼, 앞쪽엔 멜빵 스타일의 어깨선 단추가 붙은 비실용적인 디자인이었다. 나는 그걸 내 옷과 맞바꿔 입기로 했다.

　집에 와서 입어봐도 안심할 수 없었다. 그길로 속옷을 샀다. 역시 위아래가 붙어 있는 복잡한 구조의 코르셋이었다. 코르셋으로 칭칭 몸을 싸매고 그 위에 남방을 입고, 그 위에 멜빵바지를 입었다. 그러

나는 누구인가?

고서야 그 선생이라는 자를 만날 준비가 되었다고 느꼈다. 왜 그렇게 생각했을까. 지금 돌이켜보아도 알 수 없는 어떤 느낌으로 나 자신을 보호해야 한다고 생각했을까.

미인대회에 나온 듯한 예쁜 대학생들이 짧은 스커트를 입고 줄을 선 가운데, 우리는 그렇게 바깥에서 선생이라는 사람을 오랫동안 기다렸다. 제일 먼저 지부장인 교사가 앞서 들어가고, 그 다음이 내 차례였다. 그 여교사가 들어간 지 한 30분이 경과되었을까? 불그레하게 상기된 얼굴로 그녀가 나왔다. 그리고 나에게 들어오라는 손짓을 했다.

방에 들어선 순간, 나는 당황했다. 이부자리가 펼쳐져 있었고, 선생이라는 자는 금박 테두리의 붉은색 가운 차림으로 그 위에 벌러덩 누워 있었다. 그 모습은 마치 수많은 후궁들을 탐하는 더럽고 징그러운 늙은 폭군 같았다. 아무리 그래도 한 개척교단의 교주인데 그런 모습이라니. 더욱이 밖에는 자기를 만나러 온 예쁜 학생들이 다리가 부어터져라 몇 시간째 줄을 서서 기다리고 있는데……

"장시간 자동차를 타서, 미안해."

그는 자신의 상황에 대해 J×× 신자가 아닌 일반인인 나에게 뭔가 애써 설명하는 듯했다. 그 모습을 보니 더더욱 당시 복도의 풍경이 떠올랐다. 이제 막 꽃을 피워도 다 못 피울 꽃봉오리같이 예쁜 대학생들. 소매 사이로 빠져나온 마이크에 대고 뭔가를 중얼거리고 귀 뒤에는 투명한 통신선을 꽂은, 비밀요원 비슷한 시커먼 양복차림의 훤칠한 남자들. 남자들은 뭔가 계속해서 서로 통신으로 이 상황을 주고받았다.

살다 보니 이런 일도

방 안에는 그 늙은 교주와 빨간 초미니원피스를 입고 빨간 립스틱을 바른 그 교사, 그리고 나, 세 사람이 있었다. 드디어 그녀는 나에게 '선생님'이라는 자를 대신해서 이야기하기 시작했다. 그 징글맞게 생긴 노인네가 여자들의 아랫도리를 만지면 자궁암이 없어지고 예방도 되고, 가슴을 만지면 유방암이 없어지고 또 예방도 된다며, 말도 안 되는 소리를 지껄였다. 그렇게 설명하는 걸로 봐서, 앞서 들어갔던 그녀는 이미 자궁암과 유방암을 치료(?)했구나 짐작할 수 있었다.

  이 상황에서 내가 할 수 있는 일은 무얼까? 가장 현명하게 이 위험에서 빠져나갈 수 있는 길이 무엇일지, 재빠르게 생각했다. 지금 복도에는 나보다 훨씬 예쁘고 키도 크고 가슴골이 보이고 초미니스커트를 입은 젊은 대학생들이 줄을 서서 기다리고 있다. 대체 저 아이들도 이 방 안으로 들어오면 이런 상황이 일어날 것임을 알고 있을까? 문득 그런 생각이 들었지만, 내가 지금 다른 사람 염려해줄 상황이 아니었다.

  그래! 바보 노릇을 하자. 바보 같고 매력 없고 할아버지한테 관심이 없는 나에게까지 굳이 강제로 치료(?)를 한다고 하지는 않겠지? 나는 '선생님'이라는 호칭 대신에 '할아버지'라는 호칭을 선택했다. 다른 사람들은 모두 선생님, 선생님, 하는데 '할아버지'라고 호칭하는 나에게까지 그렇게 한가하게 치료해줄 것 같지는 않았다.

  "할아버지, 저 엊그제 엄마랑 산부인과에 가서 검사 받고 왔어요. 아무 이상 없다는데요?"

  쓸데없는 능청을 떨며, 이 할아버지로부터 내가 안전하게 나갈 수 있는 길은 멍청하고 모자란 바보 같은 행동밖에는 없다고 생각했다. 역시나 할아버지는 교주답게 나를 얼른 내보내라고 신호를 보냈다. 나는 안전하게 그곳에서 나올 수 있었지만 왠지 너무너무 화가 났다. 이대로 경찰서에 가야 하나? 저 노인네를 당장 끌어다가 처넣어야 되지 않을까, 라는 생각이 들었지만 혼자의 힘으로는 역부족이었다. 일단 이런 일을 상의할 만한 사람이 필요했다.

곧바로 형부에게 전화했다. 형부는 차분히 끝까지 듣더니, 당장 경찰서가 아닌 집으로 가라고 했다.

"형부가 알아봐줄 테니, 일단 집으로 들어가."

마음은 너무 급하고 답답했지만, 형부의 말을 거역할 수가 없어서 집으로 들어갔다.

저녁이 되자, 형부는 약속한 대로 그 집단에 대해 알아본 내용을 이야기해 주었다. 절대로 내가 감당할 수 없는 위험한 종교집단이며 쥐도 새도 모르게 사라질 수도 있다는 것이었다. 그런 무서운 이야기와 함께 다시는 가지 말라며 전화를 끊었다. 내가 그 집단을 접했던 1995년. 그 후 20년 뒤에야 드디어 그가 철창 신세를 지게 되었다는 소식을 뉴스를 통해 볼 수 있었다. 머리숱이 별로 없는 헤어스타일, 얄팍한 두상과 얼굴 골상. 얼굴은 가렸지만, 나는 단번에 20년 전 호텔방에서 본 그자임을 알아차릴 수 있었다.

피라미드 대탈출

시대의 희귀한 사건들을 경험한 내가 또다시 경험했던 사건이 하

45

나 더 있다. 그것은 바로 피라미드 업체였다. 지금은 피라미드 방식의 다단계사업들이 정착하면서 법의 테두리 안에서 통제되고 있지만, 처음 우리나라에 들어올 때는 강제로 사람들을 데려간 다음 세뇌교육으로 빠져들게 하는 위험천만한 불법집단이었다.

시골에서 함께 미술 공부를 하던 선배한테서 전화가 왔다.

"언니가 서울에 디자인 사무실을 오픈하려고 해. 이번 토요일에 개업식 하는데 와줄 수 있니?"

정말로 오랜만에 온 선배의 연락이 무척 반가웠다. 디자인 사무실까지 오픈한다니 당연히 만사를 제쳐두고서라도 가야만 했다. 서울행 고속버스를 타고 강남고속터미널에 내려서, 선배의 사무실이 있다는 선릉역까지 부지런히 발걸음을 옮겼다. 토요일이라 터미널도 지하철도 수많은 사람들로 북적거렸다.

선배가 말해준 대로 선릉역 몇 번 출구로 나가니 바로 옆에 주유소가 보였고, 그 주유소엔 무슨 할인행사를 한다는 문구가 눈에 띄도록 크게 쓰여 있었다. 당시 둘째 언니가 선릉역과 그리 멀지 않은 사당역 부근에 살고 있었기 때문에 잠시 생각했다. '어? 좋은 행사 하네? 형부한테 이야기해줘야겠다!' 그런 생각을 무의식적으로 하면서 주유소 옆 건물을 두리번거리고 있는데 선배가 보였다.

"언니!"

"어, 왔구나. 오느라 고생했지? 고마워!"

간단하게 짧은 인사를 나누고 우리는 선배의 디자인 사무실이 있다는 건물로 들어섰다. 엘리베이터 쪽으로 가려고 하자, 선배가 그냥 계단으로 걸어서 가자고 했다. 살짝 느낌이 이상했지만, 뭐 별일 아니겠지 하고는 선배 뒤를 따랐다.

처음 계단 열 개 정도를 밟고 다음 계단으로 몸을 돌려 또다시 열 개를 밟으려고 몸을 트는 순간이었다. 아래층에서 인기척이 나기에 내려다봤더니, 까만 양복을 입은 남자가 건물의 셔터를 내렸다. 아뿔싸, 무언가 함정이 있구나. 순간 어떤 느낌이 머릿속을 스치며 6층이라고 하는 선배의 사무실까지 천천히 계단을 오르며 생각했다. 어떠한 위기의 순간이라고 해도 침착하게 잘 대처해나가야지.

드디어 그렇게 무겁고 길게 느껴졌던 계단을 다 올라 건물 6층에 도착했다. 이런, 이런, 아니나 다를까. 디자인 사무실이 아니었다. 까만 양복을 입은 사람들로 북적거렸고, 그 사람들의 귀에는 하나같이 투명한 선이 꼬불꼬불 귀 뒤로 감춰져 있었다. 그들은 계속해서 양복의 팔목 아래로 중얼중얼 무언가 통신을 했다. 급기야 선배는 나에게 진실을 얘기했다.

"사실은 말이야. 언니가 디자인 사무실을 연 게 아니라, 네가 사업에도 관심이 있고 하니 새로운 사업을 소개하려고 하는데, 별로 좋아하지 않을 것 같아서 이런 방법을 택했지만, 분명 네가 좋아할 거야."

그때는 이미 물은 엎질러진 상태였고, 내가 뭐라고 화를 낸들 빠져나갈 방법조차도 없었다. 어쨌든 나에게는 '어떻게 무사히 이곳을 탈출해나갈 것이냐?'라는 과제밖에 없었다.

까만 양복을 입은 한 사람이 선배에게로 다가가더니 뭐라고 귓속말로 중얼거렸다. 그러고는 나에게로 오더니 이 사업 설명을 듣기 위해서는 주민등록증과 가방을 맡기고 강의실에 들어가야 한다고 했다. 인간은 누구나 자신보다 더 못났다고 생각되거나, 덜 가졌거나, 부족하고 모자란 사람들에게는 마음을 더 쓰게 되는 법이다. 그런 감정은 일종의 연민일까. 아무튼 나는 그들이 연민을 충분히 느낄 만큼 바보가 되어보기로 했다. 방금 시골에서 상경한 아주 촌스러운 시골 아가씨가 되어야 했다.

"아저씨, 주민등록증 줘야 돼요? 언니가 얘기 안 했는데…….

언니야, 주민등록증 가져오라고 해야지. 아저씨가 필요하다고 하잖아. 에이, 주민등록증을 까먹었네. 어떡하지? 아저씨, 한 번만 그냥 보내주시면 안 될까요?

언니야, 언니가 아는 곳이라니까 언니가 아저씨한테 얘기 좀 잘해주라. 나도 사업에 관심 많거든. 어?"

"그러시면 가방은 이쪽에 보관하시죠."

"가방이요?"

가방 속에는 주민등록증은 물론 나의 모든 정보가 들어 있었다. 당시에 유행하던 무전기처럼 생긴 엄청 큰 나의 모토로라 핸드폰도…….

"저는 정서불안이 생겨요. 가방을 옆구리에 메고 다니는 것이 습관이라, 가방이 없으면 아무것도 못하는데…….. 게다가, 저는 손가방도 없는데 어쩌지? 그 뭐냐, 여자들은 가끔 가방이 필요해요, 한 달에 한 번씩……."

그러면서 가방을 사선으로 얼른 어깨에 걸었다. 그 많은 사람들이 하나같이 가방을 그렇게 맡긴 채 강의실이라는 곳에 대기하고 있었다. 나에게 가방을 맡기라고는 했지만, 사선으로 어깨에 둘러멘

별 표시도 안 나는 내 가방에 신경쓸 만큼 한가하지는 않은 듯했다. 사람들은 귀에 꽂은 무선통신기로 무언가 이야기를 주고받으며 분주했다. 운 좋게도, 거의 유일하게 나만 가방을 그들에게 맡기지 않은 채 강의실에 앉게 됐다.

앞으로 6시간 동안 교육을 진행하고, 지정된 아파트에서 단체로 잠을 자고, 다시 내일 이 자리에 모인다고 했다. 그렇게 3일 동안 교육한 후 집으로 돌아가도 좋다는 것이었다. 당시 뉴스나 소문으로는, 이 다단계는 본적까지 알아내어 끝까지 쫓아가서 쥐도 새도 모르게 죽인다고 했다. 그런데 바로 그 무시무시한 소굴에 내가 앉아 있었다.

"저는 의사입니다. 10년 의사직을 그만두고 이 길을 택한 이유는……."

"안녕하십니까? 저는 여러분도 잘 아시는 모 대학 교수로 25년간 근무했습니다. 그러나……."

"저는 모 대기업의 고위간부였습니다……."

나는 다른 사람이 아무리 확신을 주고자 이야기한다고 해도 내 상식에 맞지 않으면 안 믿는다. 저 사람들은 지금 말도 안 되는 소릴 하고 있거나 아님 완전히 미쳐버린 사람들이거나 둘 중의 하나라는 생각이 들었다. 이제부터 나는 내 귀를 막아야 한다. 나 자신을 못 믿는 것은 아니지만, 혹시나 만의 하나를 위해서는 어떤 방법을 동원하지 않으면 안 되었다. 그래! 노래를 부르자.

"비가 오면 비를 맞고, 바람 불면 뛰어가고, 누가 볼까 두려워서 두 손으로 눈 가리고. 둥당 두당 두리두당 두구두구두 둥당!"

그렇게 당시 유행하던 가수 이선희의 〈나의 거리〉라는 노래를 혼자 나지막이 중얼중얼하면서 시간을 보내며 때를 기다렸다. 드디어 몇 곡의 노래를 중얼거린 끝에 화장실을 갈 수 있는 시간이 왔다. 내가 앉아 있던 자리에서 앞쪽으로 대각선 위치에 대학생쯤으로 보이는 학생이 화장실에 들어가려고 줄을 서 있었다.

뒤를 보니 우리를 감시하던 사람들도 조금 긴장감을 푼 듯했다. 학생이 화장실에 들어가서 문을 닫으려고 할 때 문을 닫지 못하게 하며 그녀를 따라 들어갔다. 물론 다른 한 손은 쉿, 하는 표시로 둘째 손가락을 내 입술에 갖다 대며 그녀를 바라보았다. 그녀는 놀란 듯하면서도 순순히 내가 문 뒤에 따라 들어가도록 느슨하게 문을 열어주었다.

"학생, 대학생 맞죠? 지금부터 내가 하는 말 잘 들어요. 어떻게 이곳까지 오게 되었는지 모르겠지만, 우린 지금 굉장히 위험한 곳에 와 있어요. 정신 똑바로 차리고 저 사람들이 하는 말을 가능하면 듣지 말고 노래를 흥얼거리든, 무슨 방법을 쓰든 절대로 똑바로 듣지 말아요. 우린 지금 세뇌교육을 받고 있는 거예요. 그리고 잘못하면 큰일 나요. 정신 똑바로 차려요, 알았지요?"

"어, 어, 어떡, 해요?"

그녀는 이미 목소리가 덜덜 떨리고 있었다. 난 다시 침착하게, 그러나 조금 더 정확하고 무서운 목소리로, 그러나 아주 낮게……

"너 바보니? 이렇게 떨지 말라구! 정신 똑바로 차리라고, 살고 싶으면. 알겠니? 내가 먼저 나갈 테니까 학생은 10분 있다가 나오고……. 어떻게든 도망칠 기회를 찾아, 알겠지?"

그러고는 나왔다. 또다시 그들이 말하는 강의인지 뭔지가 시작되었고, 얼빠진 사람들이 나와서는 열변을 토했다.

"저는 미국 하버드대 출신의 어쩌구……."

하버드대 나온 사람들이 여기 다 모였다. 그 뒤로도 계속해서 얼빠진 사람들이 경험담인지 뭔지 계속해서 돌아가며 발표했다. 그러다가 또 휴식시간이 되었다. 좀 전에 봤던 그 여학생은 이번엔 아예 자리에서 일어날 생각도 못 하고 앉아 있었다. 무서웠나 보다.

이번엔 혼자 화장실에 들어가서 건물 6층에 있는 화장실 창문의 높이를 봤다. 조그마한 창문이 변기보다 훨씬 더 높은 곳에 있었다. 변기를 밟고 올라서도 뒤꿈치를 끝까지 들어야만 겨우 밖을 볼 수 있는 높이였다. 이곳에서 빠져나간다는 것은 불가능했다. 창문의 높이도 높지만 내가 빠져나갈 수 있을 만큼 창이 넓지가 않은 게 문제였다. 일단 이 건물에서 시도하는 것은 무리였다. 그리고 이제 약속한 시간인 6시간도 거의 다 되어가는 시점이기도 했다.

그렇게 다시 강의실로 들어갔다. 이번엔 지금까지 한 내용을 총정리하는 듯한 무언가를 했다. 생각보다 제법 빠르게 시간이 흘러갔다. 끝난 다음에는 장소를 이동한다고 했다. 그렇다면 나는 그 틈을 정말 잘 이용하지 않으면 안 되었다.

처음에 건물 6층까지 올라왔던 것처럼, 강의실에 모인 사람들은 모두 계단을 통해 내려가라고 했다. 맨 앞에서 대열을 이끄는 사람들 몇 명, 그리고 중간중간에 배치된 사람들은 까만 양복 차림에 귀에는 하나같이 통신선을 꽂고 있었다. 그들은 살벌한 인상을 하고서 수강생(?)들 옆으로 감시하는 듯이 하며 함께 이동하였다.

계단을 내려왔다. 1층까지 도착했는데도 다시 지하계단으로 이동한다고 해서 계속해서 지하 2층까지 내려갔다. 그리고 주차장길을 통해서 어찌어찌하여 지상까지 올라오게 되었다. 돌고 돌아온 꼬불꼬불한 주차장길 때문에 잠시 헷갈리긴 했지만, 처음 건물을 들어갈 때 보았던 할인행사를 하는 그 주유소가 저 멀리에 보였다. 결국 우리는 주차장을 통해 꽤 긴 시간을 걸었지만 겨우 한 건물 뒤까지의 거리만큼만 움직였던 것이다.

길 건너편에는 어떤 아파트가 있었는데, 커다란 돌담이 인상적이었다. 아파트 입구에는 공중전화가 있었고, 내 가방 안에는 무전기만 한 커다란 모토로라 전화기가 있었다. 그러나 어떻게든 방법을 써야만 가능했기에 선배를 불렀다.

"언니야. 우리 엄마 아빠 알지, 굉장히 무서운 거?"

그랬다. 우리 아빠는 무섭기로 소문났기 때문에, 학교 다닐 때 내 주변에 있던 친구들은 웬만하면 소문을 들어 다들 알고 있었다.

"외박하면 나 죽어. 그리고 아무 연락도 없이 외박하면 우리 아빠 거 아마도 실종 신고 낼걸?"

뭐, 사실이 그랬다. 그 나이가 되도록 아무 연락도 없이 집에 들어가지 않는 것은 우리 집에서는 꿈도 못 꿀 일이었다. 선배는 까만 양복 입은 사람들과 뭐라뭐라 이야기하더니, 공중전화로 전화하도록 허락했다. 내가 전화하는 동안 모두 아파트 단지에 있는 커다란 돌담 위에 자유롭게 걸터앉아 잠시 휴식을 취했다. 아까 그 여학생도 전화하겠다며 내 뒤에 줄을 섰다. 부모님께 전화할 수 있는 상황이 아니라서 사당동에 살던 둘째 언니에게 전화했다.

"언니야, 나야."

"너 어디야! 아침에 서울 갔다는 애가 하루 종일 연락도 없고, 전화도 안 받고. 너 대체 뭐 하는 애니?"

"그게 말이야, 그렇게 됐는데 말야. 나 오늘 자고 가면 안 되지~~이? 그치?"

"너 완전 돌았구나! 하루 종일 연락도 없다가 외박까지? 맘대로 해, 네 맘대로!"

뚜, 뚜, 뚜. 둘째 언니는 그렇게 위기에 빠진 동생에게 전혀 도움이 되지 않았다. '너 당장 들어오지 못해? 아빠가 알면 어떡하려고? 너 죽고 싶니?' 뭐, 일종의 그런 대답을 기대했는데, 맘대로 하라며 끊어버렸다. 이런⋯⋯.

"네 맘대로 하래지? 그럼 된 거지?"

선배는 그러고 있었다. 아, 어떡해야 하나, 이 상황. 그렇게 전화를 던져버린 둘째 언니. 평소와 다르게 내가 말을 못 하면 뭔가 눈치를 채야 할 것 아니야, 바보, 하면서 애꿎은 둘째 언니만 원망했다. 그리고 절반은 포기한 채, 다른 사람들에 섞여 아파트 입구의 돌담길에 시무룩하게 앉아 있었다.

그때 공중전화 부스에서는 아까 그 여학생이 자기 차례가 되어 집에 통화했다. 그녀를 데려온 듯한 한 여자가 선배처럼 통화 내용을 옆에서 엿들으며 뭐라뭐라 이야기하는 듯했다. 돌 위에 걸터앉아 한 손으론 나뭇가지 하나를 꺾어서 빙빙 돌리고 또 다른 한 손으로는 턱을 괴고 앉았는데, 내 발이 보였다.

발끝을 까딱까딱 움직이는 내 발을 우연히 보다가 뭔가 확, 희망이 생기는 기분이 들었다. 까딱이는 발의 움직임, 저만치 100미터 지점에 있는 신호등, 그리고 대기선에 서 있는 차들. 그래, 그거야! 내 발은 평소의 리듬과 똑같이 까딱까딱 움직이고 있었고, 내 머리는 까딱거리는 내 발의 템포를 이미 세고 있었다. 그리고 약 서른 번의 까딱거림이 있으면 저 신호등이 빨간불에서 파란불로 넘어가는지를 보면 되었다.

32, 31. 두 번 확인한 후 난 자연스레 신고 있던 높은 구두를 벗었다. 서른 안팎의 숫자가 확실했다. 그렇다면 안전하게 서른둘이 되면 뒤에 서 있던 차들도 자연스럽게 움직일 것이라는 계산이 나왔다. 신호등이 파란불로 바뀌면 난 맨발로 마구 뛸 생각이었다. 까만 양복을 입은 남자들은 순박한 시골처녀인 나에게서 아예 신경을 끄고 있었다. 하나, 둘, 셋……. 숫자는 발을 까딱거리며 마음속으로 세면서, 내 눈빛은 무심한 듯 거리의 자동차들을 살피기 시작했다. 수많은 자동차들 사이에서 내가 타야 할 차를 선택해야 하는 것이다. 열아홉, 스물. 마음은 바빠지기 시작했고 드디어 내 눈에 택시 한 대가 눈에 들어왔다. 스물다섯, 스물여섯.

그래! 바로 저거야. 나를 위기에서 구해줄 저 택시! 목표물이 확실해지자 내 눈빛은, 택시만을 바라봐서는 들킬 게 뻔하니, 무심히 바닥을 내려다보는 듯 고개를 떨군다. 그리고 숫자는 계속해서 세기 시작한다. 스물아홉, 서른, 서른하나, 서른둘! 신호등은 파란불로 바뀌고 멈춰 섰던 모든 자동차들이 동시에 출발하기 시작한다. 아직 차들이 속도를 내지 못할 때, 미리 봐두었던 택시에 재빠르게 올라탔다.

"아저씨, 태평데파트까지 세 배 드릴 테니까 무조건 밟아주세요. 저 지금 잡혀갔다가 탈출하는 거예요."

그리고 택시 문의 잠금버튼을 누르고 뒤를 돌아봤다. 선배가 다른 택시에 타는 것이 보였다. 따라오려나 보았다. 택시 기사 아저씨는 잘 달려줬고, 선배가 탄 택시의 기사도 제법 운전을 잘했다. 그러나 선배 혼자라면 감당할 자신이 있었다.

태평데파트 앞에서 맨발로 택시에서 내렸다. 사람들이 모두 나를 이상한 눈으로 보는 것 같았다. 그러나 나는 그때 신발을 걱정하거나 창피해할 정신적 여유가 없었다. 선배고 나발이고 나를 궁지로 몰리게 했던 그 나쁜 년을 때려죽이고 싶을 만큼 화가 치밀어 올랐다. 몇 분도 지나지 않아서 드디어 그녀가 택시에서 내렸다.

"너 그렇게 가면 어떡해?"

그 질문에 내가 대꾸할 이유도 없었고, 그냥 한 방 뻥 때리는 것이 오히려 충분한 대답이 된다는 생각이 들었다. 그동안 참아왔던 화를 내 손에 힘껏 실어 머리채를 휘어잡았다. 그러고는 정신 나간 사람처럼 있는 힘껏 몇 차례 때려줬다.

"너, 죽고 싶니? 나 말고 또 누구 데려갔어?"

"네가 처음이야."

그렇게 몇 차례 때리고 나니 정신이 다시 돌아왔다. 내가 아는 그녀는 그렇게 나쁜 사람은 아니었던 것으로 기억한다. 참 착한 사람이었는데 도대체 뭐가 이 언니를 이렇게 만들었을까? 정신을 차린 후 나는 그녀에게 제안했다. 내가 운영하고 있는 미술학원의 강사 자리를 줄 테니 시골에 내려와서 나랑 같이 미술학원을 해보는 것이 어떻겠냐고. 그렇게 제안하고, 일주일 안에 답을 달라고 했다. 그리고 고향에 있는 그 누구도 이곳에 다시는 데려오지 말라고도 했다.

태평데파트에서 멀지 않은 곳에 있는 둘째 언니네 아파트까지 나는 맨발로 걸어서 올라갔다. 발은 엉망이 되고 땀범벅에 꼴이 말이 아닌 내 모습을 보고, 문을 열어주던 언니와 형부는 입을 딱 벌렸다. 하루 동안 긴장하다가 이제 막 위기에서 벗어나 다시 일상으로 돌아온 나. 난 제정신이 아니었나 보다. 맨발로 도로를 걷는 동안 돌도 있었을 테고 발이 아파야 정상인데……

내 발은 어딘가에 찔렸는지 기억도 나지 않는 상처로 가득하고 색깔도 변해 있었다. 이미 구멍까지 여러 군데 나버린 스타킹 사이로 군데군데 조금씩 피가 묻어나 있었다. 자초지종을 들은 언니와 형부는 역시, 경찰에 신고하기보다는 그냥 조용히 넘어가라고 조언해주었다. 형부는 선배의 고향집에 전화해서 부모님들께 이 무서운 사실을 알리고 딸을 잘 타이르도록 얘기했다. 그것으로 이 사건도 일단락되었다.

세상에 스치는 모든 것들

들어보면 재미있긴 하지만, 막상 그 상황을 겪어야 하는 사람의 입장에서는 그렇게 가볍게 넘길 수 없는 게 사람살이이다. 과거로 시간을 거슬러 올라가다 보면, 마치 현재의 내가 그곳에 있는 양, 제3자의 입장에서 나를 직시하고 있는 듯, 그 시절의 내가 보인다.

사람은 수(壽)와 요(夭) 사이에서 각자에게 주어진 몫의 시간을 살다 간다. 나는 이제 열흘이 지나면 쉰이 된다. 백세 시대라면 인생의 절반을 넘는 셈이니, 지나온 삶을 돌아보며 다가올 삶에 대해 다시 워밍업을 준비하는 나이가 되었다. 그래서인지 요즘 죽음이라는 단어에 대해 자주 생각한다. 언젠가는 어떤 형태로든 필연코 다가올 죽음. 지금 나에게 죽음이라는 것이 닥치면 나는 어떤 마음으로 어떻게 받아들여야 할까?

죽음에 대해 처음 생각하게 된 것은 파리 유학 때의 어느 날이었다. 난생처음, 홀연히, 외롭고 힘들었다. 혼자 무언가 이루어보겠다며 떠나왔는데, 단지 낯설기만 한 것이 아니라 내 모든 것들을 잃어버리고 단절된 듯한 느낌에 사로잡혔다. 그러자, 그냥 이대로 포기해버려도 될까, 하는 생각이 순간적으로 들었다. 사립 기숙사의 창문도 없는 작은 내 방, 그곳에 박혀 있는 못에 허리띠를 엮어서 걸었다. 그리고 평소 식탁으로 쓰는 책상을 놓고 그 위에 올라섰다. 눈을 감았다.

눈물이 마구 흘렀지만, 단 하루도 앞이 보이질 않는 미래에 이제 그만 달리고 싶었다. 오랫동안 혼자서 숨이 가쁠 만큼 달려왔다고 생각했고, 이제는 거기서 헤어나고 싶었다. 짧은 시간이지만 눈물을 아주 많이 흘렸고, 곧 마음이 냉정해짐을 느꼈다. 내 마음과 몸은 차분해지더니 곧 진정되었다. 그리곤 조금 숙연해졌다. 나는 다시금 질끈 눈을 감고, 아주 힘껏 책상을 발로 박찼다. 책상이 바닥으로 내동댕이쳐지자, 나는 가죽 허리띠에 대롱대롱 매달렸다.

목이 조여왔다. 아주 짧은 순간이었지만, 본능적으로 내 손은 허리띠로부터 내 목을 보호하고 있었다. 빛처럼 빠른 속도로 어린 시절의 기억부터 떠올랐다. 신나게 뛰어놀던 나의 개구쟁이 모습과 함께 부모님 얼굴이 나타났다. 이어서 내 무덤이 보였다. 나는 까만 땅 아래의 관 속에 누워 있었고, 관을 둘러싼 사람들의 얼굴이 하나둘 보였다. 가장 먼저 부모님 얼굴, 차례로 내가 아는 얼굴들이 떠올랐다. 모두 슬픈 표정이었고, 나를 원망하는 눈빛들이었다.

순간, 너무 무책임한 나 자신을 비난하고 싶어졌다. 내가 선택하는 이 길이 너무 이기적이라는 생각까지 들었다. 발버둥치기 시작했

58

다. 미친 듯이 살아야겠다는 욕망이 솟구쳤다. 있는 힘껏 아래를 향해 몇 차례 반동을 주었다. 못이 떨어져 바닥으로 추락할 수 있도록. 생의 에너지는 포기하지 않는 사람에게는 여전히 그 어떤 것들도 뚫을 수 있을 만큼 강한 힘이었을까. 드디어 나는 바닥으로 내동댕이쳐졌다. 얼굴에 마침내 피가 통했던지 뜨거운 어떤 기운이 머리 위로 솟구쳤다.

그리하여 나는 살았다. 이제 다시는 이 무모한 짓에 에너지를 쓰는 일은 없으리라 다짐했다. 죽음을 향해 가는 길은 결코 쉽지가 않았으며, 이 행동 자체보다 '자살'이라는 행위가 나를 알고 있는 모든 사람들에 대한 배신이라는 사실이 더 무서웠다. 죽은 사람은 끝이라고 생각할지 모르나, 남아 있는 사랑하는 사람들에게는 돌이킬 수 없는 커다란 상처를 주는 것이다. 그처럼 냉정하고 잘못된 일은 없다. 나의 목숨이 오로지 나의 것만은 아니며, 내가 다하지 못한 책임을 대신 짊어지게 하고 훌쩍 도망가는 행동이란 사실을 깨달았다. 두 번 다시는 그런 생각을 하지 않으리라. 다시는 죽음 따위는 생각조차도 하지 않으리라.

아빠랑 둘이 파리를 여행한 후 돌아온 아들은 그곳이 자신이 태어난 곳인지도 몰랐다. 마치 낯선 여행지에서 엄마의 과거를 여행하고 온 듯했다.

"엄마, 나 엄마가 학생일 때 일하던 몽마르트르 언덕의 갤러리에 다녀왔다."

"엄마, 엄마 갤러리는 이제 완전히 사라졌어. 거기는 이제 갤러리가 아니라 바(bar)로 바뀌었어. 슬프지?"

불과 몇 년 전까지 내가 살았던 파리는 어느덧 추억의 저장고 속으로 아득히 멀어져가는 곳이 되어버렸다. 화랑이 있던 '캥컴푸아(Quincampoix) 88번지'를 구글링해봤더니 여전히 내 이름이 뜬다. 조만간 내가 그곳을 스쳐갔던 흔적도 사라지겠지?

세상에 스치는 모든 것들은 무엇 하나 우연인 것이 없고, 거저 얻어지는 것 또한 없다. 내가 나의 화랑 '갤러리 크리스틴 박(Galerie Christine Park)'과 맺은 인연 역시 돌아보니 기가 막힌 것 같다. '캥컴푸아 88번지'는 당시 파리에서도 비싸기로 소문난 마레 지역에 건물을 사기로 마음먹고 발품을 팔던 유학생인 나에게 선물 같은 공간이었다. 빈털터리 유학생이 건물을 산다고 돌아다니니 그때 나를 정신 나간 인간이라 부르던 선배라는 자도 있었다.

'캥컴푸아 화랑가'는 이름부터 프랑스의 유명한 역사학자들도 정확하게 어디에서 유래했는지조차 모른 채 여러 설이 분분했다. 어쩌면 'Kinquenpoit', 아니면 'Quincampoit', 그것도 아니면 'Cinquampoit'……

캥컴푸아 화랑가는 파리의 거리 중에서도 서러움의 정서가 가득한 거리이며, 84번지와 88번지는 특히 더하다. 큰 도로인 세바스토폴 거리(Bd Sebastopol)를 건너면 생드니 거리(Rue St-Denis)가 나오는데, 지금도 섹스숍들이 남아 있다. 그와 연결되어 캥컴푸아 화랑가에도 몇 개의 바가 있었는데, 그 가운데 하나가 바로 나의 갤러리였다고 한다. 소설 『영자의 전성시대』에 나온 60~70년대 우리나라도 그와 흡사한 모습이었으리라. 가족을 부양하기 위해 파리로 상경한 젊은 여인이 몸을 팔아 시골로 생활비를 보태는 경우가 많았고, 그런 장소가 바로 나의 갤러리였다.

자의든 타의든 몸을 팔아 가족을 부양하면서 행복을 느낄 사람은 단 한 명도 없을 것이다. 어느 날 우연히 찾아온 신사로부터 나의 갤러리가 이런 설움과 한이 맺힌 장소라는 말을 듣고부터, 나는 매일매일 생화를 사다가 꽂기 시작했다. 이 공간에서 젊은 시절을 한과 눈물로 보냈을 영혼들을 조금이나마 위로해주었다. 갤러리는 보통 그림이 돋보이지 않는다고 하여 생화나 식물들을 자제하는 편이나, 나는 매주 화요일이면 출근길에 세바스토폴 거리의 작은 화원에 들러 싱싱하고 예쁜 꽃으로 골라 꽃병에 꽂아두었다.

동네 사람들 사이에서는 내가 오기 전까지만 해도 내 갤러리 건물을 '죽은 장소(Local Morte, 장사가 안 되는 죽은 건물. 장사 망하는 곳)'라 불렀다고 했다. 매일 출근하며 나는 이곳에서 애석하게 죽어간 한 맺힌 영혼들을 위로하는 마음으로 건물을 가꾸었다. 나에게 갤러리란 단지 그림을 사고 파는 장소가 아닌, 예술이라는 단어 속에 포괄적으로 들어 있는 모든 인간의 미적 행위들의 마지막 단계를 행하는 장소였다. 그런 이유로 나는 대관을 하지 않았다. 그것은 나에게 예술계에 몸담고 있는 사람으로서의 자존심과도 같은 것이었다.

내 갤러리가 사람의 마음을 위로할 수 있는 아름다운 작품들로 오래오래 지속되었으면 하고 기대했건만, 그런 바람과는 달리 마시고 취하는 아주 오래전의 그 장소로 다시 돌아갔다고 하니 마음이 조금 아팠다.

아들은 엄마의 과거를 찾아 이런저런 이야기들을 들으며 엄마의 과거 모습을 상상했나 보다.

"엄마, 몽마르트르의 갤러리에서는 그림만 팔지 않고 엽서도 팔았다며? 거기에서 일하는 어떤 아줌마도 봤어. 그 아줌마 자리에 엄마가 있었겠구나 생각하면서……."

몽마르트르 갤러리에서는 참 멋진 외국인 주인 덕분에 편안하게 아르바이트할 수 있었다. 나 같은 외국인 학생들이 별다른 고민 없이 유학생활을 잘 할 수 있도록 노동허가증도 해주고 보험도 들어주었다. 또, 관광객들이 많은 곳이라 늦게 문을 닫아야 하지만 절대로 위험하게 퇴근하지 않도록 저녁까지 남아 있는 아르바이트생들에게는 택시비까지 매일매일 지불해준 고마운 분들이다.

그들은 세라 부부(Monsieur Madame SERRA)였는데, 글쎄, 언젠가 지금보다 훨씬 멋있는 사람이 되면 파리로 돌아가서 그분들께 옛날에 정말 고마웠다고 말씀드리고 싶다. 나에게는 제2의 고향과 같은 파리의 거리거리에 나의 흔적들과 친구들이 여전히 그곳을 지키며 머물러 있다. 그 말을 아들에게 전해 들으며 마음이 조금 아리다. 슬픔도 기쁨도 아닌, 그저 내 삶의 한 부분들처럼.

나는 누구인가?

2

영월에서 파리까지

파리로 간 촌닭

유난히도 추웠던 파리의 겨울

1996년 겨울, 작은 동양 아가씨 하나가 커다란 이민가방에다 캐리어와 백팩 등을 바리바리 싸들고 파리의 샤를드골공항에 도착했다. 무작정 도착한 목적지인 만큼 나름 각오는 했지만, 막상 마중 나온 사람도 없는 낯선 공항을 나서자 느낌은 또 달랐다. 이제부터 철저히 혼자 시작한다는 생각이 비장하게 들었다.

온몸을 던져 세상과 맞부딪치겠다는 것이었으나, 그에 비해 현실적인 대응책은 아무것도 없었다. '오늘 당장 어디서 자야 하나?'라는 초미의 문제도 해결하지 못한 채였으니, 지금 돌이켜보면 아찔할 정도로 무식하고 용감했다. 그나마 조금 더듬거리는 수준이던 영어와 만국 공용어인 바디랭귀지로, 겨우겨우 묻고 찾아서 파리 시내와 공항을 연결하는 로지버스(Roissy Bus)를 탔다. 그리고 파리의 가장 화려한 중심지 중 한 곳인 오페라하우스에 도착했다.

그런데 예술과 낭만의 도시라더니, 뭐가 예술이고 뭐가 낭만이라는 거야? 내 눈에는 온통 촌스러운 것 투성이었다. 오래된 건물들은 귀신이 다닥다닥 붙은 것처럼 시커멓고 어두침침했다. 사람들의 옷차림은 또 왜 이렇게 다들 구질구질한 거야? 한겨울에 맨발 차림이질 않나, 그야말로 별의별 희한한 사람들이 다 섞여 있는 것 같은 별천지에 뚝 떨어진 그 기분이란. 대체 내가 여기 왜 있는 거지?

시커먼 건물숲 사이로 그나마 번쩍이는 금색의 화려하고 그럴싸한 호텔이 눈에 들어왔다. 워낙 숫자 감각이 없던 나는 환율을 따져 계산하지도 않은 채 무조건 오페라하우스 한가운데의 그 호텔에서 일박하기로 했다. 마침 방이 있었던 게 다행이라 할지 불행이라 할지? 숙박비를 여행자수표로 결제하고 나서야, 지금 숙박한다 해도 몇 번 생각할 정도로 무지 비싼 호텔임을 알았다. 두꺼운 융단이 깔린 바닥에, 질감 좋은 빨간색 벨벳 커튼이 늘어진 창가에는 영화에서나 볼 법한 멋진 원목 테이블이 놓여 있었다. 좋긴 정말로 좋았지만, 이렇게 가다가는 며칠 못 가 파리 생활이 끝나겠구나.

이튿날 아침, 당장 로비에 내려가서 유스호스텔같이 학생들을 위한 저렴한 숙소들이 어디에 있는지 알려달라고 했다. 그런데 그 간단한 의사소통에 무려 반나절이 걸렸다. 영어를 나만큼이나 더듬거리는 사람이 파리 한가운데 특급호텔의 프런트 직원이라니, 도대체 프랑스라는 나라는 자국어에 대한 자부심인지 뭔지 외국인들을 맞이할 준비가 전혀 되어 있지 않아 보였다.

일단 짐은 호텔에 보관해두고 프런트 직원이 알려준 주소대로 찾아가보기로 했다. 내가 정확하게 말을 알아들었는지 확인하고, 확실하면 그때 다시 돌아와 짐을 찾기로 한 것이다. 나의 계획을 그 사람들이 알아듣도록 또다시 손짓 발짓해가며 겨우겨우 설명하고 호텔 문을 나섰다.

처음 파리에 온 내가 포르트 드 클리시(Porte de Clichy)를 알 리가 없었다. 그 동네가 어떤 동네인지 전혀 모르고 무작정 호텔에서 알려준 주소대로 물어물어 찾아갔다. 그리고 파리에 도착한 지 20시간 만에 드디어 유스호스텔을 찾았다.

일단 방에 짐을 풀고 한숨 돌리자, 그제야 주변이 눈에 보였다. 오늘부터 며칠이 될지 모르지만 어쨌든 내가 이곳에 머물 수 있는 최장기간인 15일은 있어야 하지 않을까, 라는 생각과 함께. 그 방을 함께 써야 할 친구들은 나 말고 둘이 더 있었다. 내 침대 바로 위의 이층 침대에서 자게 될 내 몸집의 세 배는 되어 보이는 거인 같은 흑인 여자와, 우루과이에서 온 나이가 좀 들어 보이는 여성이었다.

우루과이 아줌마는 내가 들어오기 며칠 전부터 독방처럼 그 방을 혼자 사용해서 모든 게 익숙했다. 식사 시간도 식당 위치도 척척 알았고, 유스호스텔 내의 간단한 헬스장도 이용하는 여유가 있었다. 언어도 안 되고 그저 눈치 하나로 버텨야 하던 나에게 이런 룸메이트가 있다는 것은 정말 행운이 아닐 수 없었다.

문제는 내 침대 바로 위에서 있는 대로 코를 고는 흑인 여자였다. 실은 내 위에서 드르렁거리는 건 뭐, 대략 참을 수 있었다. 그러나 출렁이는 육질의 그녀가 꿈틀거릴 때마다 싸구려 철제 침대가 삐거덕 소리를 내며 쇠 가는 비명 소리를 내는 것은 정말 참기 힘들었다. 게다가 그녀는 새벽이면 피피(Pipi, 프랑스어에서 소변을 이르는 유아어)를 하러 화장실을 갔다.

삐거덕 삐거덕, 끽끽, 삐거덕. 침대가 부서질 듯이 온 힘을 다해 한바탕 고함을 치고 나면, 우루과이 아줌마와 나는 어느샌가 어둑어둑한 어둠 속에서 깨어나 서로 눈길을 마주치기도 했다. 그리고 창밖에 아직도 다 떨어지지 않은 늦가을 고엽들이 바람에 흔들려 창문을 다닥다닥 부딪치며 가냘프게 매달려 바람의 움직임 따라 흔들리고 있는 그림자를 동시에 바라보곤 했다.

그렇게 멍하니 창밖을 바라보노라면, 문이 스르르 열리고 내 침대 바로 위의 그녀가 맨발로 저벅저벅 복도를 지나 화장실까지 갔다 오는 소리가 들리곤 했다. 그녀가 다시 자기 자리로 돌아가려고 난간의 계단을 밟고 올라서면 침대는 다시 한바탕 새벽녘의 비명 소리를 질렀다. 삐거덕 삐거덕, 끽끽, 삐거덕. 나의 파리 생활은 그렇게 시작되었다.

샤틀렌 할머니네 기숙사

유학 가서 처음 그야말로 진짜 내 공간을 갖게 된 곳은 샤틀렌 할머니네 기숙사였다. 그곳으로 들어가기 전까지 짧은 기간이나마 한국인 부부가 운영하는 하숙집에 잠시 머물렀는데, 말이 하숙이지 남의집살이가 그렇게 힘든 일인지 처음 경험해본 눈물겨운 시간들이었다.

나는 어린 시절의 트라우마로 인해 채식 위주의 식사를 한다. 죽은 동물의 살을 만지는 그 느낌은 상상만으로 온몸에 소름이 오싹

돋게 한다. 죽은 동물이라면 보는 것도 싫어하는데, 하숙집 언니는 가끔 요리를 한다며 나를 불렀다.

"이것 좀 도와줄래?"

언니는 핏물이 뚝뚝 떨어지는 징그러운 닭다리에 계란옷을 하나 입히고 튀김가루를 둘러달라고 하곤 했다. 그럴 때, 차마 말은 못 했지만 물컹거리는 닭의 사체로부터 전해오는 싸늘함으로 내 온몸에는 소름이 돋았고 내 눈에도 눈물이 핑 돌았다.

"프랑스는 말이야, 물값이 굉장히 비싸. 그러니 머리는 일주일에 한 번씩 감도록 해. 샤워는 물론……"

나는 주인 언니의 말을 거역할 수도 대들 수도 없었다. 그 결과 한동안 나는 시테 유니베르시테르(Cité Universitaire, 파리 남단에 여러 나라 기숙사들을 한 곳에 몰아놓은 지역으로 학생식당, 기숙사, 도서관이 밀집해 있다)에서 한국 유학생들 사이에 '모자순이'라는 별명이 붙었다.

하숙집은 이층으로 된 단독주택이었는데, 아래층에는 나 외에 또 한 명의 세입자가 있었다. 아래층 아저씨. 아, 정말 멋진 분이었다. 키도 워낙 훤칠하게 크고 외모가 출중해서 한국 유학생들 사이에 인기깨나 있었다. 분위기 넘치는 아래층 아저씨가 시테의 도서관에 나오는 날에는 난 괜히 어깨가 으쓱해지곤 했다. 여학생들 사이에 로망의 대상이었던 아저씨가 나에게 아는 척해줄 때, 그리고 가끔 내가 먼저 집에 들어갈 때 소소한 부탁이라도 하면 정말로 기분이 좋아서 들뜨기도 했다.

아저씨와 시간이 맞아 가끔 주인 언니가 부엌에 준비해놓은 빵과 커피를 먹는 프티데주네(Petit-déjeuner, 아침식사) 시간을 함께할 때가 있었다. 같은 테이블에 마주 앉아 있을라치면 하루 일진이 좋을 것 같았고, 상쾌한 공기가 아저씨와 내가 앉아 있는 테이블 위로 청량하게 흐르는 것 같았다. 아저씨는 도톰한 샤워가운을 자주 입었다. 유명한 철학자인 데리다도 하루 종일 샤워가운을 입고 집 안을 돌아다녔다는 사실은 나중에 알았다. 그 샤워가운 차림에 긴 다리를 꼬고 『르몽드』를 읽으며 버터 바른 빵과 커피를 먹던 모습은 영화 속 한 장면과도 같았다.

아래층 아저씨는 주인 아저씨의 학교 선배라 주인 언니도 굉장히 어려워했다. 그럼에도 불구하고 아래층 아저씨와 나는 파도가 몰아치는 바다를 돛대도 없이 헤쳐가야 하는 외로운 항해자라는 점에서 비슷한 처지였다.

위층은 주인집으로, 아이 둘이 있다는 이유로 한국의 가정처럼 한겨울에도 반팔을 입고 다닐 수 있었다. 반면, 햇볕조차 들지 않는 아래층은 복도와 방에도 한겨울에 작은 쇼파즈(Chauffage, 난방기구의 일종으로 라디에이터처럼 한쪽 벽면에 조그마하게 붙어 있음)조차 손을 바짝 밀착해도 도무지 따뜻함이라고는 느껴지지 않을 만큼 미지근했다. 한국과 같은 강추위는 아니지만 뼈가 아리게 서서히 스며드는 추위로 몇 번이나 잠에서 깨어나곤 했다.

집이 주는 편안함보다는 내 몸 하나 녹이지 못하는 썰렁함이 더 컸다. 싸늘한 침대, 이불 하나에 의지하여 온몸을 칭칭 이불로 둘러싸고 얼굴만 겨우 쏙 내밀고 잠을 청했다. 그래도 몇 번이나 깨어 콧등이 딱딱하게 얼어붙는 듯한 추위를 느끼며, 혹시나 정말로 얼어버리진 않았나 하는 두려움으로 거울을 들여다보기도 했다. 산타할아버지 코마냥 빨갛게 상기되어 있던 콧등. 꽁꽁 언 발에 양말을 두세 겹씩 끼어 신고 다시 침대에 누워 잠을 청해보던 그 시절. 아마도 내가 보냈던 가장 우울했던 유학 시절이 아니었나 싶다.

다행히도 그렇게 추위로 밤잠을 이루지 못했던 사람이 나 혼자만은 아니었다. 바로 앞방에서 새어 나오는 불빛이 아래층 아저씨도 나처럼 이 추위에 잠을 설치고 있음을 말해주고 있었다. 아저씨는 이따금씩 한국에 가서 몇 달을 오지 않았는데, 동지가 없이 외로운 전쟁터에 홀로 있는 듯 아저씨 방을 쳐다보며 귀가하던 기억이 난다. 몇 마디 나눈 적도 없지만 그렇게 아래층 아저씨는 나에게 든든했던 존재였다.

주인 언니가 그렇게 나쁜 사람은 아니었음에도 세입자 입장에서 스스로 눈치를 보게 된 면도 없지는 않을 것이다. 그렇기는 하지만 파리는 물값이 너무너무 비싸다고 귀에 딱지가 앉도록 주인 언니가 나에게 주입하던 그 진실 아닌 진실 앞에서, 내게는 더 오래 버티기라는 단 하나의 과제밖에 없었다. 언어도 안 되는 이 낯선 땅에서 가능한 한 오래 버티기 위해서는 가지고 있던 돈을 최대한 아껴서 어떻게든 버텨보기. 그것만이 내 유학생활의 해결책이라는 생각이 들어, 입으로 들어가는 것조차 아껴야겠다고 생각하던 때가 있었다.

12프랑 하는 학생식당 식권 살 돈을 아끼기 위해, 4프랑 20상팀 하던 긴 바게트 하나를 사서 물 한 모금 마시고 빵 한 조각 뜯어 삼키며 공원의 어느 벤치에 앉아 있기도 했다. 개 산책 시키러 나온 프랑스 노인이 안타까운 눈빛으로 나를 바라보는 바람에 개가 되레 노인을 끌고 가는 듯한 우스꽝스러운 장면도 연출했다. 처량하게 빵을 뜯어 꿀꺽 삼키다가 그 장면을 보며 나도 모르게 웃음을 터뜨리자, 노인은 그제야 정신이 번쩍 들었던지 서둘러 갈 길을 재촉하곤 했다. 그 노인의 눈엔 내가 미친 사람처럼 보였는지도 모르겠다.

아무튼 때로는 슬펐지만, 자유롭게 나 자신의 감정과 내면에 귀 기울일 수 있었고, 그런 의미에서 찬란하게 빛나던 순간이었다. 그런 곡절 끝에 하숙집에서 나와 처음으로 나만의 자유로운 공간이 생겨서 날아갈 듯 기뻤던 곳이 바로 샤틀렌 할머니 기숙사였다. 샤틀렌 할머니의 기숙사에서는 5년은 족히 살았으니, 유학생으로서 크고 작은 스토리가 가장 많이 담긴 곳이 바로 그곳이었다.

시테 유니베르시테르의 도서관에서 샤틀렌 할머니네 기숙사라면 한국인 몇 사람만 거치면 다 알 정도로 꽤 유명했다. IMF 위기를 맞으며 다들 짐 싸들고 한국에 들어가는 상황에서 샤틀렌 할머니네 기숙사는 그나마 다른 곳보다 저렴하고, 국가보조금(알로카시옹 제도. 학생들에게 집세의 반을 나라에서 지원해주는 제도)도 많이 나오는 집이었다. 가난한 유학생들에겐 정말 그 어느 곳보다 따뜻하고 포근한 보금자리였던 것이다.

샤틀렌 할머니네 기숙사에는 약 40개의 방이 있었는데, 나는 한국 사람 중에 두 번째로 그 집에 들어가게 되었다. 아마도 열 명 안에 꼽히는 오래된 멤버 중 하나였던 것 같다.

샤틀렌 할머니는 백발의 커트머리에 키가 150센티미터 정도밖에 안 되었는데, 맨날 푸우 푸, 하면서 큰 숨소리를 내면서 온 집안을 헤집고 다니며 잔소리를 해댔다.

"이 쓰레기는 도대체 어떤 녀석이 여기다가 버려놓은 거야!"

푸우, 푸!

"이 의자가 또 왜 여기에 있는 거야? 어디 가만 보자, 어디?"

노안 때문에 의자를 이리저리 돌려보고 고개를 갸우뚱거리며 확인하는 데 5분 정도 시간이 흐른다.

"이 의자는 위층 탁구대에 있어야 할 의자잖아? 이거 어떤 녀석이 또 여기에 내려다 놨어! 제자리에 갖다둬야 될 거 아니야!"

푸우, 푸! 그리고는 곧 이어 의자 끄는 소리가 들린다.

할머니는 일주일에 두세 번 기숙사에 들렀다. 처음엔 아담(Adam)이라는 프랑스 남자가 청소부로 있었는데, 아이큐가 떨어져서 어디 가서 돈벌이도 제대로 못 하니 할머니가 조금 보태주면서 데리고 있었다. 그러나 모자란 아담이 부지런한 할머니 맘에 들 리가 없었다. 한시도 쉴 틈 없이 부지런한 다혈질의 잔소리꾼 할머니와, 하루하루 버티며 날아갈 곳을 찾아 좀이 쑤신 혈기왕성한 젊은이. 할머니는 소리를 지르고, 아담은 물건을 팽개쳐 우당탕거리는 소리가 나고, 급기야 아담이 대문을 박차고 나가며 마무리됐다. 그러면 할머니는 다시 푸우 푸, 한숨을 내쉬며 물건을 정리했다. 어느 날 아담이 멀리 떠나며 칠순이 넘은 할머니 혼자 기숙사를 관리하셨다.

할머니는 집에서 기숙사까지 항상 187번 버스를 타고 오셨는데, 기숙사에서 5분 거리에 있는 빵집이 맛있다고 꼭 절반으로 뚝 자른 바게트를 사셨다. 빵 머리가 삐죽 튀어나와 있는 바게트와, 팡 오 레장(Pain aux Raisins, 건포도가 박힌 달팽이 모양의 빵) 몇 개를 담은 비닐봉지가 할머니의 손에 늘 들려 있었다. 할머니는 기숙사에서 나를 제일 예뻐해주셔서, 기숙사 문을 열고 들어오시면 꼭 입구에 있던 내 방 앞에 와서 "마 셰리(Ma chery, 내 사랑)!" 하며 노크를 하고 팡 오 레장을 하나씩 주고 가셨다.

할머니는 가끔씩 틀니를 통째로 뽑아서 다용도실에서 양치질을 하셨다. 그럴 때 쪼글쪼글한 입가의 모든 주름을 입 앞쪽으로 모두 당겨서 입을 다물고는 칫솔로 틀니를 박박 문질러 씻던 모습이 떠오른다. 작은 키에 하얀 백발의 커트머리, 그리고 다이내믹하고 날렵한 몸놀림. 동화 속에 나오는 뾰족한 코의 마귀할멈과 너무나도 흡사하게 닮았지만, 속은 프랑스 할머니가 아닌 다혈질의 전형적인 한국 할매였다.

할머니는 나를 제일 좋아했지만, 가끔 나와 싸우기도 하셨다. 물론 그 집에 살던 거의 대부분의 사람들이 할머니와 싸웠다. 할머니는 연세가 드셔서 정신이 없었고, 집세를 냈는데도 본인이 생각나지 않으면 안 냈다고 다시 내라고 하셨다. 그것도 한두 달이 지난 후에 말이다.

"너 지지난달 방세 안 냈지? 언제 낼래?"

이런 식이었다. 이건 나만 당한 게 아니라 기숙사의 친구들 모두가 마찬가지였다. 정리를 잘 못 하는 나에게 그건 정말 하늘이 무너져버리는 일이었다. 소심한 나는 하루 종일 아무것도 못하고, 때로는 학교도 가지 못하고 온 집안을 뒤져서 지지난달의 방세 영수증을 찾았다. 들어줄 사람도 없는 화를 내며 찾다가 드디어 서류를 발견하면 어느새 눈에선 뚝뚝, 서러운 눈물이 흐르고 있었다. 그렇게 찾은 서류를 할머니에게 다시 보여줄 땐, 서러웠던 내 눈은 이제 원망의 눈빛으로 바뀌었다. 할머니가 너무 미워서 눈을 마주치지도 않고 할머니가 써준 집세 영수증만 불쑥 내밀고 고개를 돌렸다. 그러면 할머니는 또다시 그놈의 건포도가 박힌 팡 오 레장을 내 손에 쥐여 주며 말했다.

"하하하, 내가 착각한 모양이네."

노인네의 웃음이 얄밉기도 했지만, 미안하다고 웃는 할머니를 마음 밖으로 차마 밀어낼 수도 없어서 그렇게 원망하고 잊기를 반복했다. 사실 그 순간의 할머니가 미웠을 뿐이었으며, 할머니는 굉장히 정이 많은 사람이었다. 장애인 아들과 장애인이 되어버린 남편을 거두느라 본인도 성하지 않으면서 뼈가 부서지게 일하는 강인한 여성이었다. 게다가 온갖 인종이 섞여 있는 파리에서 외국인들의 주머니 사정도 배려해서 돈이 없을 때는 몇 달이고 기다려주기도 하셨는데, 그래서 덤벙덤벙 착각하기도 하는 그런 할머니였던 것이다. 아, 몇 년 전까지 할머니랑 통화도 했는데, 소홀하게 최근 몇 년 동안은 연락도 못 했다. 나에게는 언제나 고마운 할머니, 보고 싶은 할머니, 샤틀렌 할머니.

유학생 천태만상

컴퓨터 한 대만 남기고 떠난 여자

IMF 위기로 중도에 유학을 포기하고 돌아가는 사람들이 주변에 유독 많이 눈에 띄던 시기, 옆집에 한국 여자가 이사를 왔다. 그녀는 지방에서 어학 과정을 이수했는데 파리에서 학교를 다니기 위해 원서를 냈고, 불어 시험을 치게 되었다. 그런데 해마다 겨울이면 뭔 놈의 파업이 그리 많은지, 하필이면 그녀의 불어 시험이 있는 그날 지방에서 테제베(TGV) 파업을 하는 바람에 우여곡절 끝에 겨우 파리에 도착한 시간이 오후 네 시가 다 되어서였다. 시험은 물론 아침 아홉 시 시작이었다.

그날 난 수업이 있어서 학교에 갔는데 웬 한국 여자가 학교 부근 역 앞에서 커다란 이민가방을 옆에 놓고 철퍼덕 주저앉아서 엉엉 울고 있는 것이었다. 오지랖도 무지 넓은 나는 천성적으로 그런 모습을 보면 절대 그냥 지나치지를 못한다. 촌닭! 그래, 바로 그 촌닭 기질만은 아무리 세련된 파리에 산다고 해도 절대로 버리질 못했고, 어쩌면 죽을 때까지 변할 수 없는 면이기도 하다.

"혹시, 한국 사람이세요?"

그녀는 고개를 든다. "네!"

"그런데 왜 여기서 이렇게 울고 있어요?"

그녀의 사연인즉, 아침부터 테제베 파업으로 인해 어찌어찌해서 갸흐 뒤 노드(Gare du Nord, 북역)까지 왔는데, 도착해보니 지갑을 통째로 잃어버렸다는 것이었다. 그래서 역 앞에 앉아서 울고 있는데 어떤 신사가 다가와서 왜 우냐고 묻기에 지금처럼 대답했는데, 그 신사는 바로 우리 학교 연극과 교수였다는 것. 그 교수는 지하철 표를 끊어주며 같이 학교에 오고, 연극과 교수라며 자신을 소개했고, 그녀가 입학하려는 조형예술과 사무실까지 데려다주며 도와준 모양이었다. 그 멋쟁이 교수는 점심을 사먹으라며 얼마의 돈까지 주고는 사라진 것 같았다.

그러나 그 돈으로 식사는 할 수 있었지만, 오늘 당장 갈 곳도 없고 은행문도 닫았고, 그렇다고 지방으로 다시 돌아갈 수도 없는 상황이어서 그냥 울고 있었다고 한다. 차라리 그냥 모른 체 지나갈 것을. 그러나 때는 이미 늦었다. 한국 여자라잖아! 길바닥에 재울 거야? 내 마음속에는 순간 여러 모습을 한 수많은 내가 싸움을 하고 있었다. 재워, 재워. 불쌍하잖아! 아니, 처음 본 사람을 왜? 데려가 봐, 얼마나 귀찮은 줄 아니? 너 침대 하나밖에 없잖아? 갈등의 순간을 순식간에 휙 지나보내고, 그 낯선 여자는 우리 집에서 나와 함께 일박을 했다. 그리고 그녀는 며칠 후 옆집으로 이사를 왔다.

그녀와 나의 인연은 그렇게 우연하게 시작이 되었으나, 그 만남은 그리 오래가지는 못했다. 낯선 연극학과 교수님 덕분에 어렵게 학교에 들어갔지만, 그 낯선 고마움에 제대로 보답을 하지는 못했던 것 같다. 기회는 누구에게나 올 수는 있어도, 그 기회를 잡아 내 것으로 만들지 말지는 바로 그 사람의 몫인 것이다.

그때 나는 석사과정이었고, 1년 안에 석사학위를 받는 것이 목표였다. 송금받지 않는 유학생들에게는 유학 기간이 길어질수록 고생이 두 배 세 배로 늘어난다. 1학기에 석사과정에서 들어야 할 모든 과목을 이수하고, 2학기에는 논문에만 집중하기로 결정했다. 1, 2학기에 내가 이수해야 할 과목 수는 총 8과목. 그러나 소위 '빵꾸'가 날 것을 대비해 2과목을 더 듣기로 했다. 그럼 하루에 5시간은 수업을 듣고, 나머지 시간에는 아르바이트를 하고, 또 나머지 시간에는 라디오를 듣고 뉴스를 들으며 프랑스어에 귀를 기울여보자! 그렇게 매진하고 있을 때였다.

그녀는 대학 3, 4학년 과정인 리상스(License) 과정을 들었는데, 난 그녀에게 별명을 지어주었다. '조선족'. 당시 조선족들은 주로 공부가 아니라 돈을 벌기 위해 파리에 왔기 때문이었다. 그녀도 나처럼 아르바이트를 하고 살았지만, 차원이 달랐다. 그녀는 한인식당의 설거지 아르바이트를 했다. 많고 많은 일자리 중에 그녀가 왜 하필이면 설거지 아르바이트를 했는지 이해가 되지 않았다. 여자는 스스로를 귀히 여길 줄 알아야 하는 법 아니던가. 남자들이야 어떤 일을 하든 큰 상관이 없지만, 여자들은 어떤 일을 선택하느냐에 따라 인생이 바뀔 수도 있지 않은가.

사실 그것은 어렸을 적부터 귀에 딱지가 앉도록 아버지로부터 듣던 말이기도 했다. 습관이란 무서운 것이고, 기억이란 어느 대목에서나 머물러 있기 마련인 것. 그래서 아버지는 늘, 두 남동생에게는 남자들은 험한 일을 해봐야 인간이 된다고 하셨지만, 나에게는 여자의 자존심은 남자의 자존심보다 몇 배는 더 지켜야 된다고 말씀하셨다. 서울의 4분의 1밖에 안 되는 그 좁은 파리에서 '××식당 알바생'으로 딱지가 붙는 일은 별로 유쾌한 낙인은 아니었다.

설거지 아르바이트를 하는 그녀는 매일 오후 네 시가 되어 출근해서 손님들이 오기 전에 식당 정리를 하고 손님들보다 먼저 밥을 먹고 일을 시작했다. 식당엔 그녀 외에도 다른 한국인 아르바이트생 두세 명이 더 있었는데, 같은 아르바이트생들끼리 남녀 구분 없이 어울리며 재미나게 일하는 모양이었다. 새벽 두 시에 겨우 일을 끝내면, 가로등 불빛 아래로 단 하나의 그림자만이 터벅터벅 그녀의 뒤를 따라갔다. 나는 갤러리 아르바이트가 가끔 늦게 끝나면 사장님이 주는 비용으로 택시를 타고 귀가했는데, 그럴 때면 타박거리며 걷고 있는 그녀를 앞질러 지나가기도 했다.

집에 도착한 그녀는 잠깐 달그락거리다가 새벽 세 시 정도 되면 인기척을 멈추었고, 그녀의 방 불빛도 꺼졌다. 그리고 다음 날, 해가 중천에 뜨고 한바탕 모두가 분주한 시간도 다 지나 점심 무렵이 되면, 그제야 부스스 일어나 밥 한 숟갈 챙겨먹고 또다시 터벅터벅 아르바이트를 나갔다.

그렇게 무료하게 학교도 안 가고 아르바이트를 위해 생활하던 그녀에게도 남자친구가 생겼나 보았다. 설거지하러 가며 짧은 치마에

스타킹을 신고, 구두를 똑딱거리며 삐딱삐딱 걸어가는 그녀의 뒷모습은 참으로 서글펐다. 얼마 뒤 그녀의 방에 컴퓨터 한 대가 배달되었다. 당시만 해도 획기적인, 납작한 평면 화면의 멋진 컴퓨터가 그녀의 책상 위에서 빛나고 있었다.

"××씨, 컴퓨터 할 줄 알아요?"

"아뇨, 배우려고요. 이걸로 논문 쓰려고요."

남들은 1, 2년에 마치는 리상스를 3년 동안 머물러 있으며 식당 아르바이트를 하는 그녀에게도 유학생으로서의 목표가 있었던 것일까. 멋지고 성공적인 유학생활을 위해 아르바이트를 시작했을 터인데, 그 알바로 인하여 허무하게도 학교 수업을 모두 놓쳐버리고 시간도 놓쳐버렸다. 그녀의 책상 위에는 멋진 까만색의 평면 모니터 컴퓨터만이 덩그러니 남아 있었다. 남들이 즐겁게 웃으며 먹은 빈 그릇을 3년 동안 미친 듯이 고단하게 닦아 번 돈으로 사놓은 컴퓨터.

돈을 벌기 위한 유학? 조금 더 여유 있는 유학생활이라면 좋겠지만 그럴 수 없다면 무엇을 우선순위에 둘 것인가? 멋진 컴퓨터를 샀던 그녀의 꿈은 멋진 논문을 쓰는 거였지만, 그녀는 석사도 못 마치고 결국 한국으로 돌아가고 말았다.

시래기 말리는 남자

나는 성격이 활달한 편이다. 좀 더 솔직히 표현하자면, 다른 사람들과 함께 있을 때면 나보다는 상대방에 초점을 많이 맞추는 편이다. 그러니 성격이 활달하게 보이려고 하는 편이라는 말이 정확한지 모르겠다. 다른 유학생들이 학교, 집, 도서관 외에는 별로 갈 곳도 없던 것과는 달리 참 재미나게 유학생활을 했다. 금요일이나 토요일 저녁이면 자주 센(La Seine) 강 어귀에서 학생들이 모여 락댄스를 추었다. 거의 대부분은 밤이 되면 바스티유 근처의 카페로 자리를 옮겨 밤새도록 맥주를 마시며 춤추는 댄스파티였다.

때로는 시테 기숙사의 미국관같이 조금 큰 건물의 한 공간에서 주말 저녁 한판이 벌어졌다. 학생들에게는 싸게 음료를 팔았다. 아쉽게도 요즘은 프랑스에서도 많이 사라져가는 것 같지만, 그때만 해도 그런 재미있는 파티들이 상당히 많았다. 기숙사 학생들은 절반이 프랑스 사람들이었고 나머지 절반은 각국에서 온 유학생들이었다. 나는 같은 한국인들보다 오히려 프랑스 친구들과 더 가까이, 그리고 허물없이 지냈다.

어느 날, 이른 아침부터 쾅쾅 두드리는 소리에 문을 열었다. 그랬더니 산드린, 질, 로랑, 마튜, 그리고 몸집이 큰 실뱅 등 대여섯 명의 친구들이 내 방 앞에 서 있었다. 무슨 일인가 싶어서 물었더니, 대답 대신 빨리빨리 나오라고 내 손을 잡아끌었다. 친구들의 재촉에 나도 서둘러 나가봤다. 그런데, 아, 그 광경은 정말이지 어떻게 만들려고 해도 만들 수 없고 잊으려고 해도 도저히 잊을 수가 없는 광경이었다.

기숙사 1층(프랑스에서는 한국식 1층을 0층으로 씀)에 탁구대가 있었다. 그런데 거기에 한 잎, 한 잎, 낱장의 배추가 그 위에 쪼르륵 얌전히 한 줄로 널려 있었다. 그것으로도 모자랐는지 운동하며 차 마시는 공간 양쪽에 아예 못을 박아 빨랫줄을 연상시키는 줄을 걸었고, 길게 배춧잎이 위아래로 펄럭이고 있었다. 빨랫줄에 걸린 빨래가 아닌 수많은 배추 이파리가 펄럭이는 모습! '태극기가 바람에 펄럭입니다'가 아닌, '배춧잎이 파랗게 펄럭입니다'였다.

평소에 중국 시장에서 한국인들이 배추를 사다 나르는 것을 본 터라, 친구들은 이건 분명 한국 사람의 소행일 거라 생각한 모양이었다. 그리고 혹시 내가 알까 싶어서 내 방문을 두드린 것이었다. 당시 나는 기숙사에서 고참 멤버에 속했고, 한국 사람 중에는 가장 오래된 사람이었기에 프랑스 아이들과 파티도 하고 재미난 시절을 보내고 있었다.

글쎄? 이런 짓을 할 사람은 이 집안에서는 단 한 사람, 아래층 남자였다. 평소에 하고 다니는 그의 모습, 맨날 땅만 보며 머리를 박고 다니는 그의 모습은 분명 엉뚱한 발상을 할 수 있으리라는 생각이 문득 들었다.

똑똑똑, 아래층 남자의 방문을 두드렸다. 분명 안에서는 인기척이 나는데 문이 바로 열리지는 않았다. 잠시 기다렸다가 다시 두드렸다. 잠시 후 문이 열렸고, 순간 나는 뒤로 넘어갈 뻔했다. 빠끔히 문을 열고 고개를 내민 그 존재는 도무지 사람인지 귀신인지 알 수가 없었다. 방금 머리를 막 감고 나왔는지, 긴 머리는 앞으로 모두 내려와 있었다. 그는 겨우 눈동자가 보일 만큼 손으로 머리를 한쪽으로 치우며 말했다.

"무슨 일이시예?"

"저기, 혹시요, 위에 배추 뜯어놓으셨어요?"

잠시 말 없음……. 그러더니 머리를 뒤로 젖히며 어울리지도 않게 부끄럽게 웃는 그.

"시래깃국이 먹고 싶어서예."

시.래.깃.국.! 엄마가 해줘서 먹어는 봤어도 뭘 어떻게 끓이고, 시래기가 말린 건지 젖은 건지도 잘 모르던 나였다.

"그런데 왜 배춧잎을 다 뜯어놨어요?"

배시시 웃더니, 그는 다시 수줍은 듯 말했다.

"시래기 맹글라면 저렇게 얼렀다, 말렀다, 말렀다, 얼렀다 케야 하는 거라서예."

……또다시 그와 나 사이에는 적막이 흘렀다. 그러곤 바로 위층으로 올라가서 친구들에게 뭘 만들려고 그러는 거니까 신경쓰지 말라고 얘기해줬다. 프랑스 친구들은 그 배춧잎을 보면서 묻기도 했다.

"혹시 아래층 쟤, 앵스탈라시옹(installation, 설치미술) 한 거야?"

아무튼 그 일이 있은 후 아래층 남자와 조금씩 말을 하고 지냈다. 그런데 하고 다니는 것도 영 그렇고, 심각하게 우울하고 아주 인생이 고달파 보였다. 난 그때만 해도 가난한 유학생이기는 했지만, 그냥 그럭저럭 먹고살 만했고 돈 문제는 없었다. 통장에도 그동안 아르바이트한 돈을 저축해놓을 정도였다. 다만 시간이 정말 없어서 돈을 쓸 수 없었다. 슈퍼마켓에 갈 시간도 없었고, 뭘 사러 다닐 수 있는 시간은 더더욱 없었다. 프랑스에서는 일요일에는 슈퍼마켓 문을 닫고, 평일에도 저녁 일곱 시 반만 되면 슈퍼마켓이나 일반 가게 모두 문을 닫기 때문이었다. 요즘은 그때와 많이 달라져서 늦게까지

하는 슈퍼마켓들도 많아졌지만 말이다.

지금도 마찬가지지만 난 가끔 마음이 복잡하거나 어지러우면 슈퍼마켓보다는 재래시장을 찾는다. 장터에 가면 삶이 움직이는 것 같다. 어느 일요일, 마침 동네에서 일주일에 한 번씩 열리는 장터에 가서 좋은 버섯이 있기에 사가지고 집으로 올라가던 중에 아래층 남자와 마주쳤다. 역시 그는 다른 날과 마찬가지로 머리를 땅에 박고 어딘가 가고 있었다. 반대편에 있던 그에게 소리쳤다.

"안녕하세요? 제가 지금 막세(Marché, 장터) 갔다 오는 길인데, 버섯을 좀 샀어요. 내일 나눠드릴게요."

"네, 네."

쫓기듯 그는 다시 그의 갈 길을 갔다. 나는 혼잣말로 중얼거렸다. '누가 잡아먹나?'

그날따라 휴일인데도 파트롱(사장, 대표)한테서 전화가 왔다. 오늘 근무하기로 한 직원이 아프니 와서 대타로 갤러리 좀 봐줄 수 있겠냐는 것이었다. 프랑스의 노동법은 퇴근 이후나 주말 및 공휴일의 노동에 대해서는 평일 임금의 두 배 혹은 세 배를 지급하도록 되어 있다.

예정에 없던 갤러리를 다녀오니 어느덧 하루가 다 갔다. 너무 피곤해서 벌렁 누웠는데, 눕기가 무섭게 누군가 노크를 했다. 이 야밤에 누군가 싶어서 문을 열지 않고 누구냐고 물었더니 아무 대답이 없었다.

"Qui est là?(누구세요?)"

누구야 정말, 신경 쓰이게. 혼자 중얼거리면서 경찰서에 전화라도 해야 하나 하고 수화기를 드는 순간이었다. 갑자기 방문 아래 틈새로 엽서 하나가 불쑥 방문 틈으로 들어온다. 이게 뭐야 싶어서 얼른 주워서 봤다.

안녕하세요? 아래층 ×××인데요. 낮에 나가시면서 주시기로 한 버섯 지금 주시면 안 될까요?

이 남자 정말 뭐 하는 거야. 내가 들어오기가 무섭게 방을 두드리는 걸 보니, 종일 아무것도 않고 내가 오기만을 기다렸나 보다. 문을 열고 나눠주기로 한 버섯을 건넸다. 내가 오기만을 기다리며 청각을 곤두세웠을 그. 순간 그것밖에 기댈 곳이 없을 만큼 절박했을 그의 입장이 이해되었다. 뭔가 절박한 사정이 있는 게 틀림없었다.

다음 날 아침, 빵집에 가서 빵도 하나 사고 건너편 슈퍼마켓에서 간단하게 먹을 과일과 음식들을 조금 사서 아래층 남자의 방으로 갔다. 배고픈 유학생 시절을 잠시나마 겪어본 나로서는 그 배고픔이 어떤 건지를 너무나 잘 알았다. 그의 배고픔을 조금이나마 덜어주고 싶었다. 그런 나의 호의에 그는 차 한 잔 대접하고 싶다고 했다. 기숙사생들이 공동으로 사용하는 그랑 살(Grand salle)에서 잠시 기다렸더니 양손에 머그컵 두 개를 든 그가 나타났다. 그중 하나를 내 앞쪽으로 밀어주고 그도 건너편에 앉았다.

그가 내어온 컵은 어디서 많이 본 익숙한 것이었다. 단번에 그 컵이 시테 학생식당의 물컵임을 알 수 있었다. 시테에서 슬쩍 가져왔나. 컵 하나 내 돈으로 살 수 없을 만큼 어려운 사람이 왜 이곳까지

왔을까. 내가 먼저 물었다.

"파리엔 어떻게 오셨어요?"

"실은예, 지금은 ××미용실(한인업체)에서 시다바리(보조)하고 있습니더."

"공부하러 오신 거 아니세요?"

"첨에 오기야 공부 함 해보자고 왔지예."

그러면서 그가 파리에 오게 된 경위를 이야기해주었다. 경상도 어느 시골의 작은 마을에 살던 그. 엄마는 아들이라고 어려운 살림에도 공부를 시켜주고 싶었다. 그 아들이 입시에서 떨어지자 서울에 있는 재수학원에 아들을 등록시켰는데, 이 망할 놈의 아들이 하라는 공부는 않고 재수학원에 같이 다니던 한 여자와 사랑을 하게 되었다.

"오빠야, 우리 도망갈까?"

사랑하는 그의 달콩이가 먼저 얘기했다.

"그래, 나도 여어가 너무 싫다. 그런데 우린 돈도 없는데 어떻게 가노?"

"나한테 좋은 생각이 있다!"

"몬데?"

"우리 재수학원 다니지 말자!"

"니 미친나?"

"모 어떠노? 어차피 서울까정 와서 확인도 못 할낀데. 오빠야네 엄마는 우리 학원 찾아올 수나 있나? 없제? 우리 엄마캉 마찬가지 아이가?"

"우리, 재수학원 갈 돈으로 미용학원 가자! 그래가 돈 후딱 벌어서 콱, 도망가뿌자."

그래서 그는 달콩이 그녀가 꼬드기는 대로 넘어갔고, 두 사람은 미용을 배우기 시작한 모양이었다. 그의 어머니는 시골에서 뼈 빠지게 고생해서 못난 아들놈에게, 그래도 아들이라고 꼬박꼬박 서울로 돈을 보내주었을 테다. 에이그, 불쌍한 할매! 아들놈 잘못 키우면 남보다 못하다고 했다. 세상에 틀린 말 하나도 없다! 당신이 그렇게 힘들게 농사지어서 번 귀한 돈으로 아들놈은 여자에게 눈이 돌아가 이 낯선 파리에서 어떤 모습으로 살고 있는지 비디오라도 찍어서 보내주고 싶은 심정이었다. 세상의 어머님들이여, 제발 정신 차리세요, 라며.

둘은 열심히 미용학원을 다녀 자격증을 땄다. 그 자격증이면 어디 가서 밥은 굶지 않고 살겠지 하고 1년 동안 서울의 미용실에서 미용보조 일을 하면서 살림을 차렸다. 그리고 서울을 떠나기로 했다. 목적지는 그녀가 원하는 대로 예술의 도시 파리. 아무 대책도 계획도 없이 그저 그녀가 좋다는 이유 하나만으로 비행기표를 무작정 끊었다. 그리고 시골로 내려가서 홀로 계신 어머니께 말씀드렸다.

"엄니요, 저 프랑스 파리, 갈라 카는데……."

"와, 와 갈라 카는데?"

"엄니 소원이 아들 공부하는 거 아입니꺼? 공부 함 해볼라 캅니더."

"니, 독수리 타고 갈래? 뱅기 값은 누가 내노?"

"뱅기표도 다 마련해놨어예."

그렇게 해서 그는 파리까지 오게 되었다. 그런데 사랑하는 그녀는 어디로 갔을까? 꿈과 희망을 품고 파리로 왔으나 아무것도 사실상 준비가 안 되었던 두 사람. 그녀는 그냥 몇 달 만에 한국으로 다시 돌아갔다. 사랑도 놓치고 돈도 시간도 모두 놓쳐버린 이 남자, 홀로 싸구려 기숙사에서 겨우 기숙사 비용만 내면서 파리에 남게 되었다.

이런저런 얘기를 하더니 갑자기 물었다.

"혹시 소원 있어예?"

"소원? 글쎄요? 내 소원이 뭐였더라?"

난 그냥 자연스럽게 둘러댔다. 그리고 반대로 이 불효자의 소원은 뭘까, 궁금했다.

"소원 있으세요?"

그냥 툭, 던지듯이 한 말에 그는 갑자기 천장을 쳐다보며 잠시 뭔가를 생각하는 것 같더니 초점이 흐려졌다. 한참 그러고 있더니 이내 말을 다시 이었다.

"지 소원은예, 어느 날 자고 일어났는데, 마담 샤틀렌 할머니네 집 대문을 열고 딱, 나갔더니 하늘에서 돈이 마구 떨어져서 산더미처럼 쌓여 있는 건데예."

"그 돈 가지고 뭐 하려고요?"

"글쎄예? 그 담은 생각 안 해봤어예."

그 사람도 돈덩이가 안 떨어질 것도 알고 허망한 꿈이라는 것도 알겠지? 세상에 믿어서 안 되는 일이 어디 있으며 불가능한 일이 어디 있을까? 그러나 자기의 꿈이 허망하다는 것을 알고 있으면서도 그 꿈을 꾸고 있는 그. 아마도 그렇게라도 믿고 싶었던 것이 아닐까?

"그럼, 돈덩이 꿈 말고 다른 꿈은 없어요? 인생에서 뭐 해보고 싶거나 그런 꿈?"

"지는예, 아무것도 안 하고 독일에 가서 도스토옙스키처럼 방구석에 콕 처박혀가, 아무거나 막, 하루 종일 썼으면 좋겠어예."

"그런데 왜, 하필이면 독일이에요?"

"도스토옙스키도 그렇게 했을 거 같아서예."

"도스토옙스키랑 독일이랑 무슨 연관이 있나 봐요?"

"독일 사람 아잉기요?"

차마, 도스토옙스키의 국적을 알려줄 수가 없었다. 그가 이 유럽의 하늘 밑에 있는 이유는 어쩌면 그가 잘못 알고 있었던 도스토옙스키 때문일지도 모르는데, 그가 선망하고 있는 그 대상을 그렇게 무너뜨리게 하고 싶지는 않았다.

"그런데, 방구석에 콕, 처박혀서 아무거나 막 쓰는데 독일이 왜 필요해요? 그냥 반지하 얻어서 독일이거니 생각하고 아무거나 쓰세요. 그럼 소원 이루어지잖아요? 뭘 그렇게 복잡하게 이루시려고 그러세요?"

"흐흐흐, 맞네예? 그 생각은 못했어예."

그 이후로도 시장을 볼 때마다 내 몫을 사면서 두 개씩 사서 장바구니 한 봉지는 아래층 남자한테 몇 번 가져다줬다. 그래도 그에게는 파리 생활이 많이 버거웠던가 보다.

난 학교와 아르바이트 다니는 것만으로도 워낙 벅찼고 바빴다.

일요일엔 오전 열 시 반 미사에 갔다가 오랜만에 만난 한국 사람들과 카페에도 가고 중국 시장 근처에 가서 한국 국수와 가장 흡사한 베트남 국수 통키누와도 먹었다. 그처럼 유일하게 나에게 주어진 자유시간인 일요일에도 집에 있는 적이 거의 없었다.

어느 날 저녁에 집에 들어 왔더니 작은 엽서가 내 방 문에 붙어 있었다. 거리에서 공짜로 주워 올 수 있는 연극 광고용 엽서였다. 안 봐도 또 아래층 남자일 것이라는 추측을 단번에 할 수 있는 엽서. 이렇게 쓰여 있었다.

'그동안 감사했습니다. 한국에 가게 되어 인사드립니다. 건강하게 유학생활 잘 하시고, 꼭 성공하세요.'

사실 그는 나보다 나이가 몇 살은 더 위였음에도 불구하고 항상 나보다 더 어린 사람처럼 기억된다. 뭔지 모르겠지만 돌봐줘야 할 것 같은. 자기 앞가림을 잘 못 한다고 생각했을까? 바보 같은 자, 어리석은 자라고 치부해버리기에는 그의 순수가 되레 안타까웠는지도 모른다. 사람은 저마다 각자의 방식으로 사는 거니까.

어디에서든 그가 잘 살아서 잠시나마 그가 어떤 야망을 품고 왔던 파리에서의 발걸음이 헛되지 않기를 바라본다. 조금은 엉뚱한 면이 있었지만 떠나고 싶을 때 떠날 수 있었던 그는 분명 용기있는 사람임에는 틀림없기 때문이다. 저질러야 할 때 저지르지 못하는 사람과 저지르고 싶을 때 저지를 수 있는 사람의 차이는 분명 다르다.

살림의 고수

학교도 다니고 아르바이트도 하는 유학생활의 일상 중간중간에 시테 기숙사에 살고 있는 친구들의 집에 잠시 놀러 가기도 했다. 그때까지만 해도 난 제대로 된 한국음식을 만들어 먹기보다는, 대략 시테 학생식당에서나 스파게티 등 간단하게 해먹을 수 있는 음식들로 그야말로 때우기 일쑤였다. 그런데 처음으로 음식을 해먹는 것의 중요성을 깨달은 일이 있었다.

시테의 기숙사로는 미국관, 캐나다관, 룩셈부르크관, 일본관 등이 있다. 각 나라에서 프랑스 정부가 무상으로 지원하는 토지에 각국의 정부지원금을 이용하여 지은 건물이다. 각 관마다 자기네 국적의 유학생들을 우선으로 받아주고 남는 방은 사적으로 세를 내주기도 했다. 정말 다양한 관들이 많았는데 한국관은 없었다. 이 또한 참 서러운 일이 아닐 수 없었다.

한국 사람들이 제일 많이 사는 관은 네덜란드관이었다. 그곳은 남녀 구분도 뚜렷하지 않을뿐더러, 화장실과 부엌 시설도 공동으로 사용해야 했고, 다른 나라 관들에 비해 시설이 제일 낙후되어 있었다. 따라서 다른 외국 학생들에게는 인기가 없었고, 사정이 급한 사람들 순서로 들어갔다. 그러다 보니 성격 급한 한국 사람들이 네덜란드관에 많을 수밖에 없었다. 집 구하기는 하늘의 별 따기였고, 집이 나와도 보증인을 구해야 하거나 6개월치 집세를 목돈으로 가지고 있어야 했던 것이다. 기숙사는 가격도 저렴했고 다양한 장점도 있었기 때문에, 유학원 등을 통해 온 한국 학생들은 2년(최대한 머물

수 있는 기간)씩 네덜란드관에 있었다.

당시에 시테에서 내가 어울렸던 친구는 S대 출신의 동갑내기 지은이였다. 지은이는 무뚝뚝하고 별로 여자다운 구석은 없었는데, 하느님은 공평하셔서 국가장학생으로 와 나랏돈으로 편하게 공부할 수 있었다. 알바 뛰면서 고생스럽게 공부하지는 않았던 것이다. 프랑스는 예술계가 제일 두드러지는 나라임에도 대한민국에서 보내는 장학생은 안타깝게도 미술, 음악, 건축 쪽은 단 한 명도 없었다. 아예 리스트에 오르는 대상 자체가 아니었다.

우리가 말하는 미술계는 크게 두 종류로 구분된다. 귀족과 평민. 학교에 들어가기 전부터 어마하게 드는 재료비에 레슨비가 들고, 학교에 가서도 재료는 국산으로 쓰면 색감이 먹히지 않아서 좋은 물감을 써야 한다. 미술과는 집안에서 돈 잡아먹는 귀신으로 구박받거나, 아무 구애도 받지 않고 공주처럼 다니거나 하는, 딱 두 종류다. 돈 잡아먹는 귀신족인 우리들은 욕먹는 것에 익숙해서 주로 배짱이 두둑한 사람들이 많다.

지은이는 늦게 유학 준비를 하는 바람에 다른 관들이 모두 차 있는 상태라 할 수 없이 네덜란드관에 사는 고급 인재 중 하나였다. 게다가 털털해서 기숙사가 불편하다고 불평한 적도 한 번도 없었다. 아니, 그 아이 자체가 그런 것에 별로 관심을 두질 않았던 것 같다.

지은이와 나는 과는 달랐지만 말이 참 잘 통했다. 공부 잘하고 머리 좋은 사람들이 원래 약간의 사이코 기질이 있다고 하지 않는가. 보통 사람들은 이해 못 하는 자기중심적인 성향이 깊은 탓일까? 아무튼 우리는 그런 점에서 비슷한 고민이 참 많았고 대화의 방향이

92

비슷한 경우도 많았다.

지은이하고 잘 어울렸기 때문에 그녀의 기숙사를 내 방처럼 자주 드나들기도 했다. 지은이 방은 6층이었고, 5층엔 같이 그림을 그렸던 몇몇 선배들이 살았다. 그중 의상을 전공하는 여성스런 JH 형과 그림 그리는 JJ 형 둘이 한 방을 썼다. 가끔 지은이 방에 들렀다가 형들 방에 잠시 들르기도 했던 것이다.

어느 날이었다. 그 날도 지은이 방에 갔다가 형들 방에 들렀다. JJ 형이 바닥에 쪼그리고 앉아서 뭘 하고 있었다.

"뭐 해?"

그러면서 봤더니, 옆에 커다란 파들이 수북하게 쌓여 있었다. 형은 김장하는 아줌마처럼 쪼그리고 앉아서 파를 썰고 있었다. 파가 매운지 훌쩍훌쩍 콧등을 옷깃에 닦아내고, 눈물도 찔끔 찍어내기도 하였다. 이 많은 파들을 뭐에 쓰려고 하지? 난 한 번도 파를 두 뿌리 이상 썰어본 기억이 없기에 당연히 궁금할 수밖에 없었다.

"이걸 왜 이렇게 많이 썰어? 뭐 하려고?"

그러자 형은 뒤를 힐끗 돌아다보더니, 웃음을 지어보이며 말을 이었다.

"으응, 이렇게 다 썰어서 냉동실에다 얼려두면, 꼬리곰탕 먹을 때마다 그냥 냉동실에서 꺼내서 한 주먹씩 솔솔, 뿌려서 쓰면 되거든."

하하하, 그런 방법이 있었구나! 난 냉동실에다 뭔가를 얼려놓는 방법을 생각도 못 했다. 파 한 단을 사서 쓰고 바로 더 먹을 일이 없으면 냉장고에서 말라비틀어지다 시간이 지나면 버려야 했던 것이다. 집에서 살림하는 방법도 배우지 않은 채 유학을 떠났던지라 그

유학생 천태만상

렇게 스스로 배우며 터득하는 데 익숙했다. 돌이켜보면 여자 선배들보다 남자 선배들로부터 더 고수다운 살림법을 배웠던 것 같다.

그렇게 형이 김장하는 아낙네가 돼 있는 동안, 아래층 주방에서는 꼬리뼈가 보글보글 끓고 있었다. 한국에선 무지 비싸다는 그 꼬리뼈를, 당시만 해도 파리에서는 먹는 사람들이 없으니 거저 얻거나 아주 싼 가격에 살 수 있었다. 형이 다 썬 파를 봉지에 넣어 냉동실에 보관해두는 걸 보고, 우리는 벤치가 있는 나무들을 지나 함께 시테 본관의 도서관으로 걸어갔다. 기숙사에서 도서관까지는 7분 거리에 있었다.

나이 먹어서 하는 유학생활에 모두들 궁둥이가 들썩들썩 좀이 쑤셨다. 그것도 아주 자주. 그럴 때면 괜히 애꿎은 자판기에서 좋아하지도 않는 커피를 마셔댔다. 앞으로 다가올, 유학생으로서 뒤늦은 공부와의 전쟁을 상상하며 자판기 앞에 빙 둘러서서 저마다 한숨을 쉬며 커피를 홀짝이곤 했다. 아마 내 인생에서 커피를 제일 많이 마셨던 시기가 아니었을까. 유학생활 중 어쩌면 가장 한가한 시간, 그리고 앞으로 다가올 치열하게 싸우고 공부해야 하는 시간을 준비하는 어쩌면 가장 심란한 시기.

나랏돈 받고 공부하는 지은이만 궁둥이를 철석같이 의자에 붙이고 앉아 있었다. 그래서 공짜는 무서운 것이다. 지은이는 공부를 열심히 해야 하는 의무가 있었다. 게다가 우리처럼 들락날락도 않고 한숨도 안 짓고, 밥 먹으러 가자고 우리가 먼저 얘기하지 않으면 밥 먹는 시간도 잊어버리는 우리와는 완전히 다른 족속이었다.

우리가 애꿎은 커피자판기만 축내고 있는 동안, JH 형은 시테 도서관에 책만 갖다놓고 마음은 딴 데 가 있었다. 진득하니 자리에 앉아서 공부도 하지 않으면서, 바깥 풍경이 가장 좋은 창가 쪽에 책들만 호강시켜주며 자리만 맡아놓았다. JJ 형은 아까 약한 불로 올려놓고 온 뼈다귀가 졸아들까 봐 온통 마음이 그곳에 가 있었다. 30분에 한 번씩 열나게 3층 계단을 뛰어 내려갔다가 올라갔다가 하며 땀을 흘리며 에너지를 쏟고 있었다. 순전히 그놈의 뼈다귓국 때문에! 세상에 어느 여자 유학생이 그 짓을 할 수 있을까?

형들은 선머슴아 같은 지은이나 나 같은 여자들보다 훨씬 더 살림꾼이었기 때문에, 간혹 중국 시장에 가서 커다란 무도 사다가 두껍게 뚝뚝 썰어서 큼직큼직한 깍두기를 담기도 했다. 별로 들어간 것 없이 소금에 절여 고춧가루에 묻혔다는 것에 순전히 의미를 둔 그 깍두기도 그땐 어쩜 그렇게 맛있던지. 익기도 전에 우르르, 몰려가서 형들이 바닥에 쪼그리고 앉아서 썰었을 그 귀한 깍두기를 모두 없애버리고 오기 일쑤였다.

또 하나의 노하우. 슈크루트(Choux croute, 양배추를 잘게 썰어서 볶은 다음 물을 살짝 부어 끓인, 소시지와 함께 먹는 독일 음식)는 독일과 가까운 알자스 지방에서 많이 먹는 음식인데, 슈퍼마켓에 가면 통조림을 아주 저렴하게 살 수 있다. 여기에 고춧가루를 풀고 마늘을 다져넣어서 보글보글 끓이면 부대찌개 비스무리한 맛을 낼 수 있다. 내가 이 노하우를 전수받았을 때, 우리는 파티를 했다. 물론 지금 먹으라고 하면 손도 안 댈 것 같은, 그야말로 이 맛도 저 맛도 안 나는 음식을 단지 고춧가루가 들어가서 얼큰하다는 이유 하나로 얼마나 만족하며 즐겁게 먹었던지.

외국에서 유학하며 한국 사람들을 만나지 말라는 말도 한다. 글쎄, 한국 사람들을 만나지 않는 한국 사람이 과연 얼마나 정상적으로 유학생활을 잘 할 수 있을까 싶다. 가뜩이나 홀로 뚝 떨어진 낯선 외국 땅에서 그나마 같은 언어로 얘기하며 함께 외로움을 달랠 수 있다는 것이 얼마나 중요한지. 일주일에 한 번이라도 노스탤지어를 함께 나눌 수 있다는 것만큼 서로에게 위로가 되는 건 없다. 일주일에 한 번 외의 나머지 시간엔 각자의 일상에서 우린 철저했다. 특히 여학생의 경우는 더더욱.

96
영월에서 파리까지

나의 유학생활

파리에서 살아남는 법

파리 유학생활을 하면서부터 나에겐 시지엠 상스(Sixième Sense, 육감)가 발달했다. 실제로 달린 눈은 두 개이나, 어쩌면 내 눈은 두 개가 아닌 여덟 개, 아니 열 개인지도 모른다. 상하좌우! 지하철이면 지하철! 마켓이면 마켓!

지하철에 발을 딛는 순간, 동시에 난 지하철 안의 거의 모든 사람들을 파악한다. 저쪽 끝에 서 있는 사람은 모자를 눌러쓰고 있는데, 녀석이 들고 있는 가방 안에 폭탄이 들어 있지는 않은가? 한꺼번에 우르르, 집시들이 떼거지로 타는데 그들이 누군가의 가방을 노리며 어떤 수법으로 소매치기를 해갈 것인지. 그렇다면 그들의 범죄 대상이 안 되기 위해서 내가 취해야 할 행동은 그들과 시선을 마주치지 않거나 혹은 반대로 뚫어져라 주시하는 것이다. '야, 이 녀석들아. 너희들이 소매치기하러 들어온 거 다 알거든!' 하는 눈빛으로 아주 매섭게 노려보기.

앞에 앉은 도도한 프랑스 할머니가 날 지금 바라보는 시선은 '흥! 동양 것이잖아?' 하는 눈빛이네? 그럼 난 '이 할망구야, 아무리 도도한 척해봐. 그래도 탱탱한 내가 예쁘지? 부럽냐?' 하는 시선을 자신감 있게 표현하고 절대로 꿀리지 않게, 오히려 더 당당하게 할머니를 뚫어져라 바라보기.

어쭈? 저 녀석 저거, 나를 보는 눈빛이 이상해. 녀석이 내 주위를 맴돌고 있잖아? 아까는 저쪽 구석에 앉았던 놈이 왜 이쪽으로 오는 거야? 그렇다면 난 내려서 얼른 다음 칸으로 가서 타자. 이렇게 하는데 다음 칸까지 따라오진 않겠지? 만일 그 다음 칸까지도 따라올 경우? 그럴 땐 비상경보기가 손에 닿는 아주 가까운 곳에 가서 서 있자. 사람들이 많은 칸을 이용하는 것도 방법!

유학생활의 가장 기본은 무엇보다 바로 정신(!)이다. 그 어느 유혹에도 흔들리지 말아야 할 강인한 정신력과, 어떠한 시련 속에서도 내가 세상의 주인공이라는 생각과 세상에서 가장 잘난 나에 대한 자기 주문, 스스로 견뎌낼 수 있는 힘과 건강 지키기. 첫째도 정신, 둘째도 정신, 셋째도 정신, 철저하게 정신무장을 하지 않으면 안 된다. 건강한 정신은 건강한 생활에서 나온다. 머리 싸매고 공부한다고 해서 논문 진도가 팍팍 나가나. 천만의 말씀이다. 유학이라는 나에게 주어진 이 귀중한 시간은 책과 씨름만 하는 시간만은 결코 아니다.

유학은 선택받은 자 혹은 선택하는 자들의 것이다. 지금까지 살아왔던 그 모든 문화나 생활습관을 대청소하는 시기라고 보면 딱 맞을 것이다. 그동안 살아왔던 습관으로부터 벗어나, 버릴 건 버리고 꼭 쓸모있는 나의 습관들은 그대로 다시 차곡차곡 정리하는 시간. 생각도 습관도 모두 다시 한 번 나를 둘러보며 언어도 잠시 잊고 낯선 세계로의 새로운 여정에 올라보자.

나의 유학생활에서 **빼놓을** 수 없는 것은 뭐니 뭐니 해도 학생들만이 즐길 수 있는 파티가 아니었나 싶다. 오, 그땐 말이지, 너무 행복했던 시간이었다. 프랑스 사람의 이름 치고는 굉장히 영어식 이름을 가진 존(John)이라는 친구가 기숙사 옆방에 살고 있었는데, 존과 친해지자 가끔 자기 과 친구들과 하는 파티에 우리를 초대했다.

존은 오토바이를 타고 다녔는데, 헬멧이 없으면 안 된다는 규칙은 꼭 지켰다. 강박관념이라기보다는, 법을 어기면 안 되는 이유가 있었다. 학생들에게는 제일 무서운 딱지(!)가 바로 그것이었다. 그 딱지를 피하기 위해 동네 오토바이 가게 몇 군데를 뒤져서 겨우겨우 내 머리 사이즈와 맞는 헬멧을 구해 썼다. 정말이지 그날의 기억을 잊을 수 없다. 동양 사람의 머리통이 그렇게 큰지, 특히 내 머리통이 그렇게 큰 줄은 정말 몰랐다.

"이 정도면 되겠는걸요?"

그러면서 오토바이 가게의 주인이 꺼내온 헬멧은 들어가기는커녕 머리에 걸리지도 못하는 사이즈였다. 결국 주인은 남성용 헬멧 중에서도 가장 큰 사이즈로 내주었다. 서양인의 두상은 앞뒤로 긴 반면 동양인의 두상은 양옆이 두드러져서, 서양인의 두상에 맞추어진 동네 가게의 헬멧들은 도무지 내가 쓸 수 없었던 것이다. 거꾸로 동양인의 두상에 최적화된 헬멧은 서양인들이 쓰기 힘들며, 그것이

크기의 문제와는 조금 다르다는 점은 나중에야 알았다.

아무튼 남성용 중에서도 초대형을 써야 헬멧에 들어가는 머리, 그게 나의 머리였다. 게다가 꽉 끼는 헬멧으로 인해 얼굴의 모든 살들이 모여 양볼이 볼록하게 튀어나왔다. 공간이 있는 눈 쪽으로 모든 살들이 모여 그 꼴이 과연 참담했다. 그래도 그 얼굴을 해가지고 페리페릭(Peripherique, 외곽도로)을 달리며 차가운 바람을 뚫고 도시를 가로질러 센 강변으로 갔다. 쌍쌍이 맞춰 춤을 추는 로큰롤 댄스, 신나는 디스코에 한참 흥이 오르고 취기가 오를 무렵엔 커플끼리 블루스도 추었다.

일주일에 한 번씩 시테 기숙사에서는 이런 수와레(저녁) 파티가 열렸다. 한 주는 아르헨티나관, 또 한 주는 캐나다관, 이런 식으로 각 관마다 돌아갔다. 학생들을 위한 파티이다 보니 음료수와 맥주도 굉장히 저렴한 가격으로 팔았다. 낯선 땅에서 맛본 가장 재미난 파티가 아니었나 싶다. 유학생활은 뭐니 뭐니 해도 그렇게 현지 친구들과 놀면서 배우는 놀이문화와 역사 속에서도 다양하게 숨어 있다는 것을 알면 좋겠다. 잘 놀고, 잘 먹고, 잘 공부하기. 가장 멋지게 하는 유학생활이라 생각한다.

간혹 유학생활을 잘하지 못해 방황하는 경우를 보게 된다. 프랑스 사람들한테 동양 사람이라고 인종차별 당해서 울고, 말 못 한다고 무시당해서 운다. 그야말로 늘지 않는 불어, 잊혀가는 모국어, 헷갈리는 영어의 삼박자 아니던가. 그나마 더듬거리던 영어도 불어랑 짬뽕이 되어 영어인지 불어인지 국적을 알 수 없는 언어로 머리가 하얘진다. 그러면 자책하며, 이제부터 한국 사람 만나지 말아야 되겠다고 결심하며 독한 척한다.

결국엔 미쳐버린 한 한국 여자가 우리 학교에도 있었다. 머리가 허옇게 연세 드신 부모님이 프랑스 학생들 다니는 학교에서 밤낮으로 찾아다니셨다. 학과 사무실은 물론, 학생 시위대에 숨어서 자더란 얘기로 강당에까지 오르락내리락하셨다. 그리고 학교 구석구석에는 그녀의 얼굴과 함께 방이 붙었다.

Nom Prenom ：×××

Nationalité ： Coréenne

Age ： 35 ans

Dernier vu ： ××××××

성명, 국적, 나이, 마지막으로 본 것. 노부모는 아예 유학 왔다 돌아버린 그녀를 찾아 끌고서라도 한국에 가려고, 뼈를 에는 파리의 을씨년스런 추위에도 학교 정문에 서서 그녀 얼굴이 박힌 전단지를 학생들에게 나눠주며 며칠씩 학교 앞에서 맴돌고 있었다.

또 다른 한 사람은 국가장학생으로 무지 똑똑한 엘리트여서 멋지게 유학을 왔는데, 와서 보니 유학 머리 따로 있고 공부하는 머리 따로 있어서 적응을 못 했다. 불어는 늘지도 않고, 학교 공부 또한 따라주지도 않았다. 모 아파트 7층에서 그대로 떨어져 젊은 인재의 생을 마감하였다. 유학생활은 그저 상상하는 것처럼 환상적이고 아름답지만은 않다.

거리에서 배운 불어

내 인생은 참 찬란하기도 했다. 남들은 평생 단 한 번도 겪기 힘든, 시대의 가장 험악하고 위험한 사건들을 그냥 지나쳐본 적이 없음을 1부에서 말한 바 있다. 그렇다면 파리에서의 유학생활은 평탄했을까? 그럴 리가 없다.

어느 날 너무너무 배가 고프고 당이 떨어져 도무지 집까지 갈 수가 없을 것 같아서 RER-B선의 당페르 로슈로(Denfert-Rochereau) 역에서 내린 적이 있다. 초콜릿을 좋아하지 않는 나였음에도 자판기에 2유로를 넣고 초콜릿바를 뽑아 먹었다. 당시 파리의 지하철이나 공공장소에서는 자주 폭발물 테러가 발생하던 시기였는데, 마침 내가 내린 그 기차에서 폭발물이 터졌다. 다시 말해 초콜릿바가 나를 살렸던 것이다.

나에게는 왜 자꾸 이런 일들이 일어날까? 이런 생각을 하지 않을 수 없었다. 가만히 생각해보니 하느님은 사람을 참 잘도 선택하신다. 만일 내가 아니라 나만큼 감당할 수 없는 그 어떤 이에게 이런 일들이 벌어졌더라면 어찌될 뻔했던가. 내가 여러 사람을 구한 셈이다. 분명 세상에는 우연이란 것은 없을 것인데, 앞으로 펼쳐질 나의 인생은 도대체 어떤 일들이 있으려고 이런 시련들을 경험했을까?

파리에 도착해서 처음 찾아간 곳은 어학원이었다. 일단 살아남기 위해서 가장 필요한 것이 언어이기 때문에 당연히 불어를 배우는 게 최우선이었다.

그런데 소르본대학의 불어 수업 초보자 코스 첫 시간에 당황하지 않을 수 없었다. 나는 '봉주르, 오르부아' 외에는 아는 단어가 하나도 없었으므로 분명 '초보자' 강의를 신청했건만, 수업에 참석한 많은 외국인들은 모두 불어로 대화하고 있는 거였다. 하나같이 모두 금발머리 외국인들에, 도무지 이 사람들이 나처럼 불어를 배우러 온 사람들이란 사실을 믿기 힘들었다. 나를 제외한 모든 사람들이 설마 나를 위해 연기를 하고 있는 건 아니겠지?

그들과 똑같이 불어를 배울 수는 없었다. 뭔가의 결정이 필요했고 나만의 다른 대책이 필요했다. 프랑스에서 살아남기 위해 나는 감탄사나 애드리브를 먼저 배웠다.

정말? A bon?

당연하지! Bien sur!

감탄사 Oh la la!

감탄사에선 악센트나 발음이 전혀 필요 없기 때문에, 표정연기만 잘하면 이 사람이 불어 초짜인지 아닌지를 도저히 가려낼 수 없다. '올랄라~'만 적절한 시기에 해줘도 상대의 반응은 확실하게 달라져 대화에 윤기와 탄력을 더해준다는 사실도 그때 알았다.

난 어학원에만 앉아 있지 않고 생미셸 거리로 나가 실전에서 부딪치며 불어와 대면했다.

"Bonjour, vous avez l'heurs, s'il vous plaît(안녕하세요? 죄송하지만 지금 몇 시인가요?)" 그렇게 지나가는 행인에게 물으면, 상대는 "Il est deux heures et quart"라고 대답한다. 그럼 난 또 그의 발음을 그대로 흉내 내며 "Il est deux heures et quart?" 하고 정확한 시간인지를 확인하는 척하며 발음을 따라한다. 그러곤 "Merci(고마워요)." 하고 길을 지나간다. 또다시 몇 발자국 가서 다른 사람에게 또 묻는다.

"Bonjour, vous avez l'heurs, s'il vous plaît."

"Il est deux heurs et vingt."

"Il est deux heurs et vingt? Merci."

그처럼 종일토록 생미셸 거리에서 몇 시인지만 물어보며 하루를 때웠다. 그리고 Carte d'Orange(지하철 정액권)를 사서는 아무 버스나 타고 운전석 바로 뒷자리 혹은 반대편 맨 앞자리에 앉아서 지나가는 차들의 번호를 불어로 나지막이 소리내어 읽으며 하루 종일을 보냈다. 처음엔 한 자리씩 잘라서 읽기. Un-엉, deux-드, trois-트와, quartre-꺄트르. 그 다음엔 두 자리씩 붙여서 십 단위로 읽기. Treise-트레즈, quartorze-꺄토즈, vingte trois-뱅 트와, trente trois-트렁 트와… 또 그다음엔 세 자리씩 잘라서 천 단위로 읽기, 또 그다음엔 만 단위로 읽기, 다시 그다음엔 섞어서 잘라 읽기 등을 했다.

남들은 미쳤다고 할지 모르나 내가 불어에 접근하는 방법을 스스로 터득해야 한다는 것을 알았기 때문이다. 아무튼 그 덕에 조금씩 불어가 늘어갔고, 조금씩 대화도 가능해졌다. 이렇게 수업이 없는 날에는 충분히 버스를 타고 다니며 숫자 연습을 하고 거리에 널려 있는 파리의 수많은 행인들을 모두 나의 공짜 불어 선생님들로 만들어버렸다.

그렇게 기본적인 대화들을 거리에서 익힌 후, 조금 더 학생다운 대화들이 필요한 시기에는 세계 각국의 기숙사들이 모여 있는 대학생 타운인 시테(Cité univérsitaire)에서 하루 종일을 보냈다. 그곳 어학원에서 내준 숙제도 하고, 또 나처럼 각지에서 몰려든 학생들과 재미난 대화도 하고, 그러다가 조금 친해지면 같이 밥도 먹으며 시간을 보냈다.

유학생활에서 가장 중요한 일은 나를 컨트롤하는 것이다. 누가 대신 해주는 일은 단 한 가지도 없고, 기대해서도 안 된다. 오로지 나의 주도면밀한 계획하에 나 자신이 판단하고 일어서는 과정을 모두 스스로 해내야 하는 것이다.

유학생의 자존심

본격적인 유학생활에 접어들며 내가 한 첫 아르바이트는, 한국으로 치면 초등학생 4학년쯤의 샤를리라는 아이를 돌보는 베이비시터였다. 학교가 파하면 아이를 데리고 그 집으로 가서 부모가 오는 저녁 시간까지 아이에게 간식을 먹이고 놀아주는 것이 일이었다. 그런데 한 달도 채우지 못하고 샤를리와 나의 인연은 끝이 나고 말았다. 이미 다른 베이비시터의 손을 탄 샤를리는 나도 다른 이들과 똑같이 자기가 부리는 몸종쯤으로 생각했던 것 같다.

"가방 들어."

자기가 들어야 할 책가방을 나에게 들라며 던져주었다. 지금의 마음 같아서는 조그마한 아이가 하루 종일 학교에서 힘들었을 것을 생각하면 그깟 가방 들어주는 것이 대수겠는가? 그러나 그 당시의 나를 돌이켜보면 그 순간의 모욕감은 도저히 견딜 수가 없었다. 몸종까지 하며 버텨야 할 이유가 있었겠는가.

"네 가방이지? 네가 직접 들어."

그렇게 첫날부터 샤를리와 나는 부딪치기 시작했다. 일을 시작한 지 2주쯤 되었을 무렵, 샤를리는 일부러 우유를 식탁 위에 쏟더니 말하는 거였다.

"치워!"

"네가 쏟은 것이니 네가 직접 치워!"

나 역시 그렇게 말하고 샤를리의 엄마가 올 때까지 치우지 않았다. 나는 나를 무시하는 조그만 여자아이의 몸종으로 살고 싶은 마음이 없었다. 바쁜 샤를리의 엄마를 대신해서 잠시 아이를 보호해주는 것이 내 역할이었고, 그 일로 내 유학생활에 보탬을 얻기 위한 것이 목적이었을 뿐 그 이상도 이하도 아니었다.

돌이켜보니 그랬던 것 같다. 굶어 죽더라도 자존심은 지켜야 산다고 생각했다. 학교에 가는 시간을 제외하고 나에게 주어진 시간에 틈틈이 돈을 벌어서 버텨내야 했다. 아무리 돈을 많이 번다고 한들 어차피 집값을 내고 Carte d'Orange를 사고 나면 그 흔한 베트남 쌀국수 한 그릇 맘 편하게 사 먹지 못할 텐데 뭐가 두렵겠는가?

20대 중반의 나이가 되도록 부모님 그늘 아래에서 단 한 번도 아쉬울 것도 부족할 것도 없었던 나였다. 그런 내가 처음으로 '나란 누구인가?'라는 질문을 이 휑한 세상으로부터 받은 셈이었다. 살기 위해 가장 중요한 것은 바로 자존심이었다. 어차피 별로 가진 것도 없고 잃을 것도 없는 빈털터리지만, 어떤 어려움이 닥치더라도 내 자신이 비굴해지는 일은 절대로 없을 거라 생각하며 샤를리의 베이비시터 일을 그만두기로 했다. 유학생으로서 돈은 물론 필요했지만,

그 돈을 벌기 위해 뭐든 참거나 견뎌야 한다면 그것은 내가 추구하는 삶이 아니었다. 해야 할 일과 하지 말아야 할 일을 분명히 구분하는 일이 꼭 필요하다고 굳게 마음먹었다.

그 길로 나는 샤를리의 집을 그만두고 15구에 위치한 사립 에콜(Ecole)에 이력서를 가지고 무조건 디렉터를 찾아갔다. 여전히 불어가 안 되는 상태에서 나를 어떻게 소개해야 할지 몰랐지만, 더듬거리며 불어와 영어를 섞어가며 말했다. 당시 프랑스에서는 한국이나 일본에서 유행을 했었던 종이접기가 대단히 획기적인 것이었다. 나는 둘째 언니가 유아교육을 전공한 덕분에 아동심리미술 등에 관심을 갖기도 했으므로, 색종이 접기는 아주 쉬운 일이었다. 미리 준비해간 한국의 색종이를 펴 보인 후 뚝딱 학을 접고 뚝딱 꽃을 접으니 무척 신기했던 모양이었다.

다행히 한국에서 미술학원을 운영하며 아이들에게 미술을 가르친 경험도 있고 파리에서도 종이접기와 미술을 가르칠 수 있으니 채용해달라고 요청했다. 그리고 금발머리의 인상 좋아 보이는 디렉트리스(Directrice, 디렉터의 여성형)는 나를 임시직으로 채용했다. 매주 수요일마다 학교에 가서 아이들에게 종이접기를 가르치게 되었던 것이다.

종이접기는 나에게 마치 운명처럼 아이들을 가르치며 돈을 벌 수 있게 해준 동시에, 아이들이 말하는 언어를 배울 수 있는 기회도 되었다. 어른이었지만 나의 불어 수준은 그 아이들보다 훨씬 못했으므로, 종이접기를 가르치기 위해서는 딱 두 단어를 가지고 수업을 했다. "꼼싸(Comme ça, 이렇게)." 내가 앞부분의 '꼼'을 높이 올리며 '꼼싸' 하면 "이렇게 하는 거야."라고 아이들에게 설명하는 것이고, 반대로 아이들이 '꼼'을 낮게 발음하고 '싸'를 높게 발음하면 "이렇게 하면 되는 거예요?"라고 묻는 것이다. 그러면 나의 대답은 "트레비앙(Tres bien, 아주 잘했어요)"이었다. 그야말로 딱 두 마디, '꼼싸'와 '트레비앙'이 나를 살렸던 것이다. 물론 그 중간중간에는 아이들과 눈맞추기, 웃음 짓기 등의 다양한 리액션도 필요했다.

그렇게 아이들과 수업하는 동안에는 아이들끼리의 대화가 들렸다. 아이들의 말이므로 아주 천천히 발음하고 쉬운 단어를 선택하니 딱 네댓 살 아이들의 대화 수준과 비슷했다. 처음에는 두 가지 표현만 가능했던 수업이 차츰 그 아이들 수준의 대화로 수업할 수 있게 되었다. 유아어 표현들을 바탕으로 중학생 모국어 화자 수준의 언어 표현에서 완성된다는 것이 언어의 습득 원리라 하는데, 이때의 경험이 내 불어의 유창성에 알게 모르게 긍정적인 작용을 했을 것으로 생각한다.

그렇게 아이들에게 색종이접기 수업을 하며, 15구 에콜의 엄마들 사이에서는 소문이 났다. 15구는 한국에 빗대어 말하면 강남처럼 아이들의 교육열에 불타는 열혈 부모들이 많았고, 한국식으로 과외를 시키는 부모들도 꽤 있었다. 잘 모르는 경우는 프랑스에는 과외가 없다고 하지만 천만의 말씀이다. 프랑스의 상류층들은 과외 수업은 기본으로 하고, 거기에 악기나 스포츠와 같은 부수적인 클래스들도 보조적으로 가르치는 경우가 상당하다. 그리하여 종이접기에 관심이 많은 프랑스 엄마들은 사적으로 그룹을 만들어 아이들에게 그림과 종이접기를 가르치기도 했다. 파리로 온 지 1년 조금 넘어 겨우 집세를 안정적으로 낼 수 있게 되었다.

부모님께도 마음 편히 전화를 걸 수 있었지만, 가장 중요했던 것은 돈보다도 훨씬 더 큰 정신적인 문제였다. 공중전화 부스에서 콜렉트콜로 한국에 전화를 걸어 "여보세요!" 하는 엄마 아빠의 목소리가 들리면 목구멍으로 차오르는 눈물 때문에 말을 이을 수가 없었다. 여보세요, 소리와 함께 다시 수화기를 내려놓았다. 부디 살아 있음을 알리는 딸의 신호라 여기시기를, 하는 마음으로 이따금씩 힘들 때마다 그렇게 신호를 보내고 끊기를 반복했다. 처음 한국으로 전화를 걸어 아버지와 나눈 대화가 지금도 생생히 떠오른다.

"괜찮다. 그만하면 충분히 했으니 이제 그만 들어오너라. 아부지가 미술학원 다시 차려주마. 그만하고 들어오너라."

"잘 지내고 있으니 걱정 마세요. 한 번 해볼게요."

그렇게 한 마디를 남긴 채 한국과 또다시 연락을 끊었다. 그 후 아버지는 나에게 장문의 편지를 쓰셨다. 내용은 역시 같았다. 너를 위해 아버지가 다 준비해두었으니 이제 그만 돌아오라는, 아버지의 마음이 담긴 편지였다.

죽을 만큼 버티기 힘들 때, 부모님이 살아 계시다는 그 사실만으로 어떤 든든한 위안이 되었던 것 같다. 그러나 도와달라는 전화를 한국에 하는 순간 나는 나와의 싸움에서 지는 거라는 사실을 알았다. 내가 지켜야 하는 자존심은 그 누구를 위한 것도 아닌 나 자신을 위한 것이었고, 나의 끝을 스스로 확인해 보고픈 어떤 오기와도 같은 것이었다. 살아내야 한다! 살아내고야 말 것이다!

내가 겪은 프랑스

프랑스에서 살아남기 위해서는 프랑스 사람들의 성향에 대해서 잘 알아야 한다. 어학 과정을 어느 정도 마무리하고 파리8대학 입학시험을 보았을 때 처음 결과는 좋지 않았다. 그러나 다음 해까지 기다리며 보내기엔 1년은 너무나 긴 시간이었기에, 그대로 주저앉아 기다릴 수는 없었다. 학교를 찾아가서 내 답안지의 어느 부분에서 무엇이 잘못됐는지를 알아보기로 하였다. 8대학 학과장님의 수업시간표를 확인한 뒤 우선 그 교수님의 수업시간에 들어갔다. 그리고 수업을 마치자 강의실 문을 나서는 교수님을 재빨리 뒤따라갔다.

"교수님, 제가 이번에 이 학과를 지원했는데 떨어졌어요. 도대체 제가 뭘 잘못 썼는지 제 답안지를 확인하고 싶습니다."

그렇게 또박또박 말했더니, 교수님은 몇 마디 더 나에게 물으시고는 말씀하셨다.

"다음 주 월요일 아침에 내 사무실로 오도록 하세요."

그러고는 사라지셨다. 나는 그때 질문에 대해 단순히 확인시켜주시는 줄 알고 그 다음 월요일 아침에 학교로 찾아갔다. 교수님은 이미 내 서류를 준비해놓고 기다리고 계셨다.

"당신 정도의 자세면 수업은 충분히 들을 수 있을 것 같으니 그냥 학교에 다니도록 하세요."

그렇게 말하며 내민 서류는 합격통지서였다. 일반학생들과는 달리 'Auditrice Libre'(청강생)라는 조건이 붙어 있었는데, 그 조건을 만족하면 다음해에 입학하여 청강생으로서 이수한 모든 수업에 대해 학점을 인정받을 수 있도록 하는 교수의 권한이 있는 문서였다. 나는 그 길로 서무실로 가서 학교에 등록하였고, 이듬해 편입 절차를 거침으로써 귀중한 유학생활의 한 해를 낭비하지 않을 수 있었다.

물론 그때 교수님이 내게 물어보신 내용들은 일종의 구두시험으로, 수학능력을 검증하신 것이었다. 거기에 적극적인 태도를 확인하는 면접도 한꺼번에 거친 셈이었다. 이런 점에서 프랑스의 교육제도는 전문가를 존중하고 그 전문가가 직접 확인하고 내린 판단을 신뢰하는 사회 분위기에 기반하고 있다. 프랑스는 전문 영역의 경우 각자의 역할이 확실하다. 전문가의 전문성에 대해 지위가 높거나 권력이 있는 사람이라고 해서 그 영역을 건드리지는 않는다는 말이다. 사립학교 이사장을 쉽게 '오너(Owner)'라 부르고 국공립학교에 정치논리가 개입하기도 하는 우리나라와는 사뭇 다르다.

그 일로 주변에서는 내가 운이 좋았다고 말하기도 했다. 그래, 나의 적극성과 잠재력을 확인받을 수 있는 기회를 잡았으니 운이 좋았음은 당연하다. 그러나 기회는 누구나에게 오지만, 그 기회를 잡는 것은 나에게 달렸다. 내가 잡지 못하면 결국 그 운은 내 운이 아닌 것이다.

조형예술학이 전공이었으므로, 작품을 그려서 발표하는 실기수업들도 몇 과목 있었다. 그러나 집에서 작업하는 것도 한계가 있었고, 그렇다고 나에게는 아틀리에를 구할 만큼 여유가 있지도 않았다. 고민하던 중, 당시 나와 아주 친하게 지내던 태국 친구 쏨삭으로부터 가끔 교수님들 아틀리에를 함께 쓰는 경우가 드물게 있다는 정보를 들었다. 쏨삭도 어느 교수님의 아틀리에를 함께 쓰고 있는데,

나더러 한 번 해보라는 것이었다. 그래, 못 할 게 뭐가 있어?

그 길로 나는 당장 콜메나레즈(Colmenarez)라는 교수님을 찾아갔다. 교수님의 아틀리에는 내가 살고 있던 파리 남쪽 외곽의 카샹(Cachan)에서 버스 한 대만 타고 나오면 되는 포르트 도를레앙(Porte d'Orleans) 근처에 있었다.

"무슈 콜메나레즈, 교수님 아틀리에가 포르트 도를레앙에 있지요? 제가 그 근처에 사는데, 돈이 없어서 아틀리에를 구할 수가 없습니다. 죄송하지만 같이 쓰면 안 될까요? 교수님 안 쓰는 시간만 가서 쓰도록 할게요. 물론 절대로 방해도 안 하고요."

"그래? 그러지 뭐."

그러고는 수업이 끝나면 사무실로 오라고 하셨다. 그리하여 나에게 아틀리에가 생겼다. 열심히 내 그림도 그리며, 교수님의 작품과 마찬가지로 작가인 사모님의 작품도 자연스레 눈여겨보았다. 거기에 더하여, 가끔 교수님이 갖다놓은 와인을 몰래 한 잔씩 마시기도 했다. 물론 도둑이 처음부터 큰돈을 훔치는 경우는 없고 아주 조금씩 손을 대다 보면 더 과감해지는 것처럼, 처음에는 정말로 작업이 되질 않아서 교수님이 마시다가 막아놓은 코르크를 열고 딱 한 잔만 마셔야지, 그렇게 시작되었다.

그러다가 두 잔, 그러다가, 한 병씩 아예 통째로 마시며 교수님이 오시는 날에 맞춰서 와인을 사다놓아야지 생각했다. 교수님은 때로는 맥주를 사다놓기도 하셨고, 또 때로는 안주도 있었다. 그러다가 와인이 조금씩 없어지기 시작하니까 아예 냉장고를 들여놓으셨다. 당시에 나는 학생 신분으로 교수님이 사다놓은 와인의 가격을 확실하게 알지는 못했기 때문에 대략 비슷하게 생긴 와인을 채워 넣었다. 그런데 어느 날 교수님께서 수업을 하다 말고 갑자기 소리를 꽥 지르셨다.

"야! 너, 오늘 사다놓은 건 마시지 마! 그거 비싼 거야!"

다른 학생들은 그게 무슨 말인지 몰랐지만, 나만 알아듣고는 대답했다.

"Oui d'accord(네, 알았어요)."

비싼 와인 홀라당 다 마셔버리고 저렴한 와인으로 채워 넣으면, 다음 날 아틀리에에는 교수님께서 그려놓은 그림과 내가 채워놓은 와인이 옆에 놓여 있었다. "너나 다 마셔." 이렇게 써놓고 옆에 빙글빙글 돌아가는 술 취한 여자 인형 그림을 그려놓으신 것이었다. 눈이 빙글빙글 돌아가는 술 취한 인형 그림이 바로 나라는 이야기였다. 지금 생각하면 너무나 고마운 교수님. 와인이 야금야금 사라지는 것을 알면서도 냉장고에 와인을 채워 넣어주셨던 교수님이 참 그립다. 한국이나 프랑스나 어디에도 멋진 교수님들은 존재한다.

훗날 시간이 흘러 갤러리를 운영하던 시절에 교수님께 전화를 드려 갤러리 앞에 있는 코르시카 카페에서 교수님께 식사와 와인을 대접했다. 그때 훔쳐먹은 와인에 대해 재미나게 이야기도 하면서. 교수님은 크게 소리내어 웃으시며 "그랬었지!" 하셨다. 꽤나 널찍한 도를레앙 근처의 교수님 아틀리에의 우측 끝에서는 교수님께서 작업하시고, 반대편 구석은 내가 작업하는 공간이었다. 그리고 위층 계단으로 올라가면 아주 가끔씩 사모님께서 나오셔서 작업하시는 공간이 있었다. 교수님과 사모님의 작품을 훔쳐보는 재미도 쏠쏠했다.

터닝포인트

나만의 적성을 찾아서

학교 수업 중 무진장 무서운 수업이 하나 있었다. 리상스(학부 3 · 4
학년 과정)과 매트리즈(석사과정)에 개설된 이반 툴루즈(Ivan Toulouse) 교
수님의 수업이었다. 20점 만점에 5점, 4점을 주기가 태반인 교수님
은 점수에는 정말 고약하셨다. 더욱이 이론 과목도 아닌 믹스트 과
목(이론 · 실기 혼합과목)에서 말이다. 프랑스 학생들도 점수 따기가 쉽
지 않아, 수강생들은 아예 좋은 학점을 포기한 학생들이거나 아주
제대로 작정하고 듣는 학생들이었다.

2주마다 격주로 하루 다섯 시간을 이어서 하는 독한 수업이었는
데, 다섯 시간 수업 중에 단 한 번의 휴식시간이 20분 있고 나머지는
꼭꼭 채우셨다. 게다가 다른 교수님들처럼 젠틀하지도 않았고, 학생
들에게 반말을 하며 자기 스타일을 고집하는 분이셨다. 그러나! 난 2
년 동안 꾸준하게 툴루즈 교수님 수업을 들었다. 그 교수님이 수모

를 주든 모욕을 주든 죽어라고 2년 동안 단 한 번의 결석도 하지 않았다. 내가 받은 점수는 5점, 4점, 6점, 뭐 그랬지만 나에게 남아 있는 건 점수보다 더 큰, 내 인생에서 중요한 작품을 보는 관점과 철학이었다.

교수님의 카리스마에 난 이미 반해 있었다. 차가운 바람이 부는 가을에는 특히나 멋진 갈색 베레모에 노란색 캐주얼화, 그리고 베이지색 트렌치코트와 어깨를 두른 오렌지색 티셔츠가 멋있었다. 아무리 수업이 늦어도 절대로 뛰지 않는 여유 있는 걸음걸이와, 정말로 잘 어울리는 그의 두툼한 시가 담배! 무엇보다 항상 사색에 잠겨 무언가를 골똘히 생각하는 모습, 그리고 평소에 강조하는 철학적인 요소에 해박한 그 모든 모습들이 실기를 하는 나로서는 상당히 신선한 충격이었다.

"2주 후 수업부터는 여러분들이 먼저 수업 시작 종 울리기 전에 도착해서 내가 오기 전에 각자 자신의 작품을 디스플레이해놓도록 하세요!"

격주의 다음 수업이 시작되기 전, 학생들은 2주 동안 틈틈이 작업해온 자신의 작품들을 커다란 교실에 디스플레이했다. 드디어 교수님이 교실로 모습을 드러내셨다. 초록색 티셔츠를 입고 오렌지색 목도리와 빨간 신발로 촌스럽지 않게 분위기까지 한껏 더해 나타나신 교수님의 모습은 물론 멋졌다.

그렇지만 무엇보다 멋졌던 건 그 누구도 따라갈 수 없는 교수님의 카리스마 넘치는 눈빛이었다. 예리한 눈빛으로 스윽, 교실을 한 바퀴 돌며 작품들 하나하나를 날카롭게 바라보며 한 걸음 한 걸음

발을 옮긴다. 학생들은 모두 숨을 죽이고 그의 행동을 주시하고 있다. 그렇게 발걸음을 옮기다가 어느 순간에 덜컹, "이 작품 누구 거야?" 하고 외칠지도 모른다. 쉬잇! 드디어 교수님이 발길을 멈췄다.

"이 작품 누구 거야?"

교수님이 멈춘 그 자리에 걸려 있던 작품은 한국 사람, 그것도 협회에서 함께 활동하는 모 선배의 작품이었다. 교수님 수업을 듣는 한국 사람들이 서너 명 정도 있었는데, 한국 사람들의 작품들은 정말로 꽤 괜찮았다. 항상 최고의 작품 앞에서 "이 작품 누구 거야!" 소리치시며 설명하라고 하시는데, 그럴 때마다 항상 한국 사람들의 작품은 1, 2, 3등 순서대로 부르셨다.

선배는 초긴장이 되어 스르륵 자리에서 일어서며 슬쩍 벗겨진 머리를 슥슥 긁적이며 한국말로 중얼거린다.

"아 씨, 미치겠네!"

"설명해봐!"

교수님은 뜨거운 호령을 내리시면서도 눈빛은 호기심에 가득 차 있었던 걸로 기억한다. 작업하는 사람으로서 스승과 제자라는 높은 담벼락을 허물고 작가가 작가를 대하는 호기심이라고 할까? 난 사실 그런 교수님의 자세가 참 멋지다고 생각했던 것 같다. 사람이 나이를 먹고 서른이 넘어가면서부터는 이젠 더 이상 어쩌고저쩌고 남의 인생에 뭐라고 한다는 것 자체가 어쩌면 가당찮은 일인지도 모른다. 작가에게 그림은 인생인데.

선배는 느지막이 학교에 들어왔기 때문에 교수님과 나이 차가 몇 살 나지 않았을 것이다. 한국 사람들 중에서도 특히 불어가 좀 부족

했던 선배는 머리를 다시 긁적이며 하는 말이⋯⋯.

"Il faut sentir."

그러고는 자리에 툭, 앉았다. 한국식으로 말하자면 그냥 "느끼세요"였다. 흔히 한국의 미대에서 가르치는 그림은 기법과 재료에 비중을 둔다. 그래서 뭔가 있어 보이게 만드는 데는 확실히 두드러진다. 그야말로 그 누가 봐도 잘 그린 그림이라고 감탄할 만한 작품들이 많이 나오는 것이 사실이다. 게다가 선배의 그림 실력은 정말로 뛰어났다.

그러나! 프랑스 교육은 어렸을 적부터 철학을 기본으로 가르친다. 우리나라도 요즘은 달라지려 한다지만 가령 역사 과목은 주로 암기 과목으로 분류해서 아예 공부에 비중을 덜 두지 않는가. 국영수에 올인하고 암기 과목은 그냥 달달달 외우고 치워라, 이고. 나 역시 그렇게 공부했던 세대이다.

교수님은 이번엔 다른 한국 학생 하나를 지적하며 "너, 통역하고, 너, 한국말로 해봐." 하셨다. 그러나 선배의 말은 한국어로도 불어로도 더 이상 진전이 없었다. 한국 유학생들의 가장 큰 문제점이 바로 여기에 있었다. 자기 작품 속에서 자기 철학을 찾지 못하는 것. 무언가 이야기는 하고 싶지만 작가 자신이 어떤 이야기를 하고 싶은지 스스로의 작품 안에서 스스로 찾아내지 못한다는 것이다.

교수님 수업이 내 인생에 가장 기억이 많이 남는 이유는, 교수님 수업을 통해 나 역시 내 진로를 정확하게 잡았다고 해도 과언이 아니기 때문이다. 실기에 강한 많은 사람들 사이에서 과연 실기에 약한 내가 최고가 될 수 있을지는 가장 큰 문제였다. 그 무엇보다, 나는 남들이 설명하지 못하는 작품을 잘 설명할 수 있다는 장점이 있었다. 이 교수님의 조언대로 나는 실기보다는 이론을 선택하여 오늘날 예술기획을 하게 되었던 것이다.

한국으로 돌아와 서울시내 모 구립아트센터 관장으로 재직하며 프랑스와 교류협정을 체결했다. FRAC이라고 하는 각 지방마다 있는 국가미술은행이 대상이었다. 프랑스의 국가기관과 교류협정을 아트센터와 하겠다고 나섰는데 이건 우리나라 최초의 협약인데도 당시 구청에서는 이것이 대단한 일인지 아닌지조차도 몰랐다. 신문 기삿감인데도 말이다. 마침 프랑스와 교류협정을 하며 프랑스의 학자를 초청할 일이 생겨서 우리 아트센터에 이반 툴루즈 교수님을 모셨다. 나의 스승이기도 하고 내 인생의 길잡이가 되어주셨던 분을 제자로서 모시는 감회는 남달랐다. 파리로 돌아가기 위해 공항으로 가며 나눈 대화가 인상적이었다.

"나는 말이야, 이제 내년이면 퇴직하는데, 나는 지금도 내가 교수라는 직업을 잘 선택한 것인지 지금도 모르겠다."

그렇게 말하며 씁쓸한 표정을 지으셨다. 그때 나는 교수님께 말씀드렸다.

"교수님, 교수님이 전 세계에 뿌려놓은 씨앗들이 이제 조금씩 싹을 틔우고 있잖아요. 이렇게 훌륭한 씨앗을 뿌려놓았는데 모르시겠다니요?"

교수님은 당시 한국 사람들과 많이 부딪혔지만 한국에 와서 제자들을 보며 많이 행복하셨나 보다. 눈물을 흘리시고, 또 교수님과 특히 사이가 좋지 않았던 선배와 포옹도 했다. 너무나 행복하고 기쁜 순간이었다. 나는 앞으로도 은사님의 우리나라 제자들과 함께 한국과 프랑스가 손잡고 할 수 있는 일을 할 것이다. 그곳으로부터 우리가 배워온 것들을 펼쳐나가는 그 과정에 프랑스의 저명한 학자들로 계시는 우리의 은사님들이 분명 역할을 해주시리라 믿는다.

나는 파리의 갤러리스트

빈손으로 유학길에 오른 내가 현대미술의 심장인 파리3구의 갤러리 주인이 되었다고 하니 사람들의 입방아에 올랐다. 파리의 한국인들은 남편 잘 만났다고 했고 이웃 갤러리들 사이에서는 부모가 한국에서 무지 부자라는 소문까지 났다.

내 부모가 가난하다는 소리보다는 부자라는 소리가 나쁘지 않은 일이기에 별 대꾸도 하지 않았다. 그렇지만 나의 부모님은 가난하지도 않고 그렇다고 부자도 아닌 그저 평범한 분들이다. 시댁 역시 지방의 중산층 집안으로, 시어머니는 은행원으로 정년퇴직하셨고 시아버지는 시청의 총무로 정년퇴직하셨다. 그러니 지극히 평범한 가정이었을뿐더러, 한국처럼 자식들에게 재산을 물려주거나 하지 않기 때문에 우린 물려받을 것도 물려줄 것도 없는 사이였다.

내가 갤러리 주인이 되겠다고 다짐한 그 시점에, 나는 당장 하루하루 먹고살기 바쁜 가난한 유학생이었다. 그럼에도 불구하고 난 현실로는 도저히 감당할 수 없는 과감한 꿈을 꿨다. 돈은 없지만 건물을 살 것이다, 어떻게든 살 것이다, 라는 확신이 들었고 그 생각에는 조그마한 의심의 여지도 없었다. 건물을 사기로 했으니 당연히 사야 했고, 사기 위해서는 계획이 필요했으며, 난 계획을 세웠을 뿐이었다.

돈이 없는 내가 건물을 내 손에 들어오도록 하는 방법은 오로지 하나, 은행에서 융자를 받는 것이었다. 프랑스에서는 가족도 없고 보증 서줄 사람도 없고 보증금이라고 내놓을 수 있는 돈도 없는 상황이었으나, 내가 처한 문제는 곧 해결이 되어야만 했다.

먼저 논문보다 더 두껍게 비즈니스 계획서를 썼다. 약 200장 정도의 분량으로 어떻게 갤러리를 열어서 어떻게 운영할 것인가에 대해 상세히 적었다. 물론 DEA(박사 준비과정) 논문에서 내가 다뤘던 내용이라 이것을 비즈니스 계획서로 정리하기에 큰 무리가 없었던 것도 사실이다. 그 비즈니스 계획서를 가지고 파리의 몇몇 은행의 지점장과 약속을 잡으며 은행을 직접 노크하고 그들에게 계획서를 제출했다. 그리고 건물을 사야 했기 때문에 파리에 있는 몇몇 부동산들을 다니며 건물들을 둘러봤다.

남편도 시부모님도, 돈 한 푼 없이 어떻게 할 거냐며 모두 반대했다. 그러나 비싼 세를 내며 갤러리를 운영한다는 것은 도저히 나로서는 답이 나올 것 같지 않아서 계획한 대로 밀어붙이기로 했다. 부동산에 매물로 나온 몇몇 갤러리를 방문하고 있을 무렵, 소시에테 제네랄(Societe General)이라는 은행의 바스티유 지점으로부터 연락이 왔다.

"안녕하세요? 소시에테 제네랄 바스티유 지점의 지점장인 Mr. ×
××인데요, 당신을 직접 만나보고 싶군요."

나는 그것이 행운이라고 생각하지 못했다. 그건 흔한 일일 것이라고 생각했다. 그러니 당연히 지점장과의 미팅에서 내가 기죽을 필요는 없었던 것이다. 여기 아니면 다른 곳에서 하지 뭐, 라는 배짱으로 내게 가장 좋은 조건으로 융자를 내줄 수 있는 곳에서 돈을 빌릴 것이라고 마음먹었다. 드디어 약속한 날짜에 지점장과의 미팅이 시작되었다. 이런저런 대화들이 오갔고, 지점장은 내 눈빛을 보며 이야기를 이어갔다.

"이 많은 돈을 빌리기 위해서는 30~40퍼센트 정도는 당신이 돈을 가지고 있어야 하고, 또한 정확한 직업이 있는 보증인이 있어야 하는 것 아시지요?"

그러나 나에겐 그만한 돈도 없었고 보증인도 없었다. 결혼한 지 몇 달도 채 안 된 내 남편은 이제 막 직장을 얻은 새내기 사회초년생이라 보증인의 자격을 갖춘다는 것 자체가 버거웠다. 하려면 시부모님 두 분 모두 사인을 해야만 겨우 보증인의 자격에 해당하는 금액을 채울 수 있는 상태였다. 그러나 난 죽어도 시부모님께만은 부탁드리고 싶은 마음이 없었다.

그런 나의 입장을 지점장에게 얘기하고서 일주일 후에 다시 만나기로 했다. 약속한 일주일이 되어 은행에 가자, 지점장이 나에게 얘기했다.

"당신은 참 행운이 많은 사람이군요. 당신이 사려고 하는 그 건물 바로 옆의 갤러리는 나의 오랜 고객이 건물주예요. 알아보니 그곳은 현대미술 최고의 거리인 캥컴푸아 화랑가고요. 그런 곳에서 당신 같은 사람이 갤러리를 열었을 때 실패율이 적다는 것을 잘 알아요. 그러나 한 가지, 당신이 알아야 할 것이 있어요. 아마도 프랑스 역사상 당신처럼 가난한 유학생에다 보증인 하나 없는 사람에게 융자를 내주는 일은, 아마 오늘 이 시간 이후로 단 한 번도 이루어지지 않을 것이며, 이전에도 이후에도 있을 수 없는 일이란 걸 알아야 해요. 나는 당신이 잘 해낼 거라는 확신이 있어요!"

이렇게 해서 내가 보증을 받아야 할 지점장이 보증인이 돼주었고, 나에게 행운이 온 것인지도 모른 채 당연히 나에게 올 것이 온 것이라 여기며, 무일푼의 가난한 유학생에서 파리 하면 제일 먼저 떠오르는 시크한 마레 지역의 캥컴푸아 화랑가의 갤러리 주인이 되었다. 게다가 20년 상환으로 사인하자고 하는 지점장의 말에 난 거절했다.

"당신은 저를 그렇게 오랫동안 빚쟁이로 만들고 싶으세요? 저는 당신에게 빌린 모든 돈을 10년 안에 갚을 수 있어요. 10년으로 해주세요! 다만 당신이 저를 도와주시려거든 10년이 안 되었을 때 돈을 다 갚아도 페널티는 물지 않도록 해주시면 좋겠어요."

"당신은 갤러리를 운영해본 경험이 없는 사람입니다. 한 달에 갚아야 할 금액이 얼마인지 아세요? 지금 당장 그림을 팔 고객이 있습니까? 말도 안 됩니다. 그건 불가능해요!"

그랬다. 나에겐 갤러리에서 그림을 사줄 컬렉터도 없었고 아무도 없었다. 프랑스는 한국과는 달라서 대출이자만 내는 것이 아니라, 서명한 그달부터 대출금의 원금과 이자를 동시에 갚아 나가야만 한다. 컬렉터 하나 없는 내가 어떻게 이자와 원금을 갚을 수 있을까? 그러나 난 자신이 있었다. 결국 지점장은 내 고집을 이기지 못하고 10년을 상환기한으로 사인하는 데 동의하고 말았다.

"언제든지 힘들면 다시 오세요. 수정은 언제든지 할 수 있으니까요."

"아니요, 그럴 일 절대로 없을 거예요."

떡하니 갤러리 주인은 되었는데, 갤러리를 운영해본 적도 없는데다가 전문용어도 잘 모르는 이 외국에서 이제 어떻게 헤쳐나갈 것인가? 현실은 이제 내 눈앞에 펼쳐져 있다. 초짜배기 나의 갤러리를 유명한 갤러리로 올려놓는 것은 이제부터 내가 기획하는 전시에 달려 있다. 내가 초짜라고 초짜배기 전시를 해서는 안 된다.

나의 목표는 실력 좋은 한국 화가를 세계에 알리는 데 있었지만, 그러기 위해서 나에게 필요한 것은 먼저 갤러리를 유명하게 만드는 일이었다. 그래서 기획한 것이 '물방울 화가' 김창열 화백을 비롯하여 방혜자 화백, 신성희 화백과 같은 원로화가들 작품의 전시였다. 지금은 고인이 되신 신성희 화백은 내 갤러리에 희망의 빛을 주시는 동시에 갤러리의 진로를 결정하는 가장 큰 조언을 해주셨다.

"크리스틴, 파리에 우리 한국인이 경영하는 화랑이 생기는 건 아주 좋은 일이고 당연히 우리 원로화가들이 도와야 하는 건데, 화랑이 유명해지려면 우리 한국의 원로화가들만으로는 부족해. 그러니 비알라 선생을 컨택해봐. 자신 있어? 나는 크리스틴이라면 충분히 할 수 있을 거라 생각하는데……."

누군가가 나를 믿어준다는 것처럼 큰 힘은 없는 것 같다. 아빠가 늘 나에게 그랬고, 그 믿음에 충실하기 위해 최선을 다하느라 감히 방황할 겨를조차도 나에겐 없었다. 초짜배기 갤러리스트인 나에게 프랑스 현대미술의 거장이며 쉬포르 쉬르파스(Support surface)의 창시

자인 클로드 비알라(Claude Viallat) 선생님을 섭외한다는 것은 그야말로 하늘의 별 따기였다. 그러나 난 시도해보기로 했다. 해보지 않고 후회하는 것과 해보고 안 되는 것에 대해 미련을 갖지 않는 것은 큰 차이다. 적어도 나 자신에 대한 후회는 없을 테니까.

다음 날부터 클로드 비알라 선생님에 대해 먼저 공부했다. 쉬포르 쉬르파스의 개념부터 시작해서 선생님의 최신작, 그리고 그의 인생까지 완벽하게 공부했다. 그리하여 나의 갤러리가 탄생되었다.

당당하게, 자신있게

무일푼의 유학생으로 출발하여 파리에 정착하는 동안, 나는 주변의 한국인들로부터 축하보다는 상처를 더 많이 받았던 것 같다. 나는 스스로를 '촌년'이라 부른다. 정말로 촌스러운 사람이기 때문이다. 내 생각과 판단의 기준은 내가 파리로 오기 전까지 살았던 시골의 분위기 그대로 그 시점에서 성장이 멈추어버렸고, 따라서 여전히 촌스러울 수밖에 없는 것이다.

'촌년'의 시각은 가장 자연과 가까우며 가장 인간의 근원적인 시각이다. 그렇다. 바로 그 원초적인 시각을 가진 사람이 바로 나다. 기분이 좋을 땐 웃고 슬플 땐 우는, 그러나 절대 기죽지 않으며 어느 누구의 눈치도 보지 않는. 나는 콧대 높은 파리의 마레 지역에서 한국인 갤러리스트로 살아남았다. 그럴 수 있었던 가장 큰 이유를 바로 나의 '촌년 기질' 때문이라 믿는다. 촌스러워도 깡이 있는 자존심 강한, 촌년.

시골에서는 무언가 개업하면 이웃에 떡을 돌린다. 파리로 오기 전 잠시 미술학원을 열었을 때도 떡을 돌리는 게 당연하다고 생각했다. 파리에서 갤러리를 열어도 내 머릿속에 있는 '신고식'의 개념은 같을 수밖에 없었다. 한국 떡집에서 비싼 떡값을 줘가며 주문해서 이웃 사람들에게 한국음식도 맛보일 겸 떡을 돌렸다. 조그마한 접시에 예쁘게 담아서 주변의 갤러리스트들에게 새로 연 갤러리라고 인사했다.

그러나 세계인의 로망인 파리에서 버티며 사는 것은 말처럼 쉬운 것만은 아니었다. 갤러리스트들도, 슈퍼마켓 종업원들도, 아랍 구멍가게 주인마저도, 모두에게 여유가 없기는 마찬가지였나 보다. 갤러리가 위치한 캥컴푸아 화랑가 골목 끝에서 좌측으로 가면 'G20'이라는 슈퍼마켓이 있다. 가끔 오픈식 준비를 위해 그곳에서 장을 보기도 했는데, 그런 어느 날이었다. 계산대의 여자는 깔끔하게 정장 차림을 한 낯선 동양인을 깔보고 싶었는지도 모르겠다. 물건을 사고 현금을 주었더니, 요란스럽게 껌 씹는 소리를 내며 거스름돈을 흩뿌리듯 던졌다.

이때 가장 적절하게 하는 프랑스식 사과는 'Pardon'이고, 웬만하면 그 한마디면 끝난다. 'Pardon'이라는 말을 하면서도, 그녀의 태도는 동양인에게 하는 못된 차별을 계속하여 드러내고 있었다. 그럼에도 불구하고 그녀가 나에게 'Pardon'을 한 이상 거기에 대고 한마디 더 덧붙이면 난 그것을 받아주지 못하는 치사한 인간이 되는 거였다. 점원의 사과 하나 제대로 못 받아주는, 깔끔하게 옷만 차려입었지 품격은 떨어지는 사람임을 스스로 드러내는 셈이었다.

미소지으며 "C'est pas grave(괜찮아요. 문제될 건 없어요)."라고 간단하게 말하면서 계산대의 그녀와 눈을 맞추었다. 그리고 내가 할 수 있는 가장 찬서리 같은 눈빛을 그녀에게 보냈다. 슈퍼마켓 문을 나서며, 계산대의 그 여자의 태도에 뭔가 대응할 필요가 반드시 있다고 생각했다. 무엇보다, 난 이곳에 이제부터 터를 다져야 되지 않겠는가?

그길로 갤러리에 물건을 갖다두고 블루바드 세바스토폴(Boulevard Sébastopol)의 큰길 건너편에 있는 뤼 피에르 레스코(Rue Pierre Lescot)에 위치한 라 포스트(La Poste, 우체국)에 갔다. 그리고 100유로(당시 환율로는 한화 약 15만 원)를 동전으로 모두 바꾸었다. 그것도 1상팀, 5상팀, 10상팀, 50상팀, 1유로, 2유로 등으로 다양하게 모두 섞어서.

그러고는 한 가방이나 되는 동전을 무겁게 들고서 다시 그 슈퍼마켓으로 갔다. 나는 바구니에 담는 물건마다 핸드폰에 입력하여 계산했다. 비스켓 1.53, 우유 2.40, 생테밀리옹 와인 6.80……. 정확하게 99.15상팀. 핸드폰에 딱 숫자가 나왔다. 난 바구니를 들고 다시 좀 전의 그녀에게로 갔다.

그러나 파리에서 종업원으로 살아남는다는 것 역시 결코 쉬운 일은 아닐 터였다. 여자는 자기가 맡은 계산대보다 더 짧은 줄이 있음에도 불구하고 굳이 자기 계산대에 서 있는 나를 발견했을 것이다. 그리고 좀 전에 매섭게 자기에게 눈빛을 보내던 작은 동양 여자를 기억했을 것이다. 뭐, 그렇다고 기죽을 그녀라면 계산대에 있지도 않았겠지?

내 차례가 되자 여자는 물건을 하나하나 계산하기 시작했다. 바코드를 하나씩 읽을 때마다 입력되었다는 신호음이 띡, 띡, 경쾌하게 떨어졌다. 그때까지만 해도 그녀는 그녀 앞에 다가올 일에 대해 예상하지 못했으리라.

"99.15. quatre vingt dix neuf euros et quinze centimes."

바로 내 앞의 손님에게도 'S'il vous plaît(영어의 please에 해당)'를 붙이던 그녀의 입에서 왜 나에겐 그걸 붙이지 않는 걸까? 그래, 난 동양 사람이다. 너희 유럽인들은 동양 사람들이 우스울 것이다. 언어에 자신이 없는 동양 사람들이 떠오를 테고, 그러다보니 무조건 'Oui Oui(예 예)'하는 이미지가 가장 먼저 떠올라 모든 동양 사람들이 다 비슷하다고 생각하는 사람들도 간혹있다.

여전히 요란하게 짝짝거리며 껌 씹는 소리를 내는 돼먹지 못한 계산대 여자에게는, 자신의 위치와 일에 대해 정확하게 스스로 느끼도록 해줘야 한다는 생각이었다. 들고 간 가방에서 좀 전에 우체국에서 바꾼 수많은 동전을 좌르르, 그녀에게 쏟아부었다.

"Comptez, c'est votre travail, d'accord?"

자, 세어요, 이게 당신 일이에요, 이해했죠? 나머지는 팁이에요. 그녀는 좀 전까지만 해도 심하게 딱딱거리던 껌 씹기를 멈추고 내 얼굴을 쳐다봤다. 그러곤 하나둘 동전을 세기 시작했다. 간혹 주변의 한국 사람 가운데 억울하게 동양 사람이라는 이유로 당하지 말아야 할 수모를 당하는 경우를 보게 된다. 후배들도 너무 속상해서 엉엉 울기도 하고, 학교에서도 심지어 말 못 한다고 수모를 당하는 경우도 많이 봐왔다.

말? 그건 그냥 소통의 수단일 뿐이다. 절대로 그 소통이 원활하지 못하다고 해서 그 사람의 퀄리티까지 떨어지는 것은 아니다. 자국어 못 하는 사람 있나? 우린 자국어에 2외국어, 3외국어까지 하는 사람들이다. 무시당할 이유가 없는데 왜 무시당하고 속상해할까? 외국에 살면서, 혹은 유학을 준비하는 사람들이라면 그 어떤 경우라도 당당하게(!) 대응하는 법을 배우자.

캥컴푸아 화랑가에는 약 30여 개의 작은 화랑들이 있었다. 길 건너로 이어지는 먼 곳은 제외하고, 퐁피두센터를 기점으로 왼편의 내가 속한 골목 쪽에 있는 화랑들을 중심으로 떡을 돌렸다. 그런데, 그중 두 화랑이 나를 문전박대했다. 그들의 시선만 봐도 단번에 '이 동양 여자가 얼마나 버티나 보자.'라며 아래위로 나를 내리깔고 보고 있음이 느껴졌다. 그러나 뭐, 깡다구 있는 촌년은 이유 없이는 기죽는 법이 없다.

처음 몇 개월은 끈질기게 인사했다. 어릴 적부터 우리 아버지는 나에게 기죽지 않는 법을 알려주었다. 그리고 어떻게 해야 하는지에 대한 방법도 너무나 잘 알고 있었다. 우연히 길거리에서 마주치면 난 항상 웃는 얼굴로 "봉주르, 마담!" 하고 인사했다. 그러나 막다른 골목길에서 단 둘이 마주쳐도 그녀는 나를 투명인간으로 취급하는 듯했다.

상대방을 투명인간 취급을 하는 것은 그녀지 내가 아니다. 내 눈엔 그녀가 보인다. 다시 바짝 그녀에게로 다가가 더 큰 소리로 "봉주르? 부 잘레 비앙?" 하고 인사한다. 투명인간 취급했던 그녀는 나를 위아래로 내리깔고 바라보다 대답 없이 사라져 버린다.

촌년이 그만큼 노력했으면 됐다, 라는 스스로의 판단하에 약 1년 뒤부터는 도리어 내가 그녀를 투명인간 취급하기 시작했다. 우린 그렇게 몇 년 동안 골목길을 오가며 서로 투명인간으로 살아야 했다. 그녀가 나를 투명인간 취급해봤자 좋을 것 없다는 사실은 시간이 흐르면 알게 될 테니까.

몇몇 갤러리스트와는 잘 지내다가 급기야는 한국에서 열리는 아트페어들까지 소개하게 되었다. 이웃 갤러리 중 두 곳이 한국에서 좋은 성과를 거두었다는 소문이 돌자 이번엔 반대로 나를 투명인간 취급했던 갤러리스트가 내게 인사했다.

"봉주르, 마담!"

한 번 내 눈에 보이지 않은 사람은 나에게도 투명인간일 수밖에 없었다. 마음의 앙금은 좀처럼 쉽게 사그라지지는 않는 법이니까. 나는 그녀의 모습도 목소리도 아무것도 보이지 않았다. 키는 그녀보다 훨씬 작아도 더 먼 거리에서 그녀를 위아래로 충분히 올려다볼 수도 내려다볼 수도 있었다.

그렇게 해서 난 작은 동양 여자이지만 캥컴푸아 화랑가의 도도한 한국인으로 골목을 휘젓고 다녔다. 날이 밝을 땐 평일과 주말을 구분하지 않고 원로 선생님들을 찾아서 쫓아다녔고, 그사이 틈틈이 젊은 화가들의 아틀리에를 방문했다. 갤러리를 지탱해줄 굵직한 작가들과 내가 알려야 할 젊은 화가들의 비율을 가늠해서 전시 일정을 잡았다.

전시만 멋있다고 갤러리가 굴러가는 것은 아니다. 하루에 세 시간씩만 잠을 자며, 밤이면 한국에서 그림을 살 만한 사람들에게 전화 연락을 했다. 그림 파는 일이 어디 쉬운가? 가격도 만만치 않으니 수십 통의 통화를 해야만 겨우 한 작품이 팔릴까 말까 하는 것이 현실이다. 한국과 프랑스의 시차로 인해, 한국 시간으로 오전에 통화하기 위해서는 프랑스의 새벽까지 기다려야 한다. 기다리는 시간 동안 전시를 기획하고 평론을 쓰고, 다가올 전시를 위해 작품 리스트를 작성하기도 하며 밤을 샜다.

하루 24시간을 48시간으로 쓰며 밤낮으로 뛰었다. 틈틈이 현대미술에 역량이 있는 분들과 교류하기 위해서 저녁에 참석해야 할 오픈식들도 정신없이 쫓아다녔다. 화가들과 작품 이야기를 하다가 늦어서 새벽 두세 시에야 겨우 집에 들어오는 경우도 있었다.

그 결과 내가 원하는 만큼은 아니어도 어느 정도의 성과는 있었다. 프랑스인들도 감히 덤비지 못한다는 갤러리 사업을 해서 망하지 않고 노력한 대가를 조금이나마 얻었다. 좋아하는 작품도 조금 컬렉션했다. 이제 이 정도면 됐다고 스스로 보람이 생겼다. 비즈니스의 성과는 얼마를 벌었느냐가 중요한 것이 아니다. 어떤 자세로 어떻게 이 비즈니스에 임했으며 거기에 얼마만큼 열정을 바쳤느냐, 그 결과 얼마만큼의 지식과 경험을 포함한 정신적 만족을 얻었느냐가 첫째이다. 물질적인 만족감은 그 결과에 따른 자연스런 결과쯤이라고 해야 할까?

최선을 다해서 한 공부였는데, 그 공부의 끝이 소위 돈 많은 사람들에게 비싼 그림을 파는 일이 되었다. 그것이 내 일이라고 생각하니 따분해지기 시작했다. 나는 미술의 '미' 자도 모르는 시골에서 태어나 이렇게 미술계에 살고 있다. 그런데 골짜기에 사는 사람들도 예술을 즐기며 살 권리가 분명 있을 터이다. 그럼에도 환경이 열악해서 또는 무지로 인해, 어디를 가도 즐길 수조차 없는 사람들이 얼마나 많은가? 또, 살기 바쁘고 정신적 여유가 없어서 즐길 여건이 됨에도 즐길 수 없는 사람들이 너무나 많지 않은가?

미술은 도심 속에서 특정하게 미술을 애호하고 찾는 사람들을 위한 장르가 되어서는 안 된다. 나는 그즈음에 소외된 계층이나 지방 등 문화예술의 손길이 필요한 영역에서 조금이나마 내 역할을 하고 싶었다. 문화예술이 자연스럽게 삶에 묻어나고, 그 문화가 또 삶의 바탕이 되는 나라. 나는 내가 태어나고 자란 한국이 그런 나라가 되도록 하는 데 미력이라도 보태고 싶은 마음이 커져갔다.

3

예술을 통해 서로를 보다

비단 속곳과 한국문화

나라마다 그 국가를 대표하는 아름다운 문화나 문화재가 있다. 이웃의 중국만 해도 어마어마하게 거대한 궁궐이 우리나라와는 비교가 안 될 정도의 규모를 자랑하고 있다. 그러나 규모를 다투기는 어려워도 그 속에 살았던 사람들의 스토리에서는 우리나라 또한 결코 뒤지지 않는다. 에펠탑과 루브르박물관이 있는 프랑스도 그렇거니와 아름다운 건물이나 역사는 수없이 많지만, 한국인과 그 정서가 얽힌 정말 아름다운 이야기들은 한국문화의 강점이 아닐 수 없다.

염색화가 김정화 선생님으로부터 들은 이야기 또한 혼자만 알고 있기에는 너무나 아까울 만큼 아름답다. 그녀는 수십 년을 염색에 미쳐 살아오며 얽힌 재미나고 슬프고 때로는 감동적인 이야기들을 이따금씩 툭툭 이야기 창고에서 꺼내주신다.

염색이란 단순히 천에 물들이는 것이 아니다. 머릿속에 상상하고 있는 색깔을 어떤 염료로 물들일 것인지를 요량하고, 그러기 위해 필요한 모든 요건들에 대해 조용히 준비하는 과정부터 시작한다. 그 과정은 대충 종이 위에 연필로 끄적거리는 스터디도 아니고, 큰 도서관에 소장된 다양한 책들 속의 기록들만으로 가능한 일도 아니다. 특히 근대 들어 기록문화가 영성해진 우리나라이다 보니 사정이 더 열악하다. 염색 재료로 쓰이는 식물들을 직접 채취하며 그 식물에 대한 공부가 필요해서 식물도감을 찾아봐도 맹탕인 경우가 많았다.

마땅한 자료를 도무지 찾을 수 없어서 오랜 세월 동안 공부하며 탐색하던 가운데 식물에 관련된 도서를 보다가 알게 된 것이『약초의 성분과 이용』이라는 북한 서적의 영인본이었다. 그 책에는 각 식물의 화학적 분석과 상황별 반응 및 성분까지 기록해놓았을뿐더러 임상실험을 통해 약용 가능 여부 등도 세밀히 연구해두었다. 선생님은 그처럼 기초분야와 응용분야의 구분 없이 각자의 직업에 몰입하여 연구할 수 있었던 것은 공산주의 시스템 때문에 가능한 아이러니한 결과 아니었겠냐며 쓸쓸해하신다. 자칫하다 김치조차 이웃나라에 뺏기게 생긴 우리에게 '기록의 중요성'은 절실하며, 한편으로 각자의 자리에서 자기에게 맞는 일을 하며 행복하게 살아가는 태도 또한 꼭 필요한 덕목이 아닐까.

염색을 위해서는 몇 년 전부터 차근차근 준비하는 단계부터 거친다. 먼저, 자연 속에서 바람과 비를 맞으며 야생 그대로 자란 튼튼한 식물의 채취가 필요하다. 그리고 염료를 매개해주는 매염제에 따라 반응하는 색감 자체가 달라지니, 물이 잘 들도록 하기 위해서는 화학적인 반응에 대해서도 정확히 알아야 한다. 식초 역시 스스로 제조해야 한다. 적절한 산도(pH)를 위해 어떤 식물에는 어떤 과일로 만

예술을 통해 서로를 보다

든 식초가 가장 적절한지 등을 맞춘 세밀한 작업들은 말할 것도 없다.

그러므로 단순히 '물을 들인다'는 것을 염색이라 할 수는 없다. 그녀는 염색이란 정밀한 화학과 같다고 한다. 모든 재료들을 손수 준비하고 여러 환경에도 대비해야 하며, 그 과정에는 무엇보다 온 마음과 정신이 그 속에 푹 빠지지 않으면 안 된다. 몇 년 동안 철저하게 준비해온 과정이라도 염색 재료의 생육환경과 산도 등이 잘 맞지 않으면, 원하는 색깔이 그대로 배어나오지 않는다. 이 모든 과정은 결국 수많은 세월 동안 시행착오를 거쳐 오며 얻게 되는 디테일한 요소들일 것이다.

염료뿐 아니라 염료의 색감을 가장 잘 드러내주는 천을 찾아내는 과정 또한 매우 중요한데, 그 과정도 정말 재미있다. 옛날에는 직접 베틀로 천을 짰기 때문에, 단순해 보이는 천도 자세히 보면 그 천을 짜던 당시의 상황이 드러나 그것을 상상하며 피식 웃는다고 하셨다. 이 이야기는 무엇인고? 베틀에 앉아 베를 짜고 있는 엄마나 할머니에게 무언가 묻거나 말을 시키면, 아주 잠깐 손이 멈추며 머리가 대답을 궁리하기 때문에 그 순간만큼은 직조 상태가 달라진다. 이처럼 실의 결에 사람의 삶이 숨 쉬고 있는 듯 자연스러운 우리네 일상을 엿볼 수 있는 것이다.

사람의 손맛이 염색에도 크게 영향을 주기 때문에, 그녀는 수많은 세월 동안 직접 손으로 짠 천에 염색하기를 원했다. 늘 천을 구해다 주는 할머니들이 몇 분 계셨는데, 이제는 사람 손으로 직접 짠 천은 너무 귀해서 도저히 구할 수 없다고 하자, 그녀는 그러면 사람들이 입었던 옷이라도 좋으니 좀 구해달라고 부탁했다. 할머니들은 다양한 물건들을 많이 가져왔는데, 어느 날 우연히 눈에 띄는 물건이 있어서 자세히 보았더니 아주 신기했다.

여자의 속곳인데, 참 희한하게도 속곳의 배 아래의 부위부터 무릎 위까지의 가려지는 부위만 비싼 비단으로 지어져 있었다. 상식적으로 생각해보면, 비싼 비단의 경우 남들에게 잘 보이도록 옷깃이나 소매 단에 붙여 멋을 낼 법도 했다. 그런데 왜 이 속곳은 보이는 곳은 모두 평범하고 보이지 않는 부위만 비싼 천으로 되어 있을까? 몇 날 며칠을 고민해봐도 도무지 답이 나오질 않아서 어머니에게 여쭤보았다.

"엄마, 이 속곳은 왜 하필 보이지 않는 곳에 이렇게 비싼 비단을 댔을까예? 일반적으로는 보이는 곳에 비단을 쓰잖아요?"

빙그레 웃으시던 엄마는 조용히 입을 떼어 말씀하셨다.

"니 정말 모르겠나? 가만 생각해보그라. 시집보내던 각시 집안은 부자였던 기라. 딸아를 시집보내는데 정성껏 혼수를 준비하며, 시집보내는 집안에 가서 동서들 간에 질투나 시기 없이 잘 지내고, 그럼에도 불구하고 기죽지 말고 잘 살라는 엄마의 마음이 담겨 있는 기라."

겉으로 보기에는 동서들과 똑같이 평범하게 만들어 우애 좋게 살도록 하고, 아무도 보이지 않는 곳에서는 기죽지 말라는 엄마의 깊은 뜻. 드러나지 않게, 다만 당당히. 엄마의 그 말 속에 우리의 정서와 삶이 담겨 있더라. 선생님의 그 말을 들으며, 나는 그것이 얼마나 아름다운 한국인의 정서인가를 새삼 느꼈다.

예술을 통해 서로를 보다

오늘날 우리 사회는 서울과 지방으로, 또 강남과 강북으로 빈부의 차이가 심화되면서 사람과 사람 사이가 점점 더 멀어지고 있다. 동방예의지국이라던 우리나라는 이미 남을 신경쓰지 않고 살아온 지 오래이다. 남을 배려하기보다 나 위주의 생활이 습관화되어 있으며, 그것은 부모자식 간의 관계 속에서도 마찬가지이다.

있어도 없는 듯 드러내지 않고, 드러내는 것 자체를 되레 천박하다 여겼던 우리 민족이었건만, 한국인의 그 우아하고 아름다운 마음들은 모두 어디로 간 것일까. 마음으로 주고 마음으로 받을 줄 아는 품격 있는 자태, 그것이 우리 민족의 정서였는데 말이다. 그런 면에서 선생님이 들려주신 그 작은 스토리 하나에 우리가 누구였는지, 우리 민족이 어떤 민족이었는지 다시 한번 되새기게 된다. 예술이란 특별한 것이 없다. 이렇게 삶 자체에서 우아하게 드러나는 정서야말로 예술의 근원임을 깨닫는 순간이었다.

도대체 예술이 뭐기에

우리는 자신의 시대 속에서 산다. 이 말은 우리 각자가 사는 시대적 환경의 영향을 받으며 우리의 생각과 행동의 기준들을 형성하게 된다는 뜻이다. 시대정신(Zeitgeist)을 사전적으로는 한 시대에 지배적인 지적·정치적·사회적 동향을 나타내는 정신적 경향이라고 다소 딱딱하게 풀이하지만, 결국 한 시대의 정신문화 내지는 한 시대 특유의 사회적 상식이라고 할 수 있다. 자신의 삶을 성실하고 진지하게 살고자 하는 사람이라면 자기 시대의 시대정신을 예민하게 포착하고자 할 것이고, 결과적으로 스스로 시대정신을 형성하는 데 영향을 미치게 될 것이다. 예술현상 또한 사회현상 가운데 하나이고 예술가의 삶 또한 자신의 시대와 시대정신에 밀접히 관련된다. 예술과 예술적 감수성을 사회 속에서 말하지 않을 수 없는 이유이다. 그러면 예술행위의 필수요소라 할 창작의 자유는 그러한 사회와 어떤 관계를 맺어야 할까.

예술을 통해 서로를 보다

사회와 예술의 관계 속에서 예술이 존중받아야 하는 이유는 무엇일까. 세상은 바뀌지만 예술, 즉 인간 본연의 감수성은 유지되어야 하기 때문일 것이다. 그것은 어찌 보면 지금 당장을 살아가는 우리보다 훗날 오늘을 기억해야 하는 미래의 사람들 때문인지도 모른다. 변해가는 세상 속에서 예술이 맡아야 할 역할은, 현실에서 감당할 수 없는 또 다른 세계에 대한 동경과 표현을 통해 인간의 감수성의 깊이를 느껴보도록 하는 일이다. 문명이 발달할수록 점점 감수성보다는 합리적 사고를 앞세우고 결과를 더 중요시하는 세상으로 변모되어 왔다. 휴머니티나 생명의 본질을 잊게 되는 시대가 될수록 예술은 이 시대의 인간이 감수성을 느낄 수 있는 마지막 보루 역할을 해야 한다.

그러고 보면, 어쩌면 인간은 자기 시대에 충실해야 하지만 가장 성실하고 진지하게 시대정신을 구현하려면 그 시대를 넘어서고자 해야 할지 모른다. 시대를 이루는 요소들의 총합이 단순히 그 시대에서 구현할 수 있는 최대치는 아닐 것이기 때문이다. 자기 시대에 가장 성실하고 진지하게 임했던 한 인간이 그 최대치에 근접하면 할수록 종착점은 또 한 걸음 물러서 있을 것이다. 그 자신이 행한 모든 사회활동의 값은 그 최대치를 키우는 방향으로 작용했을 것이기 때문이다. 우리의 소결론은 이렇다. 예술이 그 사회에 대해 전복적 속성을 지니지 않을 수 없다는 것. 그것이 진지한 예술과 예술가의 숙명일 것이다.

이쯤에서 나의 독서 체험 일부를 살짝 공개하기로 한다. 책을 읽을 때면 나 자신에게 몰입할 수 있다. 그럴 때 나는 책 속의 세계에서 주인공의 그림자가 되어 그의 발걸음을 따라다닌다. 그가 어떤 사람인지, 그가 무슨 생각을 하는지 엿보며 주인공과 나만이 아는 은밀한 여행을 한다. 일전에 로제 마르탱 뒤 가르(Roger Martin du Gard)의 『회색 노트』[1]를 읽었다. 두 주인공의 진정한 우정과 가장 예민한 나이인 청소년기에 겪는 성장통에 관한 이야기이다. 그들이 성숙해가는 과정에서 가톨릭 집안과 개신교 집안의 다른 삶의 방식으로 인해 그들의 우정과 성장이 꺾이고 마는 안타까운 결말을 보았다. 곧 청소년기가 접어들 아들을 둔 엄마로서, 나는 어떻게 아이를 대해야 할지 고민하고 아이의 입장을 한 번 더 생각해보기도 했다.

이어서 읽은 책이 바로 내가 좋아하던 최인호의 『낯익은 타인들의 도시』(2011)이다. 저자가 암 판정을 받고 병마와 싸우는 와중에 쓴 마지막 작품인데, 그 유작을 통해 작가는 무얼 전달하고 싶었던 것일까? '작가의 말'에 오로지 자기 혼자만의 독자를 위해 쓴 글이라 적은 것으로 보아, 현대사회를 살아가고 있는 나와 우리의 정체성을 다시 한번 확인해보는 것 같다. 이전 그의 중단편소설이나 역사, 종교를 다룬 장편소설을 지나 최인호 자신의 정체성을 회복하기 위한 소설이라는 평이 나오는 까닭이다.

늘 똑같은 일상 속의 어느 날 아침, 등장인물 K는 맞춰놓은 적도 없는데 울리는 자명종 소리에 눈을 뜬다. '나'는 '내'가 알지 못하는 낯선 공간에 놓여 있다. 아내라는 사람도, 딸이라는 아이도 모두가

---

1 전 8권의 대하소설 『티보 가의 사람들』의 첫 권에 해당한다. 예전에도 한국어 번역이 있었지만, 내가 읽은 것은 민음사, 2018년판이다.

예술을 통해 서로를 보다

낯설기만 하다. 결국 K는 자신이 누구인지 알기 위해 간밤의 술자리에서 끊겨버린 기억을 추적하며 의사인 친구를 만난다. 이 과정 속에서 알 것만 같은 얼굴들을 스친다. 책을 읽어 내려가는 동안 뭔가에 홀려 신비롭게 다음 문을 열어야만 할 때와 같은 긴장감으로 이어져 도무지 중간에 덮었다가 다시 읽을 수 없었다. 나도 K가 되어 K의 발자취를 따라가며 도대체 진짜 K는 누구일까를 머릿속으로 내내 생각하며 읽어 내려갔다. K는 어쩌면 작가 자신이거나 이 책을 읽는 독자이겠지.

우리는 모두 이 세상에서 마치 가면놀이를 하듯 살고 있는지도 모른다. 옆집에 사는 이웃이 어쩌면 나일지도 모르고, 그의 내면에는 또 다른 내가 있을 수도 있다. K가 마지막에 집이라고 도착한 곳은 정말로 허름하고 낯선 세탁소였는데, 여자의 손놀림이나 행동들에서 K는 편안함을 느낀다. 그동안 살아왔던 K의 집이 전혀 아닌 것 같은데, 아내가 하는 행동들이 모두 낯설지만 또 낯익은 모습이다.

K는 그 좁은 공간 안에서 위안을 느끼고 자신을 무장해제하며 아내와 나눈 정사로 드디어 집에 왔다고 생각한다. 그러나 나의 내적 여행은 거기서 멈추지 않았다. 아마도 대부분의 독자들은 K의 발자취가 거기가 종착역이 아닐 수도 있다고 생각했을 것이다. 여전히 우리는 익숙하지 않은 공간에서 익숙해지기 위해 살아가는 존재들이니까.

이 소설을 통해 전해지는 상상력이야말로 굉장히 낯선 경험이었다. 작가의 상상력으로 만들어낸 K라는 인물과 작가, 그리고 독자들이 끊임없이 그 뒤를 따라가는 듯 묘한 낯선 도시에서의 2박 3일을 경험한 것 같았다. 그림에서 자유로운 표현과 혼자만의 상상력을 느낄 수 있다면, 문학작품에서는 그 안에서 만나는 인물들과 그 안에 들어간 나 자신의 엉킴이 상상력을 작동시킨다. 때로는 등장인물이 나 자신 같고 때로는 훔쳐보는 사람이 된 것 같기도 한 낯선 경험들. 이것이야말로 예술에서 느끼는 자유로운 상상과 감동 아니겠는가.

최인호는 2013년 안타깝게도 암으로 세상을 떠났지만, 나는 그의 소설 속 문체를 보며 그가 어떤 사람이었는지 상상해보기도 한다. 『길 없는 길』이나 『별들의 고향』 혹은 『인연』과 같은 소설에서도 그는 인간의 감수성과 사랑이라는 주제를 많이 다루었다. 『낯익은 타인들의 도시』를 읽으며, 요즘 사회적으로 조금은 지나친 것 같은 '미투'(#Me Too)에 관한 이야기와 예술의 관계에 대한 생각이 살짝 스쳤다. 물론 운동선수를 코치가 폭력으로 제압하고 그 속에 또 성폭력이 개재하는 등의 악마적인 행동은 반드시 뿌리를 뽑아야 마땅하고, 그에 대한 폭로 또한 당연히 필요하다. 내가 말하고자 하는 것은, 문학작품 속에 나오는 문장들도 엄밀히 따지면 '미투'의 대상이 아니냐는 식의 기사들에서 보는 과도한 주장에 대해서다.

『낯익은 타인들의 도시』를 읽어 내려가다 보면 작가의 표현력에 감탄하지 않을 수 없다. 어쩌면 이렇게 섬세한 부분까지 문장으로 표현할 수 있을까! 이런 문학작품 속 문장들이 미투의 대상이라고? 그렇게 말하는 사람들은 미투의 본질이 무엇인지조차도 모르고 있음에 틀림없다. 문학작품 속 문장에 대해 미투를 말하는 사람은 그 본질을 모른다고 단언한다. 작품 속에서 사랑 이야기를 하며 그 사랑을 표현하기 위해 동원한 언어들을 아무렇게나 미투니 뭐니 하며 갖다 붙이며 앞으로는 그런 문장을 사용하면 안 된다고 하다니! 그야말로 무식하기 짝이 없다. 21세기의 성숙한 사회에서 있을 수 있는 이야기인가.

예술은 어떤 경계로부터도 자유롭고자 한다. 그러므로 예술가들의 표현은 자유로워야 한다. 문학작품 속에서 언어 표현의 무한한 가능성이 그처럼 작가의 표현력을 통해 물질화한다는 것은 얼마나 경이로운 일이던가? 혹은, 감히 입 밖으로 내지 못하던 이야기들을 과감하게 화폭에 옮겨놓는 일도 그러하다. 그러한 일들은 인간의 가장 섬세한 감수성들을 깨우기도 하고, 영혼의 심연까지 자극해 무한한 상상의 나래를 펼칠 수 있도록 또 다른 스토리를 선사하기도 한다.

그런데 어이없게 예술작품을 성적으로 굳이 몰아붙여서 글로도 쓰지 말라니. 어린아이 떼쓰기도 아닌데, 답답하고 유치하다. 이런 말도 안 되는 소리를 담은 신문기사까지 올라온다는 것에 대해 어떻게 생각하는가? 그만큼 각자의 생각을 존중하는 세상으로 바뀌었다는 것은 좋지만, 그런 소리를 하는 사람들은 이미 타인의 생각을 존중하지 않는 사람들이라는 점이 문제다. 결과적으로 넘지 말아야 할 경계까지 과하게 넘어버린 것이다. 결국 각각의 장르에서 제각기 빛을 발할뿐더러 그 모두 수렴했을 때 또 하나의 고유한 세계가 탄생할 수 있는 원동력을 잃어버리게 된다. 도대체 우리는 어디를 향해 가고 있는 것일까?

구스타브 쿠르베(Gustave Courbet)의 그림 〈세상의 기원(L'Origine du monde)〉(1866)은 19세기 중반에 그려졌으나 20세기 말 오르세미술관이 소장하면서 일반인에게 처음으로 공개되었다. 쿠르베가 이 작품을 그릴 당시의 시대적인 상황으로는 도무지 세상에 내놓을 수 없어 꼭꼭 숨겨졌다가, 한때 정신분석학자이자 철학자인 자크 라캉(Jacques Lacan)의 소유이기도 했으며, 1995년부터 오르세미술관에 전시되었던 것이다. 처음에는 여성 성기만을 그린 작품으로 알았으나, 한 골동품 수집가가 원작은 얼굴도 함께 그려졌지만 그 부분이 잘렸음을 밝혔다.

이 작품을 둘러싼 흥미로운 비하인드 스토리는 더 많다. 2018년 『파리마치(Paris Match)』와 『르몽드(Le Monde)』에 〈세상의 기원〉의 실제 모델이 밝혀졌다는 기사가 났다. 2018년 10월 출판된 『세상의 기원, 어느 모델의 생애』에서 저자인 클로드 숍(Claude Schopp)은, 모델은 콩스탕스 케니오(Constance Quéniaux)이고 당시 파리 주재 외교관 칼릴-베이(Khalil-Bey)의 정부(情婦)였음을 밝혔다. 그는 소설『춘희』의 작가인 알렉상드르 뒤마 피스와 여류 작가 조르주 상드가 주고받은 편지를 분석하던 중 눈에 띄는 구절을 발견했다. "누구도 파리 오페라 케니오의 인터뷰만큼이나 섬세하고, 말이 많은 그림은 그릴 수는 없어"라는 대목이었다. 문맥이 이상하다는 생각에 문서를 꼼꼼히 훑어본 결과, 처음에 '인터뷰(interview)'라고 읽혔던 단어가 사실은 '내부(intérieur)'를 가리키는 단어였다. 편지의 그 구절은 '케니오의 내부를 섬세하게 그렸다'라는 의미가 되는 것이다. 숍은 그녀가 모델 경력이 있다는 사실까지 확인한 뒤 "99%의 확률로 그림의 모델은 케니오"라고 주장했다.

〈세상의 기원〉은 서구에서조차 지금까지도 논란을 겪고 있는 작

예술을 통해 서로를 보다

품이지만, 그 미술사적 가치는 바로 여성 성기만을 초점화해서 사실적인 방법으로 표현했다는 점, 거기에서 찾는다. 이 글의 주제와 관련해서 한번 생각해보자. 문학작품 속의 문장 표현을 꼬투리 잡는 식이라면, 〈세상의 기원〉은 여성, 그것도 애인의 성기를 그렇게 크게 그려 넣었으니 훨씬 더 심한 범죄일까?

예술은 각자의 고유한 우주인 '작품'에 날개를 달아 날고자 하는 '작가'에게 날 수 있는 환경을 만들어주는 '장(場)'이다. 그들의 생각을 존중하고 그들에게 훨훨 날 수 있도록 창공을 넓게 확보해주는 사회가 성숙한 사회이고, 그러한 사회의 가치가 더욱 빛난다. 반면, 예술가들이 자신의 온 인격과 삶 전체를 걸어 평생 날개를 만들어놓았더니 그 날개를 꺾어버리는 사회는 단언컨대 떼쓰는 어린아이처럼 미숙한 사회일 수밖에 없다. 나는 우리 사회가 예술가가 날아다니는 빛나는 창공이 되기를 바란다. 또한, 이 사회가 예술의 범위를 넘어서서도 모두가 지향하는 방향을 향해 다 같이 가는 사회가 되기를 절실히 바란다.

도대체 예술이 뭐기에

시대를 넘어선 감수성

예술은 자기 시대에 충실한 한편 자기 시대를 전복하면서 사회와 관계를 맺는다. 그러한 예술의 전복성은 예술로 하여금 시대에 속하면서도 시대를 벗어나도록 한다. 예술은 또한 한 시대에 매이지 않는 초시대적인 본질을 지녀 자기 시대를 벗어나기도 한다. 나는 이것을 예술의 탈시대성 및 초시대성이라고 본다.

마르크스는 변증법적 유물론으로 워낙 유명한 사상가로, 그가 예술을 두고 했던 고민은 흥미롭다. 그의 '하부구조 결정론'은 한 마디로 "사회의 경제구조가 법적 · 정치적 상부구조 형성에 필요한 진정한 바탕이 된다."로 정리되며, 그는 흔히 사회를 형성하고 있다고 여겨지는 종교, 정치, 문화 및 그 재생산기제인 제도 등은 무엇보다도 노동과 생산을 관장하는 경제에 의해 결정된다고 말한다. 그러한 하부구조가 시대에 따라 바뀌어 왔으므로 상부구조도 당연히 바뀌는 것인데, 문제는 예술이었다. 고대국가인 그리스의 조각이 왜 부르주

예술을 통해 서로를 보다

아 시대에 살고 있는 자신의 눈에 여전히 아름다운가. 물적 토대가 바뀌었으니 미학도 미의식도 바뀌는 게 맞지 않은가. 그럼에도 여전히 아름다운 이유는 예술의 초시대성 때문 아니겠는가.

바바라

레닌은 마르크스와 엥겔스의 이론을 러시아 실정에 맞게 바꾸어 혁명에 성공한 후 소비에트 체제를 열었다. 그런데 소비에트의 예술정책이 또 흥미롭다. 부르주아 예술들을 폐기하는 것이 아니라 되레 적극적으로 육성하였고, 다만 일부 부르주아들이 그것을 독점하는 것이 아니라 모든 인민들이 함께 향유할 수 있도록 지원하였다. 자본주의는 생산관계의 모순은 제거해야 하지만 그 생산력은 받아들여야 한다고 한 것과 같은 맥락이었다.

이 대목에서 바바라(Barbara)[2]라는 유대인 혈통의 프랑스 샹송 가수를 떠올려본다. 그녀의 음악엔 삶이 있고, 그녀의 음악엔 생명이 살아 숨 쉬는 듯 삶의 덤덤한 역동이 느껴져서 참 좋다.

---

2 1930년 6월 9일에 태어나 1997년 1월 24일에 죽음. 프랑스 파리의 유대인 가정에서 태어난 가수로, 러시아인 할머니 바바라 브로드스키 이름을 따서 '바바라'라는 예명을 사용했다.

세상에서 최고로 멋진 말, 혹은 아름다운 음악이나 철학을 남기고 간 사람들 가운데는 우리가 고개를 내저을 정도로 독하다고 소문난 유대인들이 참 많다. 우리나라와는 너무나 물리적 거리가 멀어서 잘 모르는 경우가 많지만 유대인은 크게 두 뿌리로 나뉜다. 하나는 아슈케나지(Ashkenaz)로, 유럽에서 대대로 살던 유대인들이다. 그들은 멋진 철학을 가진 신의 선택을 받은 민족이라고 자부하는데, 대단한 사람들이 많다. 쇼팽, 프로이트, 아인슈타인 등이 모두 이 혈통이다. 다른 하나는 세파라드(Séfarard)로, 북아프리카 아랍 문화권의 유대인들이다. 아슈케나지와 세파라드는 각자 자기들 나름대로의 긍지가 있어 서로 섞이고 싶지 않아 했는데, 이 두 유대족들이 함께 힘을 합쳐 팔레스타인을 점령하여 강제로 자기네 땅으로 만들었다.

각설하고. 바바라! 그녀 또한 유대인이었다. 6백만 명이 넘는 유대인들이 나치에 의해 동물보다 못하게 처절하게 죽어 갔음에도, 그녀는 자신의 음악으로 죽여도 시원찮을 원수들을 끌어안으며 멋진 아슈케나지 유대인임을 보여주며 세상을 놀라게 한다. 그녀는 대부분 자신이 직접 작사 작곡한 노래를 불렀다. 그녀의 노래 〈괴팅겐(Göttingen)〉. 독일의 유서 깊은 도시 괴팅겐(Göttingen)을 제재로 한 곡이다. 유대인들이 독일에게 여전히 칼을 갈고 있음에도, 유대인인 그녀는 노래한다.

이웃사촌이라는 말은 서로 부대끼며 일상의 많은 부분을 함께 나누는 존재들의 중요성을 단적으로 말해준다. 그러나 국제관계에서는 지리적으로 가까울수록 사이가 좋지 않은 경우가 많았으니, 우리

예술을 통해 서로를 보다

나라와 일본의 관계도 그러하지만 역사적으로 프랑스와 독일도 만만치 않았다. 이른바 영·불·독 3국은 앞서거니 뒤서거니 근대화와 제국 경영의 경쟁을 했거니와 유럽 대륙에서 직접 국경을 맞대고 패권을 다투던 프랑스와 독일은 두 강대국이 오죽했겠나. 종교전쟁, 나폴레옹전쟁, 보불(프러시아–프랑스)전쟁, 양차 세계대전 등 수차례 싸웠다.

제2차 세계대전이 끝나자, 전쟁으로 엄청난 피해를 경험한 유럽에 항구적인 평화 기반을 조성하여 더 이상의 전쟁은 막아야 한다는 분위기가 큰 지지를 얻었다. '유럽통합의 아버지'로 불리는 프랑스 정치인 장 모네(Jean Monnet)의 제안으로 프랑스, 베네룩스 3국, 독일, 이탈리아 등 6개국이 참여하여 1952년 출발한 유럽석탄철강공동체(ECSC)도 그 흐름 중 하나이다. 현실적으로 독일의 군사적 부활을 막기 위한 국제적인 공동 대응책인 동시에, 한국전쟁이 그 배경으로 자리 잡은 냉전 논리도 작용하고 있었다. 군수산업의 2대 물자인 석탄과 철강을 초국가적으로 관리하다가 오늘날 유럽연합(EU)으로 발전하는 모태 역할을 한 뒤 소멸되었다.

바바라는 그런 분위기 속에서 고색창연한 도시 괴팅겐을 방문하였다. 20년을 파리에서 산 내 감각으로는 독일의 도시들은 베를린 등 몇몇을 제외하고는 좀 시골스럽다. 괴팅겐도 그렇다. 그 이름을 처음 들었을 때 내 생각은 더도 덜도 아니고 꼭 이랬다. 흐음, 괴팅겐, 어디에 있는 도시지?

독일 지도를 한번 펴놓고 찾아보라. 바로 이웃의 카셀(Kassel)과 함께 독일의 딱 한가운데 위치하고 있는 도시가 괴팅겐임을 알 수 있

시대를 넘어선 감수성

다.[3] 괴팅겐은 인구가 14만 정도인 작은 도시지만, 오늘날 괴팅겐대학과 막스플랑크연구소 덕분에 '학문의 도시'로 불린다. 현재까지 40명이 넘는 노벨상 수상자를 배출하여 '괴팅겐의 노벨상 기적(Göttinger Nobelpreiswunder)'이라는 칭송까지 받았다.

그런데 1933년 나치가 집권하면서 학문적으로 쇠퇴하게 되었다. 물론, 괴팅겐에 국한된 것이 아니라 독일 전체가 나치로 인해 고초를 겪었지만, 괴팅겐과 괴팅겐대학은 좀 더 비극적이었다. 괴팅겐시는 자발적으로 급격히 나치에 동조했고, 1938년에는 게슈타포 출신이 시장으로 선출되기에 이른다. 유대인 거주지가 파괴되고 유대인들이 추방되는 과정은 다른 도시보다 더 철저했다. 괴팅겐대학은 당시 많은 유대인 학자들이 교수로 재직하고 있었기 때문에 결정적인 타격을 입었다. 당시 나치는 어이없게도 '아리안 물리학'을 내세우며 아인슈타인의 상대성이론을 '유대인 물리학'이라고 배척했고, '순혈 독일인'인 베르너 하이젠베르크도 무심코 상대성이론을 인용했다가 게슈타포로부터 곤욕을 치를 정도였다.

이런 아픈 역사를 지닌 도시가 괴팅겐인 만큼, 바바라는 프랑스와 독일의 적대를 청산하고 역사적 화해를 촉구하는 노래를 부르

---

3 카셀은 『독일어 사전(Deutsches Wörterbuch)』을 집필한 언어학자인 그림(Grimm) 형제가 활동한 주 무대였고, 따라서 자연스레 이곳 방언을 중심으로 표준독일어(Hochdeutsch)가 형성되었다. 『그림 동화집』은 이들 형제가 언어연구를 위한 소재로 채록한 민담들을 모은 책이다. 요즘은 5년마다 도쿠멘타(Documenta)가 열리는데, 카셀대학 교수이자 큐레이터였던 아르놀트 보데(Arnold Bode)가 만든 현대미술전시회이다.

예술을 통해 서로를 보다

기에 적절한 상징성을 지녔다고 보지 않았을까. 독일 땅이지만 가슴 아픈 피해자의 역사를 간직한 도시. '과학의 메카' '학문의 도시'로 불릴 만큼 정신의 꽃을 피웠으나 평균 이상의 유대인 박해 속에서 처절히 붕괴된 도시. 바바라는 바로 그 장소에서 아픔을 공감하고 화해하고 위로하고 용서하고자 한 것이 아닐까.

그녀는 가늘지만 약하지 않고 절실하되 슬프지 않은 나지막한 목소리로 노래했다. 그곳 괴팅겐은 이곳 프랑스(파리)와 똑같이 아름다운 곳, 여전히 사랑이 넘치는 곳, 우리 역사도 되레 더 많이 알 정도로 지혜가 있는 곳, 아이들 이야기와 멜랑콜리조차 있는 곳. 각 연마다 그녀는 그렇게 들려준다. 여기까지가 그녀의 혜안으로 발견한 괴팅겐이다. 그러고서 그녀가 호소하는 메시지. 마지막 연은 한 번 더 반복하며 노래의 마무리를 알리는 동시에 전체의 주제를 강조한다. 그 호소력의 경과를 한 번 따라가 보라.

할 말을 잃었을 때 그냥 미소를 짓지요. 그러나 우린 이해해요!
다시는 그런 시간들이 돌아오지 않기를.
지나간 시간의 피와 증오들을, 모든 내가 사랑한 사람들을.

이렇게 승화하며 화해와 용서의 가사를 아름답고 처절하게 노래한다. 그녀 특유의 강하지만 절제된 눈빛을 가슴속 깊이 담아 이를 온몸으로 끌어내어 부른다. 그녀가 이 노래를 세상에 발표한 시절에는 여전히 광기의 상처로 세상의 핏물이 덜 닦였을 무렵이었음에도 불구하고 말이다. 아! 너무나 슬프고 처절하도록 아름다운 이 화해와 용서! 이미 그녀가 세상을 떠난 지 24년이 되었다. 바바라는 세상을 떠나고 없지만 여전히 아름다운 사람으로 기억하며 그녀와 그녀의 목소리를 사랑하고 있다는 사실을 그녀의 쓸쓸한 무덤 앞에서라도 말해주고 주고 싶다. 이젠 편안히 쉬라고 말하며, 고맙다는 말도 함께 하고 싶다.

바바라가 부르는 〈괴팅겐〉을 들어보자. 내가 처음 그 이름을 들었을 때 느낀 것처럼 괴팅겐은 '유럽의 수도'라 불릴 정도의 대도시인 파리와는 비교할 수 없을 만큼 외형상으로는 작은 시골도시이다. 그러나 바바라는 그 내면에 주목한다. 사랑이 넘치고 역사에 대한 이해와 이야기도 풍부한 곳이 괴팅겐이라는 것이다. 이곳과 똑같은 아이들에, 똑같이 아름다운 곳. 괴팅겐. 바바라가 노래 속에서 말하지는 않지만, 아마도 그녀는 이런 말을 했을 것이다. 그들이 잘못을 저지른 것은 맞아. 그렇지만 저렇게 용서를 구하고 있잖아. 그러면 이제는 우리가 일으켜 세워줄 차례인 거야. 바바라가 증오와 보복 대신에 화해와 용서를 노래할 때, 나는 그녀의 메시지를 들으며 위무와 치유를 느꼈다. 그리고 이것이 바로 예술적 승화의 힘이라고 느낄 수 있었다.

> 물론 센강이 아니고
> 뱅센 숲이 아니지만
> 정말 똑같이 아름답네
> 괴팅겐은, 괴팅겐은

예술을 통해 서로를 보다

플랫폼도 연주도
애도하는 사람도 잡아끄는 사람도 없지만
사랑은 여전히 넘친다네
괴팅겐에는, 괴팅겐에는

그들은 우리보다 더 잘 안다네
프랑스 왕들의 역사에 대해
헤르만, 피터, 헬가, 한스
괴팅겐에는

그리고 아무도 공격하지 않지만
어릴 적 동화 같은 이야기
"옛날 옛적에"가 시작된다네
괴팅겐에는

물론 우리는 센강이 있고
게다가 뱅센 숲도 있지만
그러나 하느님, 장미꽃은 아름다워요
괴팅겐에는, 괴팅겐에는

우리는 우리의 창백한 아침과
베를렌의 잿빛 영혼을 가졌지만
거긴 정말 멜랑콜리해요
괴팅겐에는, 괴팅겐에는

시대를 넘어선 감수성

무슨 말을 해야 할지 모를 때에는
그들은 그 자리에서 우리에게 미소짓지만
우린 어쨌든 이해하지요
괴팅겐의 금발 아이들을

놀란 사람들이 있다면 유감이지만
다른 사람들이 나를 용서할 거예요
그러나 아이들도 똑같을 거예요
파리에서나 괴팅겐에서나

오 결코 돌아오지 말라
피와 증오의 시간이여
내가 사랑하는 사람들이 있으니까
괴팅겐에는, 괴팅겐에는

그리고 경종이 울리고
무기를 들어야 한다면
내 마음은 눈물바다가 되리
괴팅겐을 위해, 괴팅겐을 위해

정말 똑같이 아름답다네
괴팅겐은, 괴팅겐은

그리고 경종이 울리고
무기를 들어야 한다면

예술을 통해 서로를 보다

내 마음은 눈물바다가 되리
괴팅겐을 위해, 괴팅겐을 위해

나는 그녀가 부르는 〈괴팅겐〉을 들으며, 그녀의 노래는 시대를 초월하는 본질과 시대를 초월할 수 있는 힘을 지닌 멋진 사례라 생각해본다. 물론 〈괴팅겐〉은 분명 2차 대전 뒤의 유럽이라는 시대적 배경에서 만들어졌고, 그런 의미에서 예술의 시대성을 잘 보여주는 노래이다. 바바라는 그러한 자기 시대에 충실하게 이 노래를 내놓았지만, 동시에 자기 시대를 넘어서고 있기도 하다. 증오와 보복이라는 평균적인 감정보다 한 발 더 나아가 인류보편의 가치를 제시하고 그것에 도달하도록 그녀 자신의 예술적 힘으로써 추동하고 있기 때문이다. 자기 시대에 충실하되, 마냥 따라가서는 얻을 수 없는 초시대성을 통하여 자기 시대를 전복하고 있는 것이다. 그런 의미에서 물질주의에 타성적인 이 시대의 문화예술인들은 예술을 하는 이유에 대해 진정으로 고민해봐야 한다. 훨씬 처절했던 그 시절에도 예술은 자기 역할을 충실히 수행하며 도달할 수 있는 아름다움과 숭고함의 높이를 확장해왔던 것이다.

시대를 넘어선 감수성

캔버스에서 얻은 치유

자기 스스로 울고 웃으며 치유되다가 남들까지 울리고 웃기며 치유해주는 존재들, 그들이 바로 예술가들이다. 그들은 누구보다 높은 감수성과 자의식을 천부적으로 타고났거나 후천적으로 훈련받은 사람들이다. 그로써 자신과 시대의 고통과 모순에 예민하다. 그리하여 그들은 울지 않을 수 없어서 스스로 울고[哭], 울어서 남들을 울리는[鳴] 사람들이다. 예술가들은 각자의 상처들을 돌아보며 그 상처를 자기만의 방식으로 예술로써 승화한다. 그 과정이 어떠한지는 대개는 짐작할 수 있지만, 여기서는 가장 일반적인 방식으로 소개해보고자 한다. 예술가란 특별한 존재도 아니지만, 그렇다고 여리고 약한 존재 또한 아니다. 그저 평범하게 우리와 똑같은 공간에서 고통받고 상처받고 이겨내며 살아가고 있는 우리의 모습 그 자체인 것이다.

예술을 통해 서로를 보다

니키 드 생팔 : 예술로 승화한 고통의 기억

캬트린 마리 아녜스 팔 드 생팔, 1930년 10월 29일 오트드센[4]의 뇌이쉬르센에서 태어나, 2002년 5월 21일 캘리포니아 샌디에이고의 라호이아 카운티에서 죽음.

이 묘비명의 주인공은 누보 헤알리슴(Nouveau Réalisme)[5]을 대표하는 여류 화가인 니키 드 생팔(Niki de Saint Phalle)이다. 좋은 가문 출신이었지만, 그녀는 어머니의 뱃속에 있을 무렵부터 우울했다고 자서전에서 말한다. 글쎄? 이것을 어떻게 표현할 수 있을까? 뼛속 깊이 전해오는 듯한 우울함을 느껴서일까?

그녀의 아버지는 부르주아 출신으로 은행장까지 지내며 출세가도를 달렸다. 그러나 갑작스레 사업에 실패하자 그 탈출구로 다른 여인을 만나게 된다. 이런 사정으로 니키의 어머니는 니키를 임신한 내내 우울증에 시달렸고, 출산하자마자 아이를 두고 고향인 미국으로 돌아갔다. 니키는 태어난 그때부터 어머니의 따뜻한 품을 느끼지 못하고 할아버지 할머니의 손에서 자랐다. 그런데 그녀가 열한 살이 되던 해, 엄청난 일이 벌어진다. 자기 친아버지로부터 성폭행을 당

---

4 파리의 센강 위편에 위치한 지역.

5 1960년대 초에 당시 유럽과 미국의 지배적인 조류였던 일련의 앵포르멜 미술(Art Informel)에 대응해서 일어난 운동. 공업제품의 단편이나 일상적인 오브제를 거의 그대로 전시함으로써 '현실의 직접적인 제시'라는 새롭고 적극적인 방법을 추구했다.

한 것이다.

어느 오후 아버지는 낚싯대를 찾으러 정원 끝에 있는 도구들을 넣어두는 오두막에 갔다. 나도 따라갔다.

갑자기 아버지의 손이 나의 몸을 더듬기 시작했다. 낯설고 이상한 느낌이었다. 수치스럽기도 하고 또 한편으로는 쾌락이기도 한, 또 나를 위축하게 만들고 두렵게 만드는. 나는 내 가슴을 감싸며 움츠렸다. 아버지는 나에게 말했다. "움직이지 마."

나도 모르게 저절로 복종하고 말았다. 그리고 폭행이 이어졌고, 발로 차버렸다. 그에게서 벗어나 지칠 때까지 정원 끝 풀이 잘라진 필드까지 뛰었다. 그해 여름 그러한 장면들이 여러 번 반복되었다.

나의 아버지는 내 위에서 아이들에 대한 어른들의 끔찍한 욕망을 채우고 있었다. 나는 반항했지만 그는 나보다 훨씬 강했다.

그에 대한 나의 사랑은 경멸로 바뀌기 시작했다.

그는 나에게 인간 존재에 대한 신뢰를 파괴했다. 그는 무엇을 찾았을까? 그것 역시, 단순하지만은 않다. 쾌락, 그는 그것을 다른 데서 찾을 수 있었다. 안 돼! 그것은 아찔한 매력을 뿜는 타자 위에 군림하는 절대권력에 대한 금지와 유혹이다.

어린 소녀에게, '폭행'은 '죽음'이다.

니키의 작품을 보며 '내가 만일 그녀였더라면 어땠을까?'를 상상해보자. 그녀는 가장 믿었던 존재인 친아버지로부터 성폭행을 당한 뒤, 인간에 대한 불신과 절망을 경험한다. 그 후 정신과 치료를 받으며 자연스럽게 치료의 한 방법으로 그림을 그리게 된다. 그리고 서른세 살이 되던 해, 살롱 드 콩파레종(Salon de comparaison)이라는 전시회에 작품을 출전하게 되는데, 〈악마의 초상〉 바로 옆에 〈사랑하는 이의 초상(Portrait of my lover)〉을 전시한다. 그 작품에는 남자를 상징하는 하얀 와이셔츠에 넥타이를 그려놓고 머리 부분에 다트 화살표를 붙여놓았다. 그리고 수많은 관객들로 하여금 다트를 던지도록 하였다. 이를 통해 니키는 일종의 치유를 경험한다. 그녀가 가장 사랑했던 존재인 악마가 세상의 모든 사람들에게 조롱을 당하고 공격을 당하는 대상으로 아버지를 형상화한 것이다.

> 아버지는 매일아침 8시 30분 아침식사를 마친 후 집을 나섰고, 그때부터 아버지는 자유였다. (나는 그렇게 생각했다.) 그는 두 인생을 사는 것이 인정되었으니, 하나는 밖에서의 삶이고 또 하나는 집 안에서의 삶이다.
> 나 또한 집 밖에서의 삶도 갖기를 원했다. 나는 굉장히 일찍 깨달았다. '남자들이 세상을 지배한다는 것, 그리고 그 지배를 나 또한 원한다는 것.'

니키는 아버지의 무서운 욕망으로 인해 어린 시절의 자신이 죽었다고 생각했다. 그녀는 치유의 과정을 통하여 점점 여자들도 세상을 지배할 수 있다고 믿으며, 세상을 지배하는 여자들인 〈나나〉 시리즈를 발표하기 시작한다. 그녀는 그저 평범하지 않다 정도의 말로는 도저히 표현하기 힘든 악몽 같은 유년기를 보냈고, 그로 인해 방황하고 또 치유하는 과정에서 만난 것이 바로 예술이었다. 그 과정을 통해 그녀는 자신의 삶에서 승리할 수 있었던 것이다. 그녀는 결코 과장하지 않았고, 잘 팔린다고 하여 대량으로 만들어내는 등의 줄타기는 하지 않았으며, 예술과 비즈니스 혹은 예술과 외설 등의 이분법을 넘어섰다. 가장 나약한 존재인 인간이 상처를 치유하는 과정에서 보여주었던 그 진실이 인간을 감동시키고 예술을 통하여 승화된 것이었기에 가능하지 않았을까? 니키는 50여 년의 아티스트 생활 중 약 3,500점의 작품을 남겼으니, 예술작업이란 그녀의 삶 전체였다고 해도 과언이 아닐 것이다.

삶을 기억한다는 것은 우리에게 어떤 의미일까? 우리는 그녀의 작품을 통하여 다행스럽게도 내가 그 불행의 대상이 아니라는 점에 한편으로는 안도하며, 한편으로는 현재의 내 삶을 되돌아보기도 한다. 또, 그러한 상황 속에서 견뎌냈던 그녀의 상처를 공감 내지는 상상도 해보며 과연 나라면 어떻게 살고 어떻게 표현해 냈을까 생각해보기도 하며 현재의 나를 비추어보기도 한다. 이런 과정을 거치며 우리는 그녀의 작품을 통해 위안 또는 치유를 받게 된다. 그러면서 그녀의 삶을 이해하고, 시각적으로 제시되는 그녀의 작품과 그녀가 적어놓은 짧은 텍스트 등을 통해 그녀의 삶 속으로 들어가게 된다. 예술이란 으레 그런 것이다. 특별히 니키의 삶이 있고, 나의 삶이 있고, 나의 삶은 그녀의 작품을 통해 새롭게 나아갈 것이다. 그것이 바로 예술의 필요성이 아닐까?

예술을 통해 서로를 보다

아메데오 모딜리아니 : 모든 걸 다 주어도 부족한 사랑

천국에서도 당신의 모델이 되어 드릴게요.

— 잔

아메데오 모딜리아니(Amedeo Modigliani, 1884~1920)와 잔 에뷔테른(Jeanne Hebuterne, 1898~1920)의, 죽음까지 함께한 사랑 이야기. 그들의 운명적인 사랑이야기는 먼저 잔 에뷔테른, 그녀를 빼고는 시작할 수 없다. 그녀가 죽었을 때 고작 스물두 살이었고 뱃속에는 9개월 된 아기가 있었다.

남자의 뒤에 가려져 자신들의 예술적 재능을 접고 그림자로 지냈던 여자들은 적지 않다. '로댕의 여인'으로 불렸던 카미유 클로델(Camille Claudel)은 결국 로댕(Auguste Rodin)의 욕심으로 내팽개쳐져 미친 사람으로 취급되며 정신병원에 감금되어 불쌍하게 생을 마감했다. 그리고 클라라 슈만(Clara Schumann)은 로버트 슈만(Robert Schumann)만큼이나 음악적 감수성이 풍부했는데, 결국 자신의 재능을 다 펴지 못하고 남편의 제자였던 브람스(Johannes Brahms)의 사랑마저 끝까지 가슴으로만 간직하기로 한다.

그렇다면 열아홉 살의 잔에게 모딜리아니는 대체 어떤 존재였을까? 잔의 부모님은 열세 살 때부터 재능을 보인 딸에게 기대가 컸던 모양이다. 그런데 어느 날 불쑥 파리에 나타난 서른세 살의 모딜리아니라는 남자가 금지옥엽의 자기 딸을 꼬드겨 집 나가게 했다며 몹시 원망했다. 딸이 죽은 뒤 공증인에게 쓴 편지를 보면 온통 그런 얘기로 가득하다. 그러나 정작, 그들은 너무나, 정말로 너무나 사랑했던 것 같다.

모딜리아니는 어릴 적부터 병치레가 잦았고, 몇 번의 죽을 고비를 넘기고 살아났다. 거기에는 어머니의 부단하고 무한한 노력이 있었다. 그녀는 혼수상태의 아들을 간호하면서 꼭 예술가가 되고 싶다는 중얼거림을 들으며 결심한다. "그래, 꼭 깨어나렴. 엄마가 네가 원하는 그곳에 데려다줄게."

그렇게 모딜리아니의 어머니는 아들을 살려내기 위해 요양 여행을 시작했다. 나폴리, 피렌체, 카프리 등의 이름난 명승지와 유명한 미술관들을 데리고 다녔다. 리보르노에서는 가장 훌륭한 미술교사이자 화가인 굴리엘모 미켈리(Guglielmo Micheli)의 수업을 받도록 적극적으로 뒷바라지했다. 모딜리아니는 어머니의 각별한 관심 속에 이탈리아 각지를 돌며 요양과 그림 공부를 하는 가운데 몇 차례 죽음의 고비를 넘겼다. 그런 끝에 그는 스스로를 특별한 존재라 여기며 '되살아난 자'라고 서명하여 친구에게 편지를 보낸다.

이렇게 '부활자' 모딜리아니는 1906년 파리에 입성한다. 그리고 몽파르나스의 한 카페에서 운명처럼 잔과 만난다. 둘은 엄격한 가톨릭 집안인 잔 부모의 반대에도 불구하고 동거를 시작했고, 첫아이를 낳았다. 그러나 가난은 불가항력의 현실이었다. 모딜리아니는 거의 길거리를 헤매는 수준이었고, 잔은 아이와 함께 파리 외곽의 친정집에 머물렀다. 이따금 모딜리아니가 아이가 보고 싶어서 찾아가면 잔의 부모는 문도 열어주지 않았으며, 모딜리아니는 대문 밖 계단에 우두커니 앉아 있다가 돌아오곤 했다. "왜 눈동자를 그리지 않죠?"

예술을 통해 서로를 보다

라는 잔의 질문에 "내가 당신의 영혼을 그릴 수 있을 때 그리게 될 것이오."라고 말한 모딜리아니는, 이후 잔의 눈동자를 그린 몇 작품을 남긴다.

모딜리아니는 한때 조각에 심취했으나, 건강상의 이유와 가난으로 인해 4년 만에 다시 회화로 되돌아왔다. 목을 길게 그리는 모딜리아니 특유의 화풍은 실은 가난으로 인한 결핍에서 비롯된 것으로 알려져 있다. 그가 초기에 그린 여

모딜리아니, 〈어깨를 드러낸 잔 (Jeanne aux épaules nues)〉(1919)

성들이 사실적 비례를 가지고 있었던 데 비해, 후기에는 우리가 익히 아는 모습인 목이 비정상적으로 길고 우수에 찬 여성들을 그렸다. 그는 눈을 감는 순간까지 가난에 시달렸고, 물질의 심한 결핍은 그의 정신세계마저 피폐하게 만들었는데, 그의 그림에 나타나는 비현실적인 비례는 그러한 사정을 반영한다고 볼 수 있다. 후기의 화풍이 훨씬 더 예술적 가치를 인정받고 있는 것을 보면, 고통으로 단련된 영혼이 예술로 빛났던가 싶다.

그는 찢어지게 가난해도 결코 자존심만은 굽히지 않았다. 화가인 마티스(Henri Matisse)가 모딜리아니에게 딱 30분의 시간을 주겠다고 했다가 그의 그림이 마음에 들어 한 시간이나 모델을 서주었다

는 일화가 있지 않나. 또, 당시에 이미 유명세를 치르던 르누아르(Pierre-Auguste Renoir)는 아무도 집으로 초대하지 않았지만 모딜리아니만큼은 예외였다. 건방지게 행동하는 모딜리아니의 행동에도 아랑곳하지 않았고, 자신의 그림을 팔아 그를 도와줬다는 말도 있다.

모딜리아니는 결국 결핵성 뇌막염으로 쓰러졌다. 소식을 듣고 달려간 잔이 어떻게 손을 쓸 겨를도 없이 그는 사랑하는 그녀 앞에서 피를 토하며 죽어가면서, 다음 세상에서는 원 없이 사랑하자는 말을 남긴다. 그리고 "Italia, cara Italia(이탈리아여, 사랑하는 이탈리아여)."라는 중얼거림을 끝으로 세상을 떠난다.

그의 장례를 준비하는 어수선한 밤. 언제나 베개 밑에 면도날을 넣고 잠을 잤고, 자살하는 장면이 담긴 자화상을 그린 적이 있는 잔. 그것은 자살의 예고편이었을까? 평소 딸에게서 자살 충동의 그림자를 보았고, 그것이 너무나 두려웠던 부모가 그녀의 오빠에게 잘 지켜보라고 신신당부했다. 그럼에도 불구하고 그녀는 자신이 나고 자란 친정집 5층 베란다에서 임신 9개월의 몸을 허공으로 던진다.

아, 사랑이란 그녀에겐 도대체 어떤 것이었을까? 자신과 자신의 아이를 모두 허공에 내던질 만한 사랑의 열정이 있었던 잔.

모딜리아니의 형은 당시 이탈리아 사회당 당원으로 선출직에 출마한 사람이었다. 이 소식을 듣고 동생의 장례식을 왕자처럼 거창하게 치러줄 것을 요청해서, 모딜리아니의 장례식은 꽤 화려하게 치러졌다.

두 사람의 사랑은 그렇게 세상을 울렸지만, 그녀의 부모만큼은 그 사랑을 받아들일 수 없었다. 부모보다 먼저, 그것도 자살한 스물

두 살 잔의 장례식은 조용한 시골마을에서 소리없이 치러졌고, 두 사람이 죽고서도 10년 동안이나 서로 떨어진 곳에 묻혀 있었다. 함께 묻히는 것을 반대한 잔의 부모 때문이었다. 모딜리아니 어머니의 간곡한 요청으로 10년 후 파리20구의 페르 라셰즈(Cimetière du Père Lachaise)[6]에 합장하였다.

페르 라셰즈의 모딜리아니와 잔의 묘비

가난한 예술가들의 사랑 이야기는 당시의 일반적인 시대상이 반영되어 있는데, 우리가 알고 있는 푸치니의 〈라 보엠(La Boheme)〉에도 잘 드러나 있다. 가난한 화가의 이야기를 소재로 오페라를 작곡하고 나서, 푸치니는 연필을 내려놓으며 마치 자신의 이야기인 양 통곡했다고 알려진다. 물론 잔과 모딜리아니의 사랑 이야기는 훨씬 이후의 일이다.

현대판 〈라 보엠〉의 가사는 모딜리아니와 잔, 모딜리아니를 지지

---

6 파리 시에서 가장 큰 묘지로, 최초의 정원식 공동묘지이자 최초의 지방자치적 공동묘지이다. 제1차세계대전의 추모공원이기도 하다. 원래 명칭은 '동쪽 공동묘지(Cimetière de l'Est)'였다.

캔버스에서 얻은 치유

샤를 아즈나부르

해주었던 시인 막스 자콥(Max Jacob)[7]을 보는 듯하다. 인터넷을 검색하여 노래도 직접 들어보기를 권한다. 개인적으로는 프랑스 원로가수인 샤를 아즈나부르

(Charles Aznavour)가 부른 버전을 가장 좋아한다. 샤틀레 극장(Théâtre du Châtelet)에서 공연한 무대의 장면을 그려본다.[8] 아무것도 보이지 않는 캄캄한 어둠 속에서 오로지 가수만 비추는 단 하나의 조명. 그는 검은색 정장을 입고 노래를 부른다. 그리고 피날레에 이르면 앞주머니에서 하얀 손수건을 꺼내서 펼쳐 보이며 날린다.

---

7 프랑스의 시인이자 비평가. 에드몽 자베스, 폴 엘뤼아르 등의 작가와 교류하며 20세기 초 프랑스 현대시의 새로운 방향을 여는 데 중요한 역할을 했다.

8 파리1구의 샤틀레(Châtelet) 역에 위치한 극장. 1862년 4월 개관한 이래로 뮤지컬, 오페라, 클래식, 재즈, 무용 등 다양한 장르를 공연한다. 한국인으로는 재즈가수 나윤선, 소프라노 조수미 등이 공연했다. 특히 2016년 조수미는 공연 중 "지금 이 순간 한국에서는 저의 사랑하는 아버지의 장례식이 치러지고 있는데 제가 노래하는 것이 맞는지 모르겠다." 라며 가장 아름답고 슬픈 노래를 하고, 그 무대의 앙코르 곡으로 쟈니 스키키(Gianni Schicchi)의 오페라 〈오 나의 아버지(O mio Babbino caro)〉를 불러 기립박수를 받았다는 일화도 있다.

그 장면은 정말 환상적으로 아름다웠다. 예술이란 바로 이런 것이구나 하는 감동을 받는다. 노래와 정말로 잘 어울렸던 그 장면이 이 곡을 접할 때마다 기억난다. 화려한 조명이 그들의 아름답고 처절한 사랑 이야기를 더 빛나게 해줄 수 있을까? 모두가 경건하게 예술가들의 슬픈 사랑 이야기가 담긴 노래가사를 들으며 공감하고 있는 그 순간, 전혀 특별할 것 없는 각광(脚光) 하나가 가수를 비추고, 그 노래를 부르는 가수 역시 또 다른 예술가로 조명된다. 평생을 노래에 바쳤을 노가수의 새하얗게 세어버린 백발에 비친 그 조명 또한 가난한 예술가들 뒤에 있을 또 다른 예술가들을 대변하며 겹쳐진다.

노가수는 상의 윗주머니에서 흰 손수건을 펼쳐 허공으로 던진다. 그 손수건은 허공에서 휙휙 두 바퀴 원을 그리며 이내 바닥으로 떨어지고, 무대의 조명은 꺼진다. 하얀 손수건은 슬픈 사랑 이야기를 가진 어느 예술가와, 어쩌면 그것이 자신의 이야기일지도 모르는 원로 예술가의 모습으로 포개진다. 점점 사그라져가는 그의 노래 앞에 훅 던져버리는 자신을 향한 몸짓일 수도 있겠다.

무대예술이 굳이 화려하고 돈이 많이 들어야만 감동을 주는 것이 아니라는 사실을 그 공연 이후 처음 알았다. 그동안 나는 너무 나 자신의 감수성의 정체에 대해서도 모르고 있었구나. 샤를 아즈나부르의 노래를 들었다면 이번에는 조금 다른 분위기로 흑인 여가수 부이카(Buika)의 스페인어 버전도 추천한다. 참 애절한 느낌이니, 기분과 취향에 따라 선택해서 들으면 좋을 것 같다.

준비가 됐다면, 찬찬히 가사를 음미하며 따라가 보시라. 이제 그대, 봄날에 피어났다가 시간의 흐름 속에서 종래 스러지고 만 리라

캔버스에서 얻은 치유

꽃이 보이는가. 시간은 모든 것을 낡게 만든다. 모든 젊음을 늙게 만든다. 환희에 찬 떠들썩함을 우울한 침묵과 적막으로 바꾼다. 충만과 허무의 대비, 그리고 무의미……. 관조하는 듯한 나직한 목소리를 만날 수 있을 것이다.

스무 살 이전에는 알 수 없는 이야기를 당신에게 말하고 싶어.
몽마르트르는 그 무렵, 나의 창 아래까지 리라꽃을 피우고 있었지.
너무도 비참한 세간살이에 얼굴이 환하지 않았지. 하지만 우린 거기서 서로 알게 되었고,
나는 굶주림에 소리지르고, 넌, 누드모델을 했지.

라보엠, 라보엠, 우리는 행복하다는 뜻이야,
라보엠, 라보엠, 우리는 하루건너 밥을 먹었지.

카페의 이웃들은 우리의 명성을 기다리고 있었고,
배는 비어 있어도 우린 그 명성을 믿었어.
그리고 식당에서 따뜻한 음식들 앞에 화구를 펴고, 난로 둘레에 앉아 겨울을 잊고 있었어.

라보엠, 라보엠, 당신이 예쁘다는 뜻이야.
라보엠, 라보엠, 우린 모두 천재였어.

이젤 앞에서 밤을 지새며,

예술을 통해 서로를 보다

데생을 고치며, 가슴의 선과 허리의 곡선을 고치며 밤을 지샌
건 한번만이 아니었어.
　아침이 되어서야 우린 크림커피 앞에 마주앉았지. 그러나 정말
원해서, 감동의 사랑을 하고 그 삶을 사랑했지.

　라보엠, 라보엠, 우린 스무 살이라는 뜻이지.
　라보엠, 라보엠, 우린 그렇게 함께했지.

　어느 날 우연히 발길이 지날 때,
　나의 옛 주소지에 들르게 될 때, 난 알아볼 수가 없었어.
　벽들도, 길도, 이곳에서 젊은 날을 보냈었는지도.
　높은 계단 위의 나의 아틀리에도 더 이상 존재하지 않았고,
　새로운 장식의 몽마르트르는 슬퍼 보였고,
　리라꽃은 죽어 있었어.

　라보엠, 라보엠, 우린 젊었고, 우린 미쳤었지.
　라보엠, 라보엠, 그건 이제 무의미한 것이지.

　스무 살이라는 나이는, 인생을 일 년의 시간에 비한다면 봄날쯤
될까. 미풍이 불고 꽃들이 흐드러진 거리에서 계절에 취한 달뜬 숨
을 조금은 가쁘게 쉬게 되는, "몽마르트 뒷골목 허름한 창가에까지
리라꽃이 피는" 그런 봄날. 사람들은 봄날의 그 휘황함을 봄이 한참
지난 뒤에야 깨닫고 그리워하게 된다. 그러므로 김영랑 시인이 노래
한 "찬란한 슬픔의 봄"은 실은 찰나간 지나가버린 젊음에 대한 엘레

지이리라. 물론 스무 살의 나이에는 알 수 없는 씁쓸한 진실이지만. 눈물 나도록 찬란한 젊음이란 뭇 생명을 잉태할 수 있는 생명력이며, 예술적 창조력도 그들의 몫이다. 그러나 흐르는 시간 속에서 리라꽃이 시들듯이, 시대와 불화한 젊은 예술가의 예술혼도 스러진다. 불임의 존재가 되고 마는 것이다. 그 지독한 무의미란.

오노레 도미에 : 시대를 풍자하다

사실주의의 대표적인 반항아로 알려진 오노레 도미에(Honoré Daumier, 1808~1879)는 너무나 가난했다. 대표작 〈삼등열차(The Third-Class Carriage)〉[9]를 그릴 무렵에는 30년 동안 재직하던 잡지사에서 해고당한 뒤라서 더더욱 어려운 환경에 처해 있었다. 그가 유일하게 기차를 탈 수 있었던 때는 바르비종(Barbizon)[10]의 밀레(Millet)를 만나러 갈 때였다. 당시에는 지금처럼 기차 내부에 칸과 칸 사이의 이동 통로도 없었고, 잠시 정차할 때 문을 열어주어야 그 칸에 있던 승객들이 나와서 쉴 수 있었다.

---

9 뉴욕 메트로폴리탄미술관 소장. 당시의 도미에는 생활고에 시달려 삶과 죽음의 기로에 있었다. 그림 속의 삶에 지쳐있는 노파의 모습은 도미에 자신 혹은 서민들의 일상이기도 하다. 그는 당시의 사회적 부조리와 위선적인 인간의 모습을 비판한 그림들을 자주 그렸다.

10 풍경화를 지향하던 사실주의 바르비종파의 예술적 근거지. 파리에서 약간 떨어진 외곽에 위치함.

예술을 통해 서로를 보다

〈삼등열차〉   〈변호사와 피고〉

　도미에의 연작들 가운데는 세르반테스의 『돈키호테』를 모티프로
한 풍자화가 40여 점에 이른다. 『돈키호테』는 사회 풍자적 내용으로
많은 풍자화가들이 선호하는 주제였는데, 대표적인 풍자화가인 도
미에도 궤를 같이하였다. 그리고 그는 〈변호사(Les Avocats)〉 연작도
250점이 넘게 남겼다. 소위 잘나가는 변호사는 배가 불룩 나와 권위
를 자랑하는 오만한 모습에다 걸음걸이조차도 몸을 뒤로 젖히고 걷
는 당당한 자세를 표현한 반면, 실패한 변호사는 그 모습을 매우 부
러워하는 기죽은 자세로 표현했다. 굉장히 가난하여 평생 빚을 지고
우울하게 살던 그는 사회를 풍자한 작품들을 그리며 조명받기 시작
해 말년에는 다행히도 작품을 인정받아 빚도 청산할 수 있었다.
　도미에는 마르세유의 가난한 집안에서 태어나 젊어서부터 돈을

〈가르강튀아〉

벌어 살림에 보태야만 했다. 공증인, 변호사 사무실 사환 등 여러 가
지 일들을 하면서도 미술 공부도 소홀히 하지 않았다. 그러던 도중
우연히 잡지에 삽화를 기고하며 유명세를 타기 시작했는데 그 대표
작이 바로 〈가르강튀아(Gargantua)〉이다. 당시 국왕 루이 필리프 1세
를 국민들의 세금을 갈취하는 배불뚝이 욕심쟁이 괴물과 비슷하게
표현한 사회비판적인 풍자 삽화가 매우 인상적이다. 동일선상에서
바로 그 밑에 있는 부르주아에 대한 비판으로 나온 것이 〈변호사〉
시리즈이다. 현재와는 비교도 할 수 없는 그 시대에 감히 왕을 그렇
게 표현하였으니 대단하다. 예술의 역할 중 하나가 이러한 거침없는
비판과 표현이 되어야 맞을 것이다.

　　도미에의 재미난 작품들 몇 점, 특히 잘 알려지지 않은 풍자화를

예술을 통해 서로를 보다

소개하고자 한다. 바로 〈매력적인 숙녀, 쓸어버려야 할 것인가?〉와 〈화류계 여성〉이다. 그림에 등장하는 인물들의 복장, 표정, 상황 설정 등을 통해 추론하고 분석하는 방식으로 따라가 보자. 이 두 작품은 그가 재직하던 잡지사의 『샤리바리(Le Charivari)』에 연재되었던 석판화에 속한다.

1840년부터 1860년까지 여성들 사이에는 '크리놀린(crinoline)'[11]이라는 복장이 유행했다. 여성들의 드레스 안에 초기에 사용된 무거운 페티코트나 후기의 개량된 가벼운 소재를 넣어 둥그렇게 치마의 모양을 만드는 방식이었다. 처음 크리놀린이 등장한 시기에는 상류층의 여인들만 입다가, 1860년경에는 일반인 여성들 사이에서도 인기가 있었다. 심지어는 혼수품으로 장만할 정도로 로망이었으나, 제3공화정 이후 혼자서는 아무것도 할 수 없는 이 스커트에 대한 반감이 고조되었다. 1867년 영국에서 발행된 여성 잡지에 실린 통계를 보면, 아이러니하게 그해에만 3,000명이 넘는 여성들이 크리놀린 착용에 따른 화재로 사망에 이르렀으며, 2만 명이 넘는 여성들이 부상을 경험했다고 한다. 반대로, 자살하려고 고층에서 뛰어내렸으나 크리놀린이 낙하산처럼 둥둥 하늘에 떠다니도록 해서 사뿐히 바닥에 내려앉았다는 말도 있다. 멋과 아름다움, 그 뒤에는 어디에나 비

---

11 먹고살기 힘든 시기, 당시에 유행하던 크리놀린 스타일은 서민들의 집 한 채 값이었다. 그럼에도 불구하고 크리놀린에 열광한 머리 빈 여인들을 바로 이러한 풍자화로 그려냈다. 누구의 도움 없이 혼자서는 마차에 타고 내리는 것조차 불가능할 만큼 부풀어오른 스커트 자락이 주는 이미지는 상당히 강렬하다.

〈겨울의 크리놀린〉

하인드 스토리가 있나 보다.

　도미에는 당시의 크리놀린 붐을 그림으로 남겼다. 〈겨울의 크리놀린(The Crinoline in Winter)〉(1858)〉이라는 작품을 보자. 노파는 길에 쌓인 눈을 쓸고 있고, 그 옆을 지나가던 크리놀린 차림 여성의 치맛자락이 바닥의 눈에 붙어서 옴짝달싹하지 못한다. 노파는 아니꼬운 눈으로 쯧쯧쯧 하는 표정을 짓는다. 크리놀린 치맛자락이 얼마나 동그랗게 펼쳐졌는지, 마차 한 대에 여성 둘이 도무지 탈 수 없는 지경에 이른 모습을 풍자한 그림도 있다. 여성의 치맛자락은 도미에의 과장까지 더해, 옆 건물만큼이나 동그랗게 솟아올랐다. '누구는 먹고살기도 힘든데!' 하는 도미에의 생각이 그대로 드러나 있는 작품이다.

예술을 통해 서로를 보다

크리놀린은 사실 여성의 우아한 아름다움을 더 돋보이게 하는 드레스이지만, 누군가의 도움 없이는 아무것도 할 수 없는 '바보 의상'이며 남들은 먹고살기도 힘든데 멋을 내기 위해 스스로 움직이지도 못하는 의상이라 생각했던 도미에의 풍자 대상이 되었다. 1850년 나폴레옹 3세는 오스만 남작에게 파리 전체를 재건축하라는 칙령을 내리는데, 도미에의 판화 작품은 이러한 시대 상황을 배경으로 한다. 이제 곧 재건축이 되어 자신의 자리를 빼앗길 노파와, 드레스라는 새장에 갇혀 사는 귀부인의 삶은 갑갑하기로는 마찬가지로 보였던 것이다. 낙하산처럼 부풀려진 그림 속 크리놀린은 제2제정기 부유층 여성들의 허영과 과시욕을 상징적으로 표현하며 풍자하고 있다.

도미에는 그림 속 여성의 표정마저 그답게 그려 넣었다. 말하자면 더블 이미지(Double Images)이다. 즉, 겉으로 보이는 아름다움과 아름다움 뒤에 감춰진 위선과 과시욕. '텅 빈 머리'가 그것이 아닐까? '우아하게 텅 빈 머리'와 '경박하게 꽉 찬 머리'는 실상 동전의 양면이 되어 오늘날 우리 사회에도 봉그랗게들 솟아 있지 않은가? 서양 미술사를 보면 그들의 재미난 사회상과 당시의 시대적 배경을 볼 수 있는 귀중한 기록이 되고 있다.

이처럼 어느 화가의 작품을 보면 그 화가가 어떤 사람이었는지, 무슨 생각을 하며 어떻게 생활했는지 등을 알 수 있다. 그림은 그 작가의 생애에 대한 또 하나의 기록으로서 사실로 이어지는 경우들이 많은 것이다. 이처럼 예술은 때로는 시대를 이야기하기도 하고, 때로는 그 시대 속의 사람을 이야기하기도 하며, 또 때로는 초시대적으로 이어지는 인간 본연의 감수성에 집중하여 표현하기도 한다. 그 어떤 구애도 받지 않고 자유롭게 인간이 느끼고 표현하는 그 자체로 아름다울 수 있는 것, 그것이 바로 예술의 역할이 되어야 하지 않을까?

예술을 통해 서로를 보다

4

일상 속의 감동

사랑과 예술의 귀일점

　조금 여유로운 일요일 오후, 정말 놓치고 싶지 않아서 미리 집에서 예매까지 하고 갔을 정도로 보고 싶었던 영화. 그러나 밥 먹을 곳 찾아서 돌아다니다 초입 부분을 살짝 놓치고서야 자리에 앉을 수 있었다. 보고 싶었던 영화의 초입 부분을 놓쳤을 때의 기분이란, 아는 사람은 다 알 것이다. 안타까운 마음에 그 이후는 매 순간을 놓치지 않고 초롱초롱하게 더 집중해서 봤다. 소렌티노(Paolo Sorrentino) 감독은 '철학적 질문꾼'이라는 별명답게 영화 〈유스(Youth)〉에서 짧지만 묵직한 두 개의 질문을 던진다. 예술이란 무엇인가? 그리고 젊음이란 무엇일까?

　영화는 황혼기의 두 아티스트가 그들의 인생을 덤덤하게 펼쳐 보이며 진행된다. 한때는 영화계에서 이름을 날렸지만 지금은 영화감독의 일생을 마무리하는 멋진 작품을 남기고 싶어 하는 노감독 믹, 그리고 스스로 은퇴한 삶을 선택한 지휘자 프레드 빌린저. 둘은 막

역지우이자 사돈 관계이다. 그런데 그들은 친구로서 뭐든 다 터놓고 나눌 것 같지만 각자 자신의 좋은 이야기만 서로에게 들려준다. 친구여서, 그리고 각자의 예술세계와 개인적인 삶을 너무 존중해서였을까.

스위스의 그림 같은 알프스 산지에 위치한 고급 휴양지와 그 속의 단조롭고도 편안한 삶들이 아름답게 펼쳐지고 잔잔한 음악도 내내 떠나지 않는다. 프레드가 습관처럼 들고 문지르는 초콜릿 껍질 부비는 소리마저도 음악의 한 장단처럼 리드미컬하게 들려오고……. 악기가 아닌, 대자연 속에서 지휘하는 그의 모습은 그야말로 마음속에 뭔가 웅장한 울림을 준다.

그 장면을 보며, 나는 내 기억의 저장고에서 고등학교 시절 음악 선생님을 꺼냈다. 텅 빈 운동장에서 환청에 홀린 듯 아무 소리도 들리지 않는 빈 계단을 한 걸음 한 걸음 내디디며 지휘하시던 선생님. 친구들은 그 선생님을 사이코니 뭐니 이상한 별명을 붙여서 부르곤 했다. 그러나 나는 자신만의 내면을 구축하여 이 세상의 현실 공간을 언제든 어디든 지휘할 수 있는 공간으로 바꾸어버리는 선생님의 예술세계에 풍덩 빠져서 짝사랑했던 기억이 있다.

무언가에 푹 빠져서 미친 사람에게서 나는 여전히 매력을 느끼는 것 같다. 고교 시절의 그 기억이 선명히 되살아나며 점점 영화 속으로 빠져들게 되었고, 대사 한 마디 한 마디가 절절히 가슴에 박혔다. 이런 이유로 우리는 예술에 빠져드는 것이고, 예술은 우리를 미치게 만드는 것이다.

프레드의 마사지사로 등장하는 못생긴 아가씨의 경우도 그랬다.

일상 속의 감동

유럽에서는 모슈(moche, 못생긴)의 상징으로 치아 사이에 교정기를 끼운 여자를 자주 등장시킨다. 아마도 소렌티노 감독의 의도 역시 마사지사의 모슈한 이미지를 만드는 것이었으리라 짐작된다. 그러나 그 못생긴 마사지사의 대사인 "Touch"라는 단어는 다른 어떤 등장인물의 멋진 대사 못지않게 서사적인 역할을 다하며 아름답게 읊어진다. 딸아이 문제로 잔뜩 스트레스를 받은 프레드의 몸을 그녀가 스무드하게 마사지하면서 주고받던 대사를 옮겨본다.

"오늘은 다른 방법으로 마사지를 해야겠군요. (프레드를 마사지하는 장면이 이어지다가) 스트레스가 많이 쌓였네요. 아니, 정확하게 말하자면 마음의 병이지요."(정확한 대사는 기억나지 않음을 고백한다.)

"어떻게 당신은 마사지만으로 알아맞힐 수 있나요?"

"Touch… 만지는 것은 느낌이고, 그 느낌은 말이 필요하지는 않은 거거든요."

"당신은 말하는 것을 싫어하나요?"

"할 말이 없어요……."

할 말이 없다며 둘 사이의 대화를 끝맺는 마사지사의 대사는 무척 함축적이다. '느낌, 분명 그것은 본능인데 도대체 그것을 어떻게 말로 표현할 수 있어요?'라고 하는 것 같았다. 감동도, 느낌도, 우리는 살아 있는 자체로 느끼는 것이지 굳이 말할 이유가 없기 때문 아닐까? 삶과 예술. 각자의 직업은 다르지만 모두 자신의 삶 안에서 각자 다른 방식으로 스스로 답을 얻으며 살아가고 있는 우리들의

사랑과 예술의 귀일점

삶. 그 삶의 본질은 무엇일까? 자연과 문명, 그리고 손님과 종업원, 젊은 사람과 나이 든 사람.

인생이란 나이 든 사람이 더 많이 이해할 것 같지만 딱히 그런 것 같지도 않다. 젊은 배우 지미는 자신의 예술성보다는 부분적인 것만을 기억하는 사람들로부터 회의를 느끼고 새로운 역할을 시도하기 위해 휴양지에 왔다. 그는 인생을 안다고 생각하는 사람들이 아니라 아주 작은 소녀에게서 자신의 예술성을 발견한다. 자신의 무명 시절 영화를 기억해내며 그 영화 속의 대사까지도 선명하게 기억하고 있는 어린 소녀로부터 답을 얻는 것이다. 이렇게 뚜렷한 대비를 통해서 인생의 부분들을 짚어나가는 감독의 의도는 무척 흥미로웠다.

결말 부분에서 프레드와 대화하던 믹이 갑작스레 호텔방 창문으로 가서 투신자살하는 장면은 너무 충격적이었다. 믹을 안 지 53년이나 되고 함께 만든 작품도 11편이나 된다고 하는 노배우와 믹의 대화에서는 점점 갈등이 증폭된다. 믹의 유작이 될지도 모르는 마지막 작품 제작비를 그 노배우로 인해 얻게 될 터였지만, 그녀는 출연을 거부한다. "구렁텅이에 있던 무명의 젊은 여배우를 누가 데뷔시켜 스타로 만들었나?"라는 공격에 "당신의 작품은 쓰레기야!"라고 맞받아치며 서로 욕을 퍼부어대는 그들. 그러나 그녀는 돌아가는 비행기 안에서 믹의 자살 소식을 전해 듣고 난동을 부리며 처절하게 울며 믹의 이름을 외쳐 불러댄다.

이러한 장면들은 영화 내내 인간의 감정들을 끌어올리는, 여러 층위의 인간과 인간 사이의 관계들을 말해주는 듯 끝없이 끄집어내어진다. 멀리 있는 것 같지만 사실은 이런 순간들이 하나하나씩 쌓여 우리의 삶을 이어주고 그것이 바로 인생이라는 것을 진하게 느낄 무렵, 영화관 전체에 울려 퍼지는 〈심플 송〉. 더 이상 노래를 부를 수 없는 자기 아내를 위해 쓴 〈심플 송〉은 그 누구에게도 무대에서 부르기를 허락하지 않겠다고 했던 프레드. 그의 삶과 사랑, 그리고 예술.

예술이란 무엇일까? 〈유스〉는 점점 예술의 가치가 현실 논리에 의해 평가되는 이 시대에 진정한 예술의 역할에 대해 되짚어보도록 하는 영화이기도 하다. 〈심플 송〉이 울려 퍼지는 영화관 안의 관객들이 나처럼 기대하고 온 사람들이었기 때문일까? 엔딩 크레딧이 한참 올라가도 어느 누구도 일어나지 않고, 도리어 뒷좌석에 있던 사람이 앞좌석으로 옮기기까지 해서 멍하게 엔딩 크레딧이 올라가는 스크린을 보며 마지막 음악에까지도 귀를 기울였다. 상영이 끝난 후의 번잡스러움보다는 도리어 더 침묵을 지키는 사람들로 인해 감동이 더해지는 그런 영화였다. 〈심플 송〉. 지금도 여전히 가슴속에 울려 퍼지는 듯하다. 끝나지 않을 아름다운 순간들처럼.

"정말 아름다운 곡이에요."

"그렇지? 사랑할 때 만든 곡이거든."

우리는 일상 속에서 쉽게 만나는 영화를 통해 치유를 받기도 하고 잊고 있던 나 자신을 만나기도 한다. 사랑할 때 만든 곡. 그 짧은 대사를 통해 우리는 어떤 느낌의 곡인지 충분히 상상할 수 있으며, 어쩌면 그 느낌으로 이미 그 음악을 듣고 있으리라. 사랑의 정의에 대해서는 아무도 가르쳐주지 않았지만, 그것은 그냥 자연스럽게 알 것 같은 모호한 느낌이며 모든 열정과 기쁨이 충만한 느낌이리라.

사랑과 예술의 귀일점

충분히 매일을 사랑하며 살 수도 있는데, 가끔은 잊고 사는 것일 뿐
이다. 삶은 매일매일 감동적이지만, 그것을 잊고 있는 나 자신 때문
에 때로는 무감각해지기 쉬울 뿐이다. 그 감수성들을 끌어올리는 일
은 바로 일상의 여러 예술활동들을 통해 내면의 샘으로부터 영혼을
길어올리는 펌프질인 것이다.

상처와 치유

2015년 새해를 시작하는 첫 영화로 지인의 추천을 받아 본 작품이 〈와일드(Wild)〉였다. 전날 늦은 새벽에 잠을 자느라 많이 피곤했음에도 불구하고 영화를 보는 내내 단 한 순간도 놓치지 않고 빠져들었던 영화. 지인은 이미 몇 년 전에 베스트셀러로 날렸던 원작을 읽고 이 영화를 봐서인지 역시나 원작이 좋다고 했지만, 나로서는 영화만으로도 정말 말할 수 없는 감동을 느꼈다.

영화의 첫 장면에서 주인공 셰릴은 험한 하이킹 중에 다친 엄지발톱을 뽑아낸다. 덜렁거리며 살을 찌르는 발톱을 고통스럽게 뽑아내며 소스라치듯 소리 지른다.

"못보다는 망치가 되겠어!"

그러다가 옆에 벗어놓은, 하이킹의 생명이라고 할 수 있는 등산화 한 짝을 벼랑으로 떨어뜨리고 만다. 험한 산의 꼭대기에서 포기해버릴 수도 더 버틸 수도 없어진 절망스런 위기의 순간이다.

그녀는 눈물을 흘리며 등산화를 떨어뜨린 자신과 그로 인해 발생한 이 상황에 원망이 담긴 쓰라린 욕 한마디를 냅다 질러댄다. 그러고서 나머지 등산화 한 짝마저 내던지며 산꼭대기에서 의지할 신발한 짝도 없는 제로 상태의 자신을 다시 일으켜 세운다. 아마도 죽기 살기, 라는 말을 할 수밖에 없지 않았을까?

가난한 가정에 태어나 주정뱅이 아버지가 어머니에게 가하는 폭력을 보며 자란 셰릴. 그러나 그런 환경 속에서도 엄마는 늘 셰릴과 남동생을 사랑으로 키워낸다. 사춘기가 되어 엄마에게 주정뱅이 아버지와 결혼한 것을 후회하지 않느냐고 물으니, 엄마는 웃으며 단한 번도 후회한 적이 없다며 되레 미소를 지으며 대답한다.

"너의 아버지가 없었더라면 천사 같은 너와 너의 동생도 없었겠지?"

엄마를 떠올리면 언제나 환하게 웃으며 노래를 부르던, 행복이 넘쳐 흐르는 모습이었다. 그 엄마는 그녀의 인생의 전부였다.

그랬던 엄마가 척추암으로 마흔다섯의 젊은 나이에 갑작스레 죽게 되었다. 엄마는 죽음을 맞이하는 순간에도 자기에게 남은 유일한 눈마저 기증하고, 셰릴은 그런 엄마의 모습에 절규한다. 그녀의 전부였던 엄마가 죽자 셰릴은 술과 마약과 섹스에 빠져 방황한다. 세상에 신이 있다면 도저히 이건 불가능하다며, 한순간도 행복해보지 못한 엄마를 그렇게 앗아가버린 신을 저주하며 신을 거부하듯 살던 그녀.

4년 동안 무의미하게 살던 어느 날, 어느 남자와의 사이에서 생긴 아이인지도 모르는 임신을 한 자신의 모습을 보며 드디어 긴 방황에서 깨어난다. 엄마가 그렇게 믿었던 딸, 그런 딸로 살아야겠다는 각오로 우연히 가게에서 발견한 PCT트래킹 책 한 권. 그 한 권의 책만 믿고, 한 번도 해보지 않은 무서운 하이킹을 떠날 준비를 한다.

그녀가 택한 것은 Pacific Crest Trail로, 멕시코 국경부터 캐나다 국경까지 미국 서부를 종단하는 엄청난 거리의 트래킹 코스였다. 나도 영화를 본 후 궁금해서 검색해봤더니 그 높이가 정말 어마어마했다. 총 2,663마일(4,268킬로미터) 구간에 최고 해발고도는 4,000미터가 넘는 곳도 있다고 한다. 보통 5개월이 걸리는 코스인데, 여자 혼자서 3개월에 완주해낸 것은 정말 그야말로 죽기 살기 아니었으면 불가능한 일이었을 것이다.

이 영화를 보면서 나는 또 한 번 인간의 무한한 힘을 보았다. 나는 인간에게 주어진 힘이 얼마나 강한지를 안다. 그러나 자신의 힘이 얼마나 강한지를 아는 사람은 많지 않다. 이런 영화를 보고, 그저 감동하며 자기와는 별개의 어떤 특별한 사람이나 하는 일이라 생각하는 사람이 있는가 하면, 평범한 여자인 26세의 셰릴처럼 배낭 하나를 짊어지고 자신을 찾아 떠나는 사람도 있다.

그녀의 삶과 나의 삶을 비교할 수는 없지만, 그녀처럼 빈손으로 파리로 떠나본 경험이 있는 나는 그녀의 삶을 영화로 지켜보며 그저 감동만 하는 입장은 아니었던 것 같다. 각자에게 주어진 삶 속에서 우리는 자신만의 인생의 길을 찾고 또 각오를 새롭게 하며 산다. 먼 훗날 우리가 어떤 모습으로 살게 될지는 아무도 모른다. 그러나 분명 감동만 하고 앉아 있을 사람과 자신이 누구인지를 매일매일 성찰하며 '나 찾기'를 수없이 하는 사람은 그 결과가 분명 다를 것이다.

상처와 치유

20여 년 전, '선택'이라는 가톨릭 청년 프로그램이 있었다. 그 주요 내용이 바로 '나란 누구인가?'라는 주제였다. 영화 이야기를 하며 내 개인적인 추억을 더듬어보니, 어쩌면 나는 '나란 누구인가?'의 대답을 찾기 위해 파리로 떠나지 않았나 생각하게 된다. 그러면서 나의 과거가 이제야 이해되기 시작했다. 나는 산에서 고통스럽게 나 자신을 학대하고 멋진 말들을 상기해가며 나를 찾지는 않았지만, 파리 유학생활 내내 그녀와 같은 성찰의 시간을 보냈던 것 같다.

영화의 마지막에 이런 말이 나왔다. "아무렇게나 흘려보낸 시간은 얼마나 야성적인가?" 그러나 야성적인 시간을 보내는 일만큼 허무한 건 없지 않나? 많은 이들이 길을 걷는다. 어떤 이는 세상을 향한 호기심에서, 또 어떤 이는 자신을 찾기 위해서, 그리고 셰릴처럼 슬픔과 상처를 이겨내기 위해서.

〈그을린 사랑(Incendies)〉은 같은 영화를 세 번째 본 경우인데, 볼 때마다 영화가 주는 감동이 다르다. 슬픔의 깊이를 가장 바닥까지 들춰내는 인간상을 그려낸, 상상할 수조차 없는 이야기이다. '앵상디(incendies)'는 다 타고 남은 재를 말한다. 대체 얼마나 크고 위대한 사랑이기에? 한 여자의 삶이 산산조각 나서 부서져버리고 무너져버린 채 낭떠러지에 간신히 매달려 있으면서도 사랑이라……

그 사랑이라는 힘으로 자신을 끝내 떨구지 못하고 운명을 받아들이는, 기가 막히게 절박한 반전이 있는 영화다. 소름 끼치도록 무서운 이 반전에는 여주인공 나왈의 쌍둥이 남매뿐 아니라 아마도 이 영화를 보는 모든 관객들을 전율케 했으리라. 영화는 배경이고 인물이고 모두 내내 우울하고 어두침침한 분위기로 묵묵히 스토리를 잇고 있지만, 스토리가 담고 있는 고통이 너무도 커서 잠시도 눈을 뗄 수가 없었다.

세상에서 함께하는 것보다 아름다운 것은 없단다.

— 너의 엄마 나왈

배경은 레바논이다. 한 여인이 종파가 다른 남자와 사랑하게 된다. 가문을 더럽혔다는 이유로 그녀의 남동생은 그녀가 사랑하는 남자를 그녀 앞에서 쏴 죽이고 만다. 그러나 이미 그녀의 몸에서는 그와의 사이에서 생긴 새로운 생명이 싹트고 있었다. 할머니는 그녀더러 그곳을 떠나, 시내에 있는 삼촌 댁에서 공부도 하고 날개를 펼치라고 한다. 희망이라고는 없는 그녀에게 유일한 희망을 제시하며 그렇게 약속하면 출산까지 도와주겠노라고 제안한다.

나왈은 이를 악물고 그러겠노라며 할머니의 제안을 받아들인다. 출산과 동시에 아기는 근처의 고아원으로 가고 그녀는 새 출발을 한다. 할머니는 아기를 받으며 발뒤꿈치에 세 개의 점을 찍어 표시해둔다. "언젠가 네가 너의 아들을 알아보도록 해두었단다."

전쟁은 점점 심각해지고, 아들이 있는 고아원도 곧 폭격당할 거라는 소문이 돈다. 그녀는 아들이 있는 고향을 찾아 떠난다. 나왈은 그곳에서 전쟁에 휘말리며 기독교 수장의 집에 영어 과외 선생으로 위장취업하고, 마침내 수장을 권총으로 쏴죽인 정치범으로 감옥에서 15년형을 살게 된다. 감옥생활은 온통 폭행과 비명 소리에 여죄

수들이 성폭행 당하는 소리들로 그녀를 고통스럽게 했다.

그녀는 그 고통의 소리들로부터 탈출하기 위해 노래를 부르기 시작한다. '노래를 부르는 여인'이라는 별명으로 수감생활을 하면서 의지만큼은 조금도 굽히질 않는다. 출소를 얼마 남겨두지 않은 상태에서 그녀의 곧은 의지를 꺾겠다며 고문관이 그녀를 성폭행한다. 그리고 그녀는 고문관의 아이들을 임신한다.

1+1=1. 그녀는 출소하고, 감옥에서 출산한 쌍둥이를 데리고 새 인생을 산다. 얻고 싶지 않지만 그럼에도 불구하고 그녀의 몸속에서 자란 자식들이기에 사랑하지 않을 수 없었다. 아니 그건, 운명이었다. 그러면서도 평생 마음속에는 자신이 거두지 못한 첫아들에 대한 생각으로 짐을 진 채 살아간다.

어느 날 우연히 딸과 수영장에 갔다가 발뒤꿈치에 세 개의 점이 찍힌 남자를 발견하게 된다. 그녀가 그렇게 찾아 헤매던 아들이다! 아, 그러나 운명의 신은 어쩌면……. 그가 등을 돌리자 그녀는 경악할 수밖에 없었다. 한참을 정신나간 것처럼, 아니 정신이 완전히 나갈 수밖에 없었다. 그는 감옥에서 그녀를 성폭행한 바로 그 남자! 원수보다 못한 고문관이었던 것이다.

그토록 찾아 헤맨 큰아들, 그렇게도 보고 싶고 그리워했던 아들이었건만, 죽이고 싶을 만큼 증오하던 그 고문관이 자신의 아들이라는 사실은 그녀의 모든 인생을 드디어 절벽으로 밀어냈다. 맺고 싶지 않은 관계 속에서 운명처럼 얻은 두 아이들을 데리고, 그럼에도 불구하고 핏줄이라는 운명의 장난을 가까스로 받아들이며 사는 그녀에게 나타난 큰아들. 그 원수만큼 죽이고 싶었던 그 고문관.

일상 속의 감동

세상에서 가장 사랑하는 아들이자, 동시에 가장 저주하는 사람이 바로 동일인물이었다니. 그녀는 더 이상 삶의 의지를 가질 수 없었다. 그리고 그대로 말을 잇지 못하고 스러져가고 만다. 불구대천의 그 고문관에게 네 아이들이 이렇게 살아 있음을 증오 어린 여자로서 전하는, 그렇게 찾아 헤맨 큰아들에게 엄마로서 쓰는 편지.

인생에 무수한 고통들이 있을 수 있지만, 어쩌면 이렇게 큰 고통을 한 여자에게 떡하니 던져줄 수 있는 것일까? 너희들은 그렇게 더러운 피였음에도 불구하고 난 너희 엄마다. 마치 엄마란 존재는 그 원수의 아이들마저 미워할 수조차 없이, 타다가 남은 재가 되어도 사랑하고야 만다는 참으로 슬프고도 처절한 영화이다.

너와 내가 함께 있으니 더 나아질 거야.

사랑이란 그렇게 고통스럽고도 아름다운 것이며, 또 위대하면서도 처절한 것. 인간 감정의 마지막 종착역까지의 고통을 사랑이라는 주제로 만든 영화이다. 사랑이라면 흔히 남녀 간의 사랑이 전부일 것이라 생각하지만, 이 영화에 그려진 여자의 일생은 그것을 넘어 인간이 차마 감당할 수밖에 없는 깊이까지 깊고 슬프게 보여준다. 인생이란 말이지. 우리가 알지 못하는 깊이를 저마다 간직하고 있는지도 몰라. 한 사람 한 사람의 삶은 그 어떤 것들보다 위대한 거야. 타다, 타다, 남은 재처럼.

여행, 새로운 시작을 위해

'여행'이라는 단어를 떠올리면 나에게는 동시에 '유학'이라는 단어가 떠오른다. 아니, 유학은 여행이 아니지? 그러한 반문은 어쩌면 당연한 반응이겠다. 그러나 조금 시간이 흐른 뒤 가만히 지나온 나의 시간들을 떠올려보면 정말 잠깐 여행을 다녀온 듯한 느낌이다.

잠시 일상을 벗어나 낯선 환경 속에서 낯선 공기를 마시며 나의 자리를 잠시 잊는 것. 일상의 탈출은 뭔가 새로울 것 같은 기대와 두근거림, 동시에 낯선 환경이 주는 원래 자리에 대한 아쉬움들을 채워서 돌아오는 것. 어느 누구에게도 의지하지 않고 오로지 나 자신만을 믿으며 스스로 결정하고 지내다 오는 것.

그러한 것들을 여행의 묘미라 한다면, 나는 유학이라는 조금 긴 여행을 다녀왔을 뿐이다. 현지에서 스스로 돈을 벌어서 공부하고 살다 왔으니 무전여행(?)이라고 할 수 있을지도 모르겠다. 내 인생의 젊은 시절을 다 바친 그 길었던 여행길을 통해 지금의 나는 도대체

일상 속의 감동

뭘 얻었을까. 생각해보니, 떠오르는 단어는 딱 하나 '자신감'인 것 같다.

무엇이 두려운가?

원래 유학을 떠나기로 한 나라는 호주였다. 그곳에서 교수로 재직 중인 지인이 있었다. 부모님은 유학을 찬성하지는 않으셨지만, 그래도 지인이 있다니 그나마 위안이 되신 것 같았다. 그런데, 그런데 말이다. 인사를 다니는 과정에서 목적지가 바뀌어버렸다.

"너는 그림을 그리는 애가 왜 호주로 가려고 하니? 불란서를 가야지? 유학은 누구에게 도움을 받으려고 가는 게 아니야. 너 혼자 개척해야 하는 거야. 이왕이면 네 분야에서 최고인 데로 가야지."

지인의 그 한마디가 내 인생을 완전히 바꿔놓을 줄은 꿈에도 몰랐다. 당시만 해도 여행 가이드나 인터넷 등이 활성화되지 않았고, 정보다운 정보를 쉽게 얻기 힘든 시절이었다. 프랑스어 한마디도 할 줄 모르는 내가, 더구나 유학하러 프랑스로 떠나게 될 것이라고는 불과 한 달 전까지도 생각조차 하지 못했다. 좀 어이없는 일이기는 했다. 그러나 어차피 마음은 정했으니, 임전무퇴였다.

"캔버라행 취소해주시고, 샤를드골공항으로 바꿔주세요."

그렇게 항공사에 전화를 걸고는, 이미 싸놓은 짐을 풀어서 하나씩 몰래 꺼냈다. 남반구용 여름옷들은 다시 정리해두고, 북반구용 겨울옷들로 가방을 채우며 짐을 싸기 시작했다.

나의 여행은 무모했다

그렇게 짐을 정리하여 프랑스어 한마디 모르는 채 무작정 파리의 샤를드골공항에 도착했다. 아, 나 오늘 어디서 자야 하지? 그런 생각이 날 정도로 파리에 뚝 떨어졌다. 그때만 해도 내 여행이 18년씩이나 지속되리라고는 상상도 못 한 채, 무모한 여행은 시작되었다. 그 무렵이 막 국제전화 국가번호가 바뀌던 시기여서, 도착한 지 3, 4일이 지나서 겨우 변경된 번호를 알아내어 한국에 계신 부모님께 전화를 걸 수 있었다.

그렇게 시작된 여행길에서 나는 진정한 나와 만났다. 그 만남은 처음에는 낯설었고, 부모님 슬하의 막내딸로 별로 부족함 없이 지내던 20대까지의 내 모습은 간 곳이 없었다. 아무것도 가진 게 없는 가난한 유학생으로 프랑스어 한마디 못 하는 바보가 되니 당연히 가장 먼저 정리된 것은 사람들이었다. 그동안 내 주변에 있던 그 많은 사람들은 모두 어디로 갔을까? 나와 함께 있던 그들은 형체만 있을 뿐 감정은 없는, 서로의 필요에 의해 엉겨붙어 있는 존재밖에는 그 무엇도 아니었음을 깨달았다.

그렇게 사람이 정리되고 나니, 별로 관심 두지 않았던 새로운 사람과의 관계들이 형성되기 시작했다. 그 사람들 사이에서 나는 또 다른 나로 다시 태어났던 것이다. 모든 것들을 비우고 쏟아내니 또다시 채워지는 이치는 인간관계에서도 마찬가지였다. 돈도 없고 사람도 없으니 나에게 유일하게 남은 거라곤 혼자인 나 자신이었다. 오로지 살아 있는 나를 살려내기 위해 사는 것 외에는 할 수 있는 다

일상 속의 감동

른 것이 없었다.

수소문 끝에 알마 다리(Pont d'Alma) 근처의 미국 교회에 가면 어쩌면 일을 구할 수 있을지도 모른다는 정보를 듣고, 매일 그 교회의 '벼룩시장' 광고가 빼곡히 붙어 있는 벽을 뚫어져라 바라봤다. 이럴 줄 알았더라면 조금이라도 일찍 홀로서기를 해볼걸. 20대 중후반이 되어 난생처음 나 홀로 살아남기를 한다는 것은 생각처럼 쉽지는 않았다.

그 무렵 내 방의 온 벽에 3절 모조지를 붙여놓기를 시작하였다. 붙여놓은 3절 모조지에 나에게 하고 싶은 말, 내가 정말로 잊지 말아야 할 일, 또는 내가 그때 느끼고 있던 감정 등, 그에 대해 솔직하게 맞서고 싶어서 시작한 나 자신과의 대화를 써내려갔다. 지금도 그 가운데 몇몇 조각들은 여전히 내 서재에 품고 있다. 어느 날 나도 모르게 삶이 지루해질 무렵 그렇게 살았던 그 시절의 나를 훔쳐보며 다시 또 일어서기 위함이리라.

그 무모함의 끝은 찬란하여라

이제 나는 쉰이 되었다. 50년을 살아오며 내 인생에서 가장 잘한 한 가지를 손꼽으라고 한다면 아마도 긴 여행을 떠난 것이라고 자신 있게 말할 수 있을 것이다. 부모님 슬하에 있으며 그저 말 잘 듣는 착한 딸로 부모님이 정해주는 신랑감을 만나 제천에서 미술학원을 운영하며 살았더라면 나는 만족했을까? 아니, 행복했을까? 긴 여행을 '떠난 것'이 내 인생의 가장 잘한 일이라면, 그 여정 동안 가장 소

중했던 것은 또 무엇이었을까?

나는 아무것도 가진 것이 없는 평범한 시골 아이였고, 그렇다고 우리 집이 엄청난 부잣집도 아니었다. 그러나 나에게는 무모한 여행을 떠날 수 있는 충분한 용기가 있었다. 그 여정 동안 내가 만난 가장 소중한 것은 아름다운 파리의 화려한 에펠탑도 아니었다. 그것은 나의 내면과 만나는 일이었다. 내면과의 만남이라면 어떤 장소건 상관이 없지 않는가 싶겠지만, 내면을 만나기 위해서 나에게는 긴장이 필요했던 것 같다.

언어도 통하지 않고 나를 아는 사람이 단 한 명도 없는 절대절연의 공간. 그 한가운데 동떨어져 오로지 홀로 '살아남기'에만 전념해야 하는 그 순간이 되면 스스로 나 자신을 찾게 된다. 그 긴 여행을 통해 나는 나를 알아가기 시작했다. 내가 뭘 좋아하는지, 어떤 느낌을 좋아하는지도 알게 되었다.

다행히 내가 여행지로 택한 곳은 다름아닌 예술의 나라 프랑스였으므로, 나와 비슷한 감수성의 소유자들이 많았다. 좀 배가 고파도 괜찮았고, 좀 슬퍼도 견딜 만했다. 그곳에서는 나 혼자만 유일하게 우울한 것이 아니라, 모두들 나처럼 우울한 얼굴이었으니까.

그럼에도 불구하고 난 그들의 숲속에 그렇게 오래 머물고 싶지는 않았다. 주변의 가난한 유학생들로부터 정보를 공유하며 공짜로 의료보험 혜택을 받는 법 등에 대해 알았지만, 좀 더 정정당당해지고 싶었다. 게을러서 가난한, 그러면서 짐짓 당당한 그 속에 나 자신을 묻어두고 싶지 않았다. 처음에 언어가 잘 통하지 않을 때에는 프랑스 아이를 돌보는 일자리부터 시작해서, 조금 언어가 되면서는 초등학생들의 미술시간에 종이접기 가르치는 일을 했다.

말이 꽤 나아졌을 때에는 몽마르트르 언덕의 관광객을 대상으로 파리의 유치한 풍경을 그린 그림을 파는 가게에서 아르바이트도 했다. 그곳에서 나는 꽤 재미나게 시간을 보냈다. 다양한 나라의 관광객들이 몰려와 다양한 언어를 배울 수 있었다. "¿Cuánto cuesta?"라고 스페인 사람이 물으면 "veinticinco euros"라고 가뿐하게 대답했다. 그런 동양 여자를 신기하게 보며 재미나게 받아주던 관광객들과의 경험은 내 인생의 또 다른 흥미로운 순간이었다.

그런 기회가 아니었다면 내가 어떻게 전 세계 관광객들을 파리의 몽마르트르 언덕에서 상대해볼 수 있었겠는가? 그 긴 여정이 때로는 고단했지만, 힘든 줄 모르고 잘 지낼 수 있었다. 내 안의 무한한 긍정 마인드 때문이 아니었나 생각한다. 남들은 힘들다고 하는 아르바이트를 나는 무척 즐겁고 유쾌하게 했고, 아르바이트 하느라 돈 쓸 시간이 없었기에 나름대로 저축도 할 수 있었다.

프랑스도 한국처럼 미신을 꽤나 믿는 재미난 나라다. 수맥을 잡는다고 학생 기숙사에서 옷걸이를 구부려 곳곳을 돌아다니던 프랑스 친구, 타로카드와 재미난 동양 별점을 보는 것으로 유명한 태국 친구, 그리고 무당이 있는 한국에서 온 나. 온갖 미신 이야기들을 펼치기 시작하면 밤새는 줄 몰랐다. 몽마르트르 언덕의 사크레쾨르(Sacre coeur) 성당은 프랑스에서도 음기가 강하다고 한다. 보불전쟁 직후 몽마르트르 언덕에서 타락한 파리 대주교가 처형당하고 수많은 시체들이 쌓였고, 그 위에 지은 성당이기 때문이라고 했다. 실제로 몽마르트르 언덕에는 아무나 살지 못하거나 절반은 미친다는 낭설도 있었다.

물론 오늘날 몽마르트르 언덕은 전 세계에서 수많은 관광객들이 몰려오는 낭만적인 장소이다. 나는 아르바이트를 위해 그 언덕을 일주일에 서너 번씩 오르며 참 행복했다. 10분 정도 여유를 두고 아르바이트를 시작하기 직전에 근처에서 핫도그 하나를 사서 프랑스식 무타드(Moutard, 머스터드 소스)와 함께 한 입 베어 문다. 치즈와 어우러지는 묵직한 맛이 허기도 달래주고, 바르르 떨리던 몸 안에 온기도 주었다. 그렇게 핫도그 하나를 베어 먹으며 사크레쾨르 성당 앞에서 기도문을 한 구절씩 외우며 다니던 그 시절은 참으로 행복했다. 돈을 받으며 그 여유로움 속에서 낭만을 즐길 수 있었던 것은 아마도 이미 나는 여행할 준비를 충분히 하고 있었기 때문이 아니었을까 싶다.

내 안의 내적 여행은 그렇게 즐거운 움직임이었고, 그러는 사이 나도 모르게 나 자신을 사랑하게 되었다. 그 사랑의 방법이란 그저 나 자신에 충실해지는 것이라는 사실을 깨달았다. 그렇다면 나 자신에게 충실해지는 방법은 또 무엇일까? 바로 내 감정에 충실해지는 것이고, 내 감정에 충실해지기 위해서는 현재를 느껴야 한다. 나는 결국 나 자신을 찾기 위해 그 머나먼 곳으로 18년 동안 여행을 한 셈이다. 어떻게 살아야 할지 도무지 알 수 없지만, 오늘이 아닌 내일을 기억해내며.

다시 출발점에서

길이 시작되자 여행은 끝났다

게오르그 루카치가 그의 『소설의 이론』에서 말하는 소설은 실은 우리의 삶 전체이다. 소설은 언제나 현실과 비현실의 합으로 이루어진다. 그렇다. 길이 시작되자 여행은 끝났다. 그러나 또 다른 여행이 언제나 기다리고 있는 것이 우리의 삶이다.

파리에서 보낸 18년이 내 인생의 긴 여행이었다면, 나는 나의 안목과 경험을 통해 다시 또 다른 긴 여정을 준비하고 있다. 여전히 잘 모르는 우리나라, 우리 땅에서의 여행이 그것이다. 아니 어쩌면, 지금 또 다시 떠날 채비를 하고 있는 이 여행을 위해 지난 49년간의 긴 여행이 필요했을 것이다.

반백년, 절반의 삶을 달려와보니 이제 진정한 내 모습이 뭔지 조금씩 보인다. 예술이라고 거창한 단어를 쓰기는 하지만, 예술가들 중에는 상처 하나 없는 사람보다는 상처투성이인 채로 작업하는 사

일상 속의 감동

람이 훨씬 더 많다. 그럼 그들과 함께 하는 내 영혼은 어떤가? 겉보기에는 멀쩡하지만, 정상적으로 보이는 그 모습을 위해 우리는 제각기 피터지게 전쟁처럼 살고 있다. 예술이란 모든 상처받은 영혼들에게 감동과 내면의 휴식을 주기 위해 존재하는 것이리라.

오래전에 수리야 보날리(Surya Bonaly)라는 프랑스의 피겨스케이팅 선수가 있었다. 그녀의 실력은 세계를 제패하고도 남을 만큼 훌륭했으나, 흑인이라는 이유로 어린 나이에 심한 상처를 받았다. 1994년 일본 지바에서 열린 세계 피겨스케이팅 선수권대회에서 거의 완벽에 가까운 연기를 보이고도 3위에 머물고 말았다. 눈물범벅이 되어 시상대에 오르지 않자 겨우 설득하여 메달을 받도록 하였으나, 이번에는 목에 걸려 있던 메달을 벗어버렸다.

심사위원들은 어떤 느낌이었을까? 입으로는 스포츠정신 어쩌고 하며 스포츠야말로 가장 아름다운 선의의 경쟁의 장이라고 강조해왔으나, 그 스포츠에서조차 인종차별이 만연해 있었으니 말이다. 몇 년 후 그녀는 생명을 잃을 수 있을 정도로 위험한 기술이어서 금지되어 있던 '백플립'을 보란 듯이 국제경기에서 해낸다. 일종의 반항이자, 목숨을 걸고 자신의 기량을 최대한 보여준 것이다. 과연 오늘날의 예술 행위는 무조건적으로 보호받을 만큼 아름다운 것들인가? 과연 정말 인간의 마음을 평화롭게 해줄 정도로 아름다운 것이 예술이며 스포츠인가?

수리야 보날리의 그 행위는 아마 당장의 그녀를 어떻게 바꿔주지는 못했을 것이다. 그러나 적어도 그녀의 연기를 본 세계의 수많은 사람들과 심사위원들로 하여금 그 어린 소녀에게 더 이상 상처를 주

면 안 되겠구나, 우리는 정말로 잘못된 길을 걸었구나 하고 느끼게
해준 계기는 되지 않았을까.

"저는 스포츠가 그런 모든 장벽들을 무너뜨릴 수 있다고 생각해
요. 국가나 정부가 할 수 없는 것들을 스포츠는 해낼 수 있죠. 스포
츠는 사람들을 뭉치게 하고 행복하게 만들고, 전 세계 모든 사람들
을 사랑에 빠지게 합니다." 훗날 그녀가 강연에서 한 얘기다. 생각해
보면 스포츠뿐 아니라 예술도 그러하다.

예술의 힘

BTS가 세계를 뜨겁게 달구며 한국 가수 최초로 빌보드차트 1위
를 차지했다. 대부분 일반인들은 특별하게 관심 있는 경우가 아니면
국제 문제들에 대해 잘 모르는 경우가 많다. 그러나 BTS는 우리나
라를 둘러싼 여러 국제적인 이슈들을 거론하며 그들의 입장을 밝힌
다. 독도 문제라든지 위안부 문제들을 거론하며 특히 전 세계 젊은
이들의 인식을 새로이 다지는 데 큰 역할을 하고 있다.

예술은 인간에게 감동을 주는 것에서부터 출발한다. 곧 예술은
마음을 움직이게 하는 마력이다. 따라서 인종차별, 무력분쟁 등은
물론, 논리로만 풀 수 없는 외교 문제마저 거뜬히 해결해낼 수 있다.
사람들에게 감동을 주고, 기쁨과 행복을 주고, 또 모든 사람들을 하
나로 만드는 힘이 바로 문화이고 예술인 것이다.

세계인들은 지금도 한국 하면 떠오르는 충격적인 장면을 이야기
하곤 한다. 2002년 월드컵 경기 때의 '붉은악마'들이다. 우리나라 대

표팀을 응원하기 위해 전 시민이 빨간 옷을 입고 거리로 뛰어나와 하나가 된 모습은 세계에 감동을 주었다. 그때 나는 프랑스에서 유학하던 시절이었는데, 프랑스 매스컴들이 한국의 그 장면을 프랑스 경기만큼이나 많이 방송했던 기억이 난다. 우리는 그런 민족이고, 우리는 그런 열정을 지닌 민족이다.

세계적인 팝스타들이 한국 무대를 좋아하는 이유는 바로 우리의 넘치는 흥 때문이라고 한다. 그들이 무대에서 펼치는 에너지만큼이나 함께 호응하는 관객들의 열정이 뜨거운 것으로 이미 그들 사이에서는 소문이 났다는 것이다. 2017년 멜라니아 트럼프가 방한했을 때도 그랬다. 평소 멜라니아는 로봇이라는 별명이 붙을 만큼 무표정하고 연설에 자신감이 없는데, 우리나라 여고생들을 대상으로 연설할 때 관중들이 환호하고 박수를 치며 호응하자 만족을 넘어 행복해하며 돌아갔다는 것이다.

이러한 이야기를 전해 들으며 우리는 각자의 모습들을 떠올려볼 수 있다. 세계 어느 나라에도 없는 '정'이 우리나라에는 있다. 아무리 세상이 바뀌어도 우리는 부모님 품속에서 듬뿍 사랑을 받고, 신발을 벗고 집안에 들어서는 순간 긴장을 풀고 온돌방에 뒹굴며 자연스럽게 친근감을 형성한다. 조금 못 해도 괜찮다고 위로해주고 용기를 주는 민족이 바로 우리들 아닐까.

이제는 깨어나야 할 때

처음 프랑스에 갔을 때가 기억난다. 동양인인 나를 보며 "어느 나라 사람인가요?"라고 물어오면 나는 당연히 "한국에서 왔어요"라고 대답했다. 그러나 그 당시만 해도 한국이라는 나라를 모르는 사람들도 너무 많았고, 혹시 한국에 대해 들어본 사람도 "남한이요? 아니면 북한이요?"라고 다시 되묻는 건 기본이었다. 그러나 이제는 샤를 드골공항에서 파리 시내로 가는 고속도로에 들어서면 가장 먼저 보이는 것이 바로 삼성의 로고와 조형물이다. 어느 순간 그 조형물이 생겼고, 사람들은 이제 삼성이 한국의 기업이라는 것을 남녀노소 전부 다 안다. 그런 세상을 불과 몇 년 만에 이룬 것이다.

파리에서 살던 18년은 우리나라 사람들의 예술적 감각이 세계적이라는 사실을 다시 한번 확인하는 시간이 되었다. 넘치는 흥과 끼를 가진 우리가 가장 잘하는 것을 무기 삼고 자원화하여 세계시장에 내세울 준비를 무엇보다 시급히 해야 한다. 개개인의 재능은 정말 이루 말할 수 없이 훌륭한데, 그것을 제대로 뒷받침하지 못하고 있는 실정이 유감스럽다.

세계적인 프리마돈나 조수미도 데뷔할 때 국내에서는 관심도 갖지 않았다. 유럽을 비롯해 바로 옆 나라인 일본에서 무대를 올릴 때조차 관심이 없다가 특별행사 때 아무 무대에나 한국 소프라노라며 올리는 것을 국가에서 해야 할 일인가. 자국의 훌륭한 아티스트를 더 대우하고 존중해야 다른 나라에 가도 우리나라 예술가들이 마땅한 대우를 받는 것이다. 그것은 예술가 개인의 차원에서 끝나지 않고 우리나라의 국격이 되고 우리 시민의 수준이 되어 우리가 대접을 받는다. 혼자 애쓰다 사라지는 훌륭한 예술가들이 없어야 우리의 국부가 지켜지는 셈이다.

오늘날 프랑스가 여전히 세계 최고의 예술의 나라로 알려진 것은 예술가에 대한 정책 지원이 탁월하기 때문이다. 심지어 프랑스는 자국에서 훌륭한 예술가들을 발굴하지 못하자 외국인 예술가들에게도 지원한다. 피카소(스페인 출신)와 같은 세계적인 화가를 프랑스와 뗄 수 없고, 탱고(아르헨티나)나 재즈(미국)도 프랑스 무대를 계기로 세계에 알려진 이유가 바로 거기에 있다.

우리는 언제까지 보험료만 수십억이 드는 그들의 명화들을 빌려와서 우리나라를 대표하는 기관들에서 몇만 원씩 입장료를 받으며 전시해야 할까? 그것은 외국 기관을 대신하여 자국민을 상대로 영업을 하는 것과 진배없고, 시대에 뒤떨어진 방식이다. 만약 프랑스라면 아마도 똑같은 예산으로도 다른 방식으로 미래에 투자하는 방식을 찾지 않을까 싶다. 더구나 우리처럼 예술적 흥과 끼를 가진 민족이라면 문화예술 정책부터 바뀌어야 하고, 장관은 더 말할 것도 없다. 이제는 세계시장에서 우리의 문화자원에 대해 더욱 체계적이고 전략적으로 접근해야 할 시기이다.

5

만남과 인연

현대미술의 거장 클로드 비알라

   나는 버젓한 고등학교 하나가 없어 인근 도시로 가야 하는 시골에서 태어나서, 참 많이도 돌아다녔고 다양한 사람들을 만났다. 그 가운데 세계적으로 유명한 분들도 꽤 있었다. 지금도 나는 특별한 사람이란 따로 정해져 있지는 않다고 생각한다. 우리는 누구나 특별한 사람들과의 만남을 생각조차 하지 않을 뿐, 만나겠다고 마음만 먹는다면 그 누구든 만날 수 있을 것이다. 인간의 에너지는 생동하는 힘이므로 무엇이든 목표만 뚜렷하다면 원하는 바는 반드시 얻을 수 있다고 믿는다.

   낯선 나라에서 돈이 없어도 언제나 용기 있고 자신 있게 살아갈 수 있었던 가장 큰 이유는 어릴 적 아버지의 교육방식이었다. '아들, 아들'만 외치는 시골 집안에서 아버지는 나의 유일한 지원군이었다. 조금 공부를 못해도 "괜찮다. 너는 영어 잘하니, 수학은 나중에 물건 살 때 손해만 안 보고 살 줄 알면 괜찮다"라며 격려해주셨다. 친구랑 싸워서 얼굴이 모두 긁힌 채 집에 돌아오면 "그 친구와 자신 있게 싸워라"라고도 하셨다. 언제나 아버지는 나의 든든한 지원군이었고 항상 나를 믿어주셨다. 그 시절 단단히 자리 잡은 자신감이 튼튼한 건물의 기초처럼 그 어떤 위기와 두려움도 이길 수 있었던 무엇보다 강한 힘이 되었다.

처음 파리에서 갤러리를 열 때부터 그 이후까지, 갤러리를 잘 운영하기 위해서 나에게 가장 필요한 것이 뭔가를 고민했다. 그러고서 내린 결론이 바로 고 신성희 화백의 조언대로 당시 최고의 화가인 클로드 비알라를 잡는 것이었다. 신성희 선생님이 "클로드 비알라를 기획하면 좋을 것 같아. 넌 반드시 해낼 수 있을 거야"라며 단 한마디로 일깨워주신 용기와 신뢰가 이 모든 것들을 이루어내는 동력이 되었다.

클로드 비알라(Claude Viallat)[1]의 연락처를 알아내는 것도 초짜배기 갤러리스트에게 쉬운 일은 아니었다. 그렇지만 된다고 생각하고 전진하는 사람에게 세상은 그래도 꽤 너그러운 편인 것 같지 않은가. 그렇게 생각하며, 비알라 선생님에게 먼저 전화를 걸었다.

선생님은 안 계셨고, 사모님과 두 번을 통화하며 내 소개를 했다. 스케줄이 많아서 아마도 미팅을 잡기가 쉽지는 않을 거라 말씀

---

1 1936년생. 쉬포르 쉬르파스(Support-Surface)라는 개념미술의 창시 멤버이기도 하며, 그를 대표하는 기하학적인 모양은 '비알라의 스폰지(Eponge de Viallat)'라고 부른다.

하셨다. 그렇지만 난 불굴의 한국인이 아니던가? 쉽게 포기할 거면 아예 시작도 하지 않았을 것이다. 몇 번 더 선생님과 통화를 시도해보았다.

아틀리에와 집이 따로 있는 선생님의 스케줄에 전화 연결도 쉽지 않았지만, 마냥 기다릴 수도 없었다. 첫 전시의 오픈식을 위해서는 초대장이 나와도 벌써 나왔어야 할 시기였다. 이미 늦을 대로 늦어버린 터에 마냥 선생님과 연락 닿을 날만을 기다릴 수도 없는 노릇이었다. 그래서 결정한 것이 무작정 선생님이 계신 곳으로 내려가자, 였다.

초짜배기 갤러리스트가 감히 프랑스 현대미술사의 한 획을 그은 거장 아티스트의 아틀리에에 약속도 잡지 않고 방문한다고? 그러나 일단 그렇게 저질러놓고 봐야 했다. 뒷일은 나중에 생각하기로 하자!

이튿날 나는 기차표도 예약하지 않고 님(Nimes)으로 가는 첫 테제베(TGV) 시간만 확인한 후 새벽 5시에 역으로 나갔다. 그리고 첫차에 몸을 실었다.

세 시간 남짓 달려 님에 도착했다. 역 앞의 타바(Tabac, 매점)에서 진한 에스프레소 한 잔을 주문해서 마시며 님의 지도를 구입해 메모해둔 선생님의 집을 확인했다. 걷기에는 살짝 먼 길이었다.

택시를 타자니 택시도 별로 안 보였고, 무엇보다 나에게 가장 필요한 것은 자신만의 조용한 시간이었다. 무언가를 계획하고 실행할 때면 언제나 그랬듯이 가만히 나 자신과 대화를 나누었다. 내가 뭘 말하고 싶은 건지, 어떻게 나 자신을 소개할 것인지……. 포플러나

무가 길게 뻗은 역전 길을 걷기로 했다. 시내로 가는 길과 연결되어 있는 그 길을 걸으며 첫 대면을 어떻게 할 것인가에 대한 고민과 함께 마음속으로는 주문을 외웠다. '무조건 돼야 해. 선택의 여지가 없어. 성사시키고 말 거야.'

그 길게 뻗은 길을 걸으며 나는 수도 없이 내 안의 모든 에너지를 끌어올렸다. 그리고 온 마음으로 또 주문을 외웠다. '무조건 할 수 있어. 안 될 것 없고, 꼭 되도록 만들고야 말겠어!'

막 아침을 맞은 깨끗한 거리와 포플러나무의 아름다운 모습은 이 도시가 마치 나를 반가이 맞아주는 듯 다가왔다. 생전 처음 님이라는 도시를 방문한 낯선 동양 여자가 그처럼 당당하게 이 도시의 주인마냥 걷고 있고, 그 주인공이 바로 나라는 사실이 한편 신기하기도 했다. 내가 어쩌다가 이곳까지 오게 되었을까? 한 치 앞도 내다볼 수 없는 것이 인생이라고 하지만, 불과 몇 시간 전까지만 해도 내가 그 낯선 도시를 걷고 있을 거라고는 상상도 하지 못했다.

시계를 보니, 비알라 선생님이 아틀리에로 나오실 시간이 된 듯했다. 나는 먼저, 아틀리에 근처에 있는 동네 카페에서 쌉싸름한 에스프레소를 또 한 잔 들이켜며 정신을 차려보기로 했다. 그러고도 여전히 멍해서, "Bien serré, s'il vous plaît(아주 더 진한 걸로 주세요)." 하고 또 한 잔을 주문해서 스트레이트로 들이켰다.

아침부터 진한 에스프레소를 몇 잔 마시고 나니 위가 마비되는 것 같았다. 더구나 만성위염이 있는 내 속은 무언가 자꾸 훑어내리는 것처럼 쓰라렸다. 그러나 그 순간만큼은 내 위가 차라리 쓰린 것이 몽롱한 정신을 더 긴장하게 하는 좋은 방법일지도 모르겠다고 생각했다.

하루에 한 번은 빵을 사러 나오시겠지.

에스프레소를 몇 잔 연거푸 마시며 얼마의 시간이 흘렀을까? 마침내 비알라 선생님이 모습을 보이셨다. 쉬포르 쉬르파스를 창시한 그 거장이 그의 초록색 대문을 열고 나오셨다. 나는 얼른 커피 값을 치른 후 저만치 그가 있는 대문까지 뛰어갔다.

"봉주르, 무슈 비알라. 저는 파리에서 온 크리스틴 박이라고 합니다. 당신을 만나기 위해 오늘 아침 새벽 5시에 파리에서 출발해서 지금까지 기다렸어요. 저에게 딱 5분만 시간을 내주실 수 있나요? 당신의 인생에서 5분은 얼마나 소중한가요? 지금 이 순간 제 인생의 5분은 아마도 지금껏 달려온 제 인생에서 가장 소중한 5분일지도 몰라요."

나는 거장 앞에서 숨도 쉬지 않고 다다다, 떠들었다. 그는 나를 가만히 바라보더니 물었다.

"당신 이름이 뭐라고요?"

"네, 제 이름은 크리스틴 박입니다."

유학생활 이후 프랑스에 살면서, 나는 한국에서 받은 가톨릭 세례명을 그대로 사용하였다. 지금도 프랑스 친구들은 나를 '크리스틴'이라 부른다.

"아, 크리스틴, 만나서 반가워요. 그 이야기는 나중에 하고, 당신은 몹시 피곤해 보이는데 아직 식사 전이지요? 나와 식사하는 게 어떨까요?"

그렇게 되어 정말 내 인생에서 다시는 없을 것만 같은, 꿈만 같은 몇 분의 시간이 흘렀고, 비알라 선생님과 나는 그가 자주 가는 그의 단골식당을 향해 걸었다.

거장이 베푼 친절은 그 한 분을 만나기 위해 끝없이 마음을 다지고 몸을 곧추세웠던 지난 며칠간의 긴장을 사르르 풀어주었다. 그리고 눈물이 핑 돌더니 자꾸만 자꾸만 흘러내렸다. 클로드 비알라, 20세기 현대미술에 쉬포르 쉬르파스라는 개념을 창시한 사람. 그와 걷는 몇 분간의 그 거리는 참으로 평화로웠다. 때마침, 동네 아이들이 거리로 흘러나왔다.

"쌀뤼(안녕), 클로드."

"그래, 안녕. 토마, 어디 가니?"

한 열 살쯤이나 되었을까? 시골동네의 꼬맹이들인데 나이도 많고 무엇보다 세기의 대화가에게 어쩜 이렇게 반말을 할 수 있지? 그 모습은 정말이지 나에게는 너무 낯설었지만, 실은 그의 회화에서 추구하는 바 정해진 틀을 벗어나 자유로운 화면으로 탈피하는 표현방식은 그의 생활에서도 똑같이 적용되고 있었다.

그는 정말 훌륭한 거장이었다. 바로 몇 분 전까지만 해도 나는 세상의 모든 유명하고 지위 높은 사람들은 감정도 없고 나와는 완전히 다른 세계에 있다고 생각했다. 그런 나의 위축된 긴장감을 그는 가장 편안한 친구의 모습으로, 가까운 이웃과 가족의 모습으로 풀어주었다.

드디어 비알라와 나는 아담한 프랑스 가정식 레스토랑에 마주앉았다. 나는 그 순간 내가 뭘 먹었는지 아무리 생각해도 기억이 나질 않는다. 아마도 생선이었던 듯한데, 뭘 고르기보다는 "당신과 같은 것으로 할게요"라고 하며 클로드가 주문하는 대로 나도 똑같은 음식을 주문했을 것이다.

며칠을 이 순간을 위해 기도하고 잠을 설치고 내 안의 온 에너지를 쏟아 몰입하였던가? 그 순간은 정말 뭐라 말할 수 없던 순간이었다. 죽음을 눈앞에 두면 그간의 생이 짧은 필름처럼 휘리릭 지나간다고 하지만, 나는 반대로 이제 시작되는 희망의 필름들이 지나갔다. 처음 파리에 도착해서 지금까지 달려온 내 인생의 장면들이 모두 스치며 눈물이 났다.

단 한 번도 누군가에게 힘들다는 소리도 한 적 없었고, 오로지 이를 악물며 달려온 시간들이었다. 내 입속에 꽉 박혀 있는 모든 치아들이 약간씩 흔들리는 듯한 느낌마저 들 만큼 힘들었던 시간이었다.

음식은 잠시의 시간이 흐른 뒤 빠르게 세팅되었지만, 그 음식이 제대로 넘어가지가 않았다. 억지로 꿀꺽꿀꺽 구겨넣듯이 삼켰다. 눈물 반 물 반, 그리고 음식 한 스푼. 그렇게 구겨넣는 내 모습을 보며 그는 참 안쓰러워했던 것 같다.

"괜찮아요. 자, 우리 맛있게 먹자고요."

그는 밝은 웃음을 지어 보였다. 그러고는 식사가 끝날 무렵까지 우리는 단 한마디도 하지 않았다. 나는 나대로 눈물을 꿀꺽꿀꺽 삼켰고, 그는 그대로 나에 대해 더 물을 필요는 없는 듯했다. 그렇게 시간이 흐른 후, 그는 더 이상 진도가 나가지 않는 나의 접시를 잠시 훑어본 뒤 말했다.

"식사가 끝났으면 우리 이제 아틀리에로 갈까요?"

세기의 거장인 비알라와 나는 그의 아틀리에로 갔다. 꼬불꼬불 작은 나무계단들이 여러 개 있었고, 다리가 성하지 않은 비알라에게 는 좀 힘겨울 정도의 높이에 그의 아틀리에가 펼쳐졌다. 널찍하고 커다란 아틀리에에 도착하여 그는 외쳤다.

"자, 이제부터 당신이 원하는 모든 작품들을 고르도록 해요."

화면과 틀의 경계를 깨고 벽과 작품이 자연스레 어우러지며 만난 다는 쉬포르 쉬르파스의 개념처럼, 비알라 자신의 삶 또한 감동 그 자체였다. 클로드를 만난 그 순간은 도무지 잊을 수 없는 내 인생의 소중한 한 페이지로 고이 기억 속에 간직하고 있다.

그렇게 나와 비알라의 인연은 시작되었다. 내 갤러리의 첫 전시 는 재불 원로화가 선생님들과 프랑스를 대표하는 거장 클로드 비알 라의 작품들로 구성될 수 있었다.

2006년 내가 기획한 비엔날레에서, 명예화가로 초청된 김창열 화 백은 프랑스의 작은 도시에 우르르 모여든 사람들 앞에서 한국을 대 표하는 원로화가로서 나를 칭찬해주신 적이 있다.

"프랑스에는 잔 다르크가 있지요? 한국의 잔 다르크는 바로 우리 크리스틴 박입니다."

프랑스 사람들에게 박수를 받았던 재치 있는 그 인사말이 나는 아직도 또렷이 기억난다. 어쩌면 선생님은 잊으셨을지도 모른다. 그 러나 나는 선생님의 그 말씀대로 살도록 열심히 노력할 것이다.

갤러리를 하면서 그랬던 것 같다. 무조건 돌진하기, 앞만 보고 가 기. 해도 되고 안 해도 되는 선택의 기로가 아예 없을 때, 그때는 오로지 눈앞에 보이는 길로만 가야 하는 것 외엔 선택할 수 없게 된다. 어쩌면 나에겐 선택의 여지가 없었기 때문에 한 길로 갔는지도 모른 다.

갤러리스트의 롤모델 드니즈 르네

'대가가 대가일 수밖에 없는 이유'를 말할 때, 맨 먼저 꼽고 싶은 사람이 있다. 현대미술에서 빠질 수 없는 인물들이 바로 유명한 컬렉터들과 그에 버금가는 대표적인 갤러리스트들이다. 갤러리를 운영하면서 만난 수많은 사람들 가운데 또 잊을 수 없는 사람이 있다면 바로 프랑스를 대표하는 유명한 화상인 마담 드니즈 르네(Denise René)[2]이다. 그녀는 이제 가고 없지만 파리6구의 그녀의 화랑은 여전히 그녀의 이름과 정신으로 이어가고 있다. 국내에도 『드니즈 르네와의 대화』라는 인터뷰 형식의 책이 출판되어 그녀의 삶을 어느 정도 알 수 있을 것이다. 그녀는 컬렉터의 수준이 안 되면 소중한 작가의 작품을 팔 수 없다며 거절할 정도로 자존심 강하고 콧대 높은 화

---

2 1913~2012. 프랑스를 대표하는 갤러리스트. 키네틱아트, 옵아트를 세계미술 시장에 소개함.

상으로도 유명하다. 상업화랑의 역할이 무엇인지를 본보기로 보여주었으며 프랑스 미술계를 위해 큰 역할을 한 멋진 여성이다.

큐비즘의 거상 칸바일러(Daniel-Henry Kahnweiler, 1884~1976), 팝아트의 대부 카스텔리(Leo Castelli, 1907~1999) 등과 더불어 미술사전에 당당히 이름이 표제어로 등재된 여인. 큐비즘을 일으킨 칸바일러조차 사후인 1984년에야 초대받았던 프랑스 최고의 현대미술관 퐁피두센터 전시장에, 2001년 당시 아직 생존한 인물로서, 그것도 작가가 아닌 갤러리스트가 자신의 이름을 당당히 내걸고 인생과 업적에 관한 전시를 했던 여인. 프랑스를 현대미술의 최고 국가로 부각시키는 데는 외국인 작가들을 끌어안아 자국을 빛내도록 했던 프랑스의 노력과 더불어, 곳곳에서 작가들과 이러한 화상들이 자존심을 걸고 일한 것 또한 크게 작용했다. 우리나라 갤러리스트들도 숙고해보아야 할 문제이다. 드니즈 르네는 이러한 노력으로 1993년 미테랑 대통령으로부터 생존의 화상으로서 국가훈장인 레지옹 도뇌르(Légion d'honneur)[3]를 수여했다.

DEA(박사 준비과정)[4] 논문을 위해 그녀와 인터뷰하던 순간을 떠올

---

3 나폴레옹 1세가 1802년 제정한 프랑스의 훈장 중 가장 명예로운 최고권위 훈장. 5등급(슈발리에, 오피시에, 코망되르, 그랑도피시에, 그랑크루아)이 있다. 그 가운데 슈발리에보다 등급이 높은 오피시에를 수여받은 한국인 문화예술인으로는 배우 윤정희(2011), 영화감독 봉준호(2016), 화가 김창열(2017), 재즈가수 나윤선(2019) 등이 있다.

4 커리큘럼 중 일정한 수업을 선택하여 수강하고 소정의 형식을 갖춘 논문을 쓰면 박사학위청구논문을 쓸 수 있는 과정이다. 미국식 학제를 따르고 있는

려본다. 당시에 90세 정도였으나 전문인답게 조화를 갖춘 의상과 머리 스타일, 그리고 완벽하게 준비된 얼굴 화장 등 관리가 매우 철저했던 것으로 기억된다. 무엇보다 당당한 말투로 후학인 나에게 갤러리스트로서의 자질과 미술사 및 파리 갤러리 역사에 대해서 이야기해주셨다. 예술이라는 쉽지 않은 영역을 통해 자기 시대를 보내며 그 속에서 자신의 자존심을 지키고 살아오신 생존 갤러리스트로부터 얘기를 들으며 예측조차도 할 수 없이 상상만 하던 나의 미래를 그려보았다. 그 시절의 나에게는 그 어떤 이야기보다 흥미로웠다.

나는 8년을 갤러리스트로 지내는 동안 조금은 버겁다고 느꼈는데, 드니즈 르네는 1944년 개관 이후 돌아가시기 바로 직전까지 60년이 넘게 그녀의 인생 전부를 작품들과 살았다. 인간이 느끼는 그런 감정들을 어떻게 컨트롤하며 살았을까, 만일 그녀가 살아 있다면 나는 그녀를 다시 만나 그런 질문을 하고 싶다. 인터뷰를 이유로 그녀와 만났지만, 갤러리스트가 된 후에도 나는 그녀와의 대화를 항상 가슴에 담고 있다. "갤러리스트와 작가는 한 배를 탄 가족과 같은 관계여야 하며 작가의 집에 수저가 몇 개 있는지까지도 알 정도로 붙어살아야 한다"라고 했던 그녀의 말을 나는 지금도 새기고 있다.

당시로서는 감히 상상할 수도 없었던, 조금은 지나칠 정도로 앞

우리나라의 경우와 비교하면, 박사과정 코스워크에 해당한다. 현재는 Master I(석사과정)과 II(박사준비과정)로 바뀐 상태이다. DEA 논문은 박사학위 논문의 준비논문으로, 이 논문을 다듬고 본격화하여 두 배 정도로 분량을 늘리면 박사학위 논문이 된다는 점에서 프랑스의 독특한 제도이다.

만남과 인연

서간 장르인 큐비즘이나 팝아트 등을 소개할 수 있었다는 것은 그녀만의 안목과 더불어 작가들에 대한 어떤 신뢰감에서 비롯된 것이 아닐까. 젊은 시절 그녀는 거의 매일 밤늦게까지 작가들의 아틀리에에서 파티도 하고 저녁식사도 하고 심지어는 바캉스도 같이 떠나며 작가들과 함께 생활했다고 한다. 시대가 시대이니만큼 아마도 그 시절만이 지녔던 분위기라는 것이 있었겠다. 그렇지만 작가들과 어떻게 끈끈하게 우정을 쌓았는지를 들려줄 때 빛나던 그녀의 눈에서는 진실성이 느껴졌다. 오늘날 과연 그녀처럼 작가들과의 관계를 가족같이 아끼는 화상이 또 나올 수 있을까 싶다.

지금은 고인이 되셨지만 드니즈 르네가 활동하던 시기에 한국인 원로작가 고 이성자 화백께서 젊은 시절을 회상하며 들려주신 재미난 이야기가 떠오른다. 파리15구에 있던 선생님의 아틀리에 한편에는 선생님이 직접 그리신 작은 크로키가 하나 걸려 있었다. 갤러리스트와 함께 바닷가에 나가 문어를 잡는 모습이었는데, 꿈틀거리며 잡혀 올라온 문어를 보고 소스라치는 선생님이 담겨 있었다. 아주 작은 크로키였음에도 불구하고 나에게는 굉장히 감동적으로 다가왔었다. 지금과 같은 갤러리스트와 작가의 관계가 아닌, 그 시절의 갤러리스트와 작가는 그렇게 가족과 같은 친근감과 뭔지 모를 어떤 끈끈함이 동서양을 막론하고 인간적으로 개재해 있던 것이다. 그 크로키를 그렸을 당시 선생님이 느꼈을 감동, 그 작은 크로키가 아마도 몇십 년 동안 선생님이 매일 식사하시던 주방의 식탁 위 벽에 오래도록 머물게 하지 않았을까.

결국 작가와 갤러리스트는 한 배를 탄 가족과 같은 관계로, 당연히 함께 가야 한다. 그럼에도 불구하고 시대가 바뀌면서 개인주의 성향들에 서로 편하고 익숙해지는 것 같다. 사람들 간의 정마저 사라지고 결국 물질적인 것을 서로 손쉽게 나누어갖고, 조금이라도 손실이 있으면 거래처를 바꾸어버리는 것이 요즘 세태다. 참 이처럼 매력 없는 관계도 없는 것 같다. 이 시대의 진정한 예술과 예술가가 나타나기 위해서는 창의적으로 활동하는 아티스트는 물론, 자신만의 철학을 가지고 꼿꼿하고 자존감 있게 지켜나가는 갤러리스트 역시 매우 중요하다.

만남과 인연

추상화의 아버지 피에르 술라주

현대미술의 거장인 비알라 선생님과 소통이 원활해지자, 나는 자신감이 넘쳐흘러서 프랑스에서 내로라하는 거장들과 거침없이 접촉했다. 알친스키(Alchinsky), 자오 우키(Zao Wou-ki), 자크 빌레글레(Jacques Villégle), 피터 클라센(Peter Klasen)······.

드디어 프랑스 현대미술의 아버지쯤 되는, 프랑스가 자랑하는 대표작가인 피에르 술라주(Pierre Soulages)[5]까지 섭외하기에 이르렀다. 추상화가인 그는 블랙이라는 색상이 가지고 있는 우울하고 무거움을 가장 세련되고, 프랑스다운 색상으로 만들어 프랑스 사회에 신선한 바람을 불어넣었다.

---

5 1919년생. 프랑스를 대표하는 추상화가로 미니멀리즘, 타시즘, 엥포르멜을 선도함. '블랙'을 죽음의 상징인 어두운 색이 아니라 가장 세련된 현대성을 대표하는 색으로 이끌어내는 데 기여하며, '울트라블랙'을 만들어냄.

내가 처음 프랑스에 간 때가 1996년 겨울이었는데, 당시의 파리는 참으로 우울한 분위기였다. 시간의 흐름에 따라 자연스레 시커먼 세월의 때를 입은 오래된 건물들로 이루어진 거리는 멋지다기보다는 낡은 유적지 한가운데 선 것 같은 느낌을 주었다. 건물들이 모두 덕지덕지 시커먼 때를 입고 있으니 사람들의 표정도 모두 우울해 보였다.

큰언니 덕분에 프랑스 유학 전부터 샹송도 좀 들었고 프랑스 영화도 몇 편 보았는데, 프랑스 영화에는 꼭 우울하고 음산한 날씨와 더불어 시가를 입에 물고 우수에 찬 표정의 인물이 등장했다. 실제로 파리의 거리에는 비 오는 날이면 온통 시커먼 우산들만 떠다녔다. 모든 것들이 까맣고 우울하고 우수에 찬 파리의 첫인상은 지금도 잊을 수 없는 기억으로 자리하고 있다.

2000년이 되어갈 무렵, 프랑스에서는 전국적으로 건물의 묵은 때를 벗겨내는 청소 작업이 진행되었다. 밀레니엄을 맞이하는 준비였는지, 거리는 온통 분주했다. 그 무렵부터 거리는 조금씩 환해졌고, 사람들의 표정도 조금씩 밝아지기 시작했다. 그래도 워낙 처음에 박힌 인상이 있어서, 파리를 색깔로 표현하라고 하면 다들 낡아빠진 잿빛으로 그렸을 것이다.

이런 낡은 이미지에서 한 단계 업그레이드하여 재탄생한 색깔이 바로 술라주의 '울트라블랙'이었다. 파리의 이미지는 우중충한 느낌에서 벗어나 산뜻한 블랙으로 조금씩 변하기 시작했고, 사람들도 어두운 분위기에서 살짝 변화하고 있었다. 블랙은 블랙이지만 슬픈 블랙이 아니라 조금은 산뜻하고 세련된 블랙이라고 표현해야 할까?

색깔에도 표정이 있다는 걸 그때 느꼈던 것 같다.

울트라블랙이라는 색깔은 엄밀히 말해 블랙 속의 블랙, 블랙의 표면에 빛이 반사되어 만들어진 또 다른 블랙, 빛의 반사에 의해 투영되는 블랙이다. 이것이 바로 술라주의 대표적인 색이 되었다. 따라서 그의 작품을 감상하는 방법은 특별하다.

블랙을 재탄생시킨 블랙의 아버지 술라주의 전시가 1996년 파리 시립현대미술관(Musée d'Art Moderne Ville de Paris)에서 대대적으로 열렸다. 파리지엥들이 가장 선호하는 블랙은 더 이상 우울한 블랙이 아닌 가장 세련된 블랙이 되어갔고, 아마 그 무렵부터 아주 자연스럽게 블랙은 우리 일상에서 가장 흔하게 입을 수 있는 옷의 색깔이 됐던 것 같다.

술라주 선생님을 만나기 위해 나는 또 계획을 세웠다. 얼마나 간절하게 준비했는지, 10년이 훌쩍 지났음에도 불구하고 선생님의 집 주소는 여전히 내 머릿속에 있다. 도로명도 '세 개의 문'이라는 재미난 이름이었다. 술라주 선생님과 몇 번 대면하긴 했지만, 당대 최고의 위상을 누리고 있는 화가와 초짜배기 갤러리스트와의 거리는 좀처럼 좁혀지지 않았다.

술라주 선생님과 인연을 맺기를 그렇게 기도했는데, 뭐든지 간절히 원하고 목표가 확실하면 이루어진다고 했던가? 선생님과 젊은 시절을 함께 보낸, 유명한 여류 화가인 얀 르 투믈랭(Yahne le Toumelin)의 전시를 내가 기획하게 되었다. 원로화가 방혜자 선생님이 소개해 주신 덕분이었다. 투믈랭은 달라이 라마와 함께 활동하는 마티유 리카르(Matthieu Ricard)의 어머니이자, 프랑스의 유명한 정치철학자 장 프랑수아 르벨(Jean François Revel)의 첫 부인이기도 하다.

르벨의 진짜 이름은 장 프랑수아 리카르(Jean François Ricard)로, 1963년까지 철학과 교수로서 멕시코, 이탈리아, 알제리와 프랑스의 릴 등에서 강의했다. 웬만한 프랑스인들이면 그를 모르는 사람이 없을 정도로, 프랑스인들의 저녁 식탁에 맞춰 매일 저녁 정치 좌담 비슷한 프로그램에 나오던 유명한 정치철학자이다. 미테랑(Francois Mitterand) 대통령의 연설문 작성자로도 유명하다.

그는 1945년 얀 르 투믈랭과 결혼하여, 슬하에 두 자녀 마티외 리카르와 이브 리카르(Eve Ricard)를 두었다. 1961년부터 1967년까지는 방송인으로서 철학과 정치에 관한 주제를 많이 다루는 방송을 하였다. 1967년, 기자 출신의 클로드 드 사로트(Claude de Sarraute)와 두 번째로 결혼했다.

르벨이 새로운 인생을 열기 시작할 때, 투믈랭은 승려가 되기로 작정하고 티베트로 떠났다. 공교롭게도 그곳에서 그녀는 아들 마티외와 재회하게 되었다. 거의 비슷한 시기에 엄마와 아들 둘 다 제각기 승려가 되기로 결심했는데, 그 장소가 바로 티베트였던 것이다. 둘은 각자 지향하는 일이 있었으므로, 제각기 꿋꿋이 승려의 길을 걸었다. 이후 얀 르 투믈랭은 2000년부터 그녀의 고향인 도르도뉴(Dordogne)에서 작업을 하며 지내고 있다.

얀 르 투믈랭은 홀연히 사라졌다가 어느 날 갑자기 승려가 되어 조국으로 다시 돌아왔고, 파리에서의 전시를 우리 갤러리에서 하게 된 것이었다. 투믈랭은 피에르 술라주, 조르주 마튜, 자오 우키 등 현대미술의 거장들, 그리고 문인으로는 앙드레 브르통(Andre Breton)

등과 같이 70년대의 프랑스 화단에서 돈독한 친분을 쌓으며 활동한 화가였다. 이런 사연으로 당연히 옛 친구들을 초대했고, 그 가운데는 여전히 명성을 날리고 있는 술라주도 있었다.

세월이 지났지만 피에르 술라주를 오랜 친구로 여기는 얀 르 투블랭 덕분에, 나로서는 '추상화의 아버지'라고 불리는 피에르 술라주와 엮일 좋은 구실이 하나 자연스럽게 생긴 셈이었다. 술라주와 인연이 되어, 급기야는 그의 전화번호도 알게 되었고, 그의 집까지 찾아가게 되었다.

술라주와 한창 가까워질 무렵, 나는 기회를 놓치지 않고 한국 전시를 요청하였다. 그 무렵은 피노(François Pineaut)라는 프랑스에서도 영향력이 큰 컬렉터가 한국인들의 작품에 굉장히 관심이 있던 시기였고, 나로서는 그것을 계기로 우리나라 미술의 위상을 높여보고자 하는 바람이 있었다.

얀의 전시 오픈식에 술라주는 직접 나의 갤러리로 찾아와주었다. 세계적인 작가 피에르 술라주가 내 갤러리까지 오다니! 그야말로 꿈만 같았다. 캥컴푸아 화랑가에 드디어 그가 나타났던 날을 나는 잊을 수가 없다. 그 어느 스타가 거리를 다녀도 마비되는 일이 없던 골목이 사람들로 가득 차 걸을 수도 없었다. 건너편에 있는 경찰관들마저 나와서 정체된 거리를 정리해주느라 그야말로 난리가 났다. 내가 캥컴푸아 화랑가에 있던 8년 동안, 그렇게 사람들이 모였던 적은 그날 이후로 단 한 번도 없었다.

그 후, 나는 세계에서 가장 유명한 추상화가인 술라주에게 한국·프랑스·중국 3개국 순회전을 추진하고 싶다고 간곡히 부탁했다. 이렇게 진전시키기 위해 그의 부인인 콜레트(Colette) 여사와 수차례 통화했음은 물론이다. 마침내 노트르담 성당 맞은편의 작은 골목에 있는 술라주의 집에서 너무나 친절한 콜레트 여사와 차를 마시게 되었다. 그러는 동안 언제 귀가할지 모른다던 술라주가 일찍 돌아왔고, 어렵사리 승낙을 받아냈다.

내 계획은 술라주·자오 우키·이우환·김창열 4인전으로 프랑스의 그랑팔레, 중국의 베이징미술관, 그리고 한국의 국립현대미술관(또는 서울시립미술관)에서 순회전시를 기획하는 것이었다. 그러나 당시 프랑스와 중국에서는 흔쾌히 허락했지만, 한국은 두 기관의 기관장들이 모두 거절했다. 어이없게도 이우환, 김창열 두 분의 한국 작가를 제외하고 술라주와 자오 우키 둘만으로 전시하고 싶다는 것이었다.

나는 세계적인 작가 두 분과 우리 한국인 원로 선생님 두 분이 꼭 함께 참여함으로써 우리 한국 작가들도 세계의 추상화가들과 어깨를 나란히 할 수 있음을 보여주고 싶었다. 자연스레 중견작가들이 뒤를 잇고 또 젊은 작가들이 그 뒤를 잇게 하여, 우리나라와 우리 미술계의 위상을 세계에 알리는 것이 나의 목표였다. 그러나 아무리 설명해도 통하지 않았다.

국립현대미술관에서 나에게 제안한 내용은 더 황당했다. 그럼 자기들 국립현대미술관 이름으로 기획하는 것으로 하자는 제안이었다. 나의 온 시간을 투자하고 모든 역량을 투입하여 세계적인 추상화가들과 섭외하고 현지에서 인터뷰하여 성사시킨 기획이건만, 내 이름은 기획자에서 제외하고 진행하자는 것이었다. 어이가 없었다. 성과라는 것이 얼마나 중요했는지 몰라도, 국가기관이 나서서 성사시키지는 못할망정 개인이 열정을 다해 만들어놓은 일을 가로채려 해서는 안 되지 않을까?

좀 더 얘기해보자. 국립현대미술관 정도면 외국의 유명 작품을 빌려다 우리 시민들에게 원작을 보여주는 데 예산을 쓰는 일도 중요하다. 그렇지만, 못지않게 중요한 것은 우리나라의 훌륭한 예술가들을 세계 무대에 올려주는 일 아닐까. 아니, 어쩌면 그것이 더 시급한지도 모른다. 그런 역할을 해외 현지에 나가 있는 자국민이 하고 있다면, 적어도 공동기획 정도의 배려는 해야 상식적이다. 그랬더라면 나는 기꺼이 우리나라의 위상을 높이는 데 동참했을 것이다. 그러나 그 정도의 배려는커녕, 술라주 선생님의 전화번호를 달라고 했다. 기가 막혔다. 그길로 술라주 선생님과 의논하여 모든 계획을 취소해버렸다.

벌써 오래전 이야기지만, 지금도 별로 달라진 것은 없다. 얼마 전 커피 전문점인 T사가 국립현대미술관 서울관에 입점한다는 보도가 있었다. 얼마의 수익을 창출하려는지 모르나, 과연 세금으로 운영되는 그곳에 굳이 특정 업체를 입점시키는 이유는 무엇인지? 세금을 낸 시민들은 도대체 국가로부터 어떤 무형적 가치를 환원받고 있는 것인지 묻고 싶다. 이제는 국립현대미술관 하면 가장 먼저 T사와 나란히 어깨를 하고 있는 사업장이 떠오를 것 같다.

아무튼 어렵사리 준비해서 우리 현대미술을 세계에 널리 알리고자 했던 기회는 그렇게 날아가고, 술라주 선생님과의 인연 또한 그

추상화의 아버지 피에르 술라주

렇게 끝나고 말았다. 그 기회는 세월이 지날수록 너무나 안타깝고 아깝다. 만일 그 기획이 내가 생각한 대로 현실화되었더라면 오늘날 우리의 미술시장에 크게 기여하게 되었을 것이고, 우리 경제에도 제법 영향을 미치지 않았을까 싶다.

프랑스에서 만난 한국 화가들

　내가 살아오면서 가장 잘한 일이 뭐냐고 누군가 나에게 물으면 나는 '프랑스로 떠난 것'이라고 주저하지 않고 말할 수 있다. 만일 프랑스로 가지 않았더라면 아마도 지금쯤 충청도 제천 어딘가에서 미술학원을 운영하며, 학원차를 운전해주는 남편을 만나 티격태격 살아가고 있을지도 모르겠다. 물론 그게 나쁘다는 것은 아니다. 그렇지만 온 세상을 돌고 돌며 다양한 사람들을 만나고, 예술이나 삶의 가치에 대해 고민하고, 앞으로 살아갈 미래의 설계를 가다듬는 그 모든 면에서 지금의 내 모습과는 많이 달랐을 것이다.

　다행히 모든 예술가들의 로망인 프랑스로 가게 되어, 그곳에서 유명한 한국 출신의 선생님들과 만난 인연 또한 내 인생에서 잊지 못할 기억들이다. 그 가운데에는 이미 고인이 되신 한묵, 백영수, 이성자, 신성희 화백 들이 있다.

한묵 선생님은 내가 귀국한 뒤인 2016년 11월, 102세의 나이에 숙환으로 파리의 생앙투안 병원에 입원해 계시다가 운명하셨다. 한국 추상미술의 제1세대 화가로 김환기, 이중섭, 유영국 선생님들과 한국의 현대미술을 모더니즘으로 개척한 우리 미술사에서 중요한 분이시다. 선생님은 언제나 후배작가들이 모이는 행사에 참석하시어 쩌렁쩌렁 식당 전체를 무너뜨릴 기세로 시를 읊어주셨는데, 그 시낭송은 어느 행사에서도 빠지지 않던 중요한 세레모니였다. 그렇게 몇 편의 시를 읊으시다가 흥이 나시면 때로는 우렁차게 노래도 불러주셨다. 참으로 순수하고 예술을 예술 그대로 행하다 가신 멋진 분이셨다. '배가 부르면 그림을 그릴 수 없다'고, 파리의 지하철 마들렌역 근처 어느 카페에서 하신 말씀이 떠오른다.

한묵 선생님을 떠올리면 나는 마음 한편이 무겁다. 만일 선생님이 당시 홍익대 교수로 그냥 한국에 머물러 계셨더라면 어떠했을까. 남들은 안정적인 직업을 추구하는데 왜 그 편안한 자리를 박차고 머나먼 타향에서 평생 '가난한 환쟁이'의 길을 택하셨을까. 선생님의 그 정신만은 그 누구도 따라올 수 없었다는 것을 알지만, 까마득한 후배로서 그런 선생님의 모습을 보는 건 언제나 '도대체 예술이 무엇이기에?'라는 질문을 수도 없이 나 자신에게 던지며 곱씹게 만들었다. 선생님 옆에는 언제나 사모님이 함께하셨는데, 안경에 금이 가도 바꿀 형편이 되질 않아 몇 년을 그 안경으로 버티셨던 사모님의 모습도 떠오른다. 이 시대의 화가들의 예술적 성취는 언제나 그 옆자리를 지켜주신 훌륭한 부인들이 그림자처럼 함께하셨기 때문이리라.

백영수 화백 내외분과의 인연도 참 깊다. "문 닫고 집에 와서 밥 먹고 들어가." 파리에서 갤러리를 하던 시기에 사모님은 자주 나에게 이런 전화를 주셨다. 한국음식을 먹으려면 한국식당을 일부러 찾아가야만 했기 때문에, 평소에는 기회가 많지 않았다. 사모님은 나를 딸처럼 'Le perreux sur marne'에 있던 선생님 댁으로 자주 초대해 주셨다. 선생님을 닮은 아담한 주택의 부엌 한쪽에는 어마어마한 와인셀러가 있었는데, 그곳에는 정말 평소에는 자주 맛볼 수 없는 오래된 고급 와인들이 벽면 한쪽을 가득 채우고 있었다. 사모님의 음식 솜씨에 때로는 잊고 있었던 한국이 왈칵 그리워져 눈물이 날 때도 있었다.

　당시에 이미 여든이 넘으셨는데도 선생님은 언제나 소년처럼 순수하고도 눈빛이 해맑으셨다. 신나는 일이 있으면 손뼉을 치며 기뻐하셨고 선생님의 눈동자는 정말이지 너무나 반짝반짝 빛이 났다.

　"이리 와봐, 내가 보여줄 게 있어."

　이러시며 내 앞에 내밀던 것들은 과자가 담겨 있던 상자 같은 물건들이었다. 그것들이 너무 예뻐서 버릴 수 없었다며, 그 상자를 가지고 소인국 사람들의 집 같은 것들도 만들고 그 속에 글씨를 조근조근 써놓으셨다. 그리고 설명해주실 때에는 그야말로 동화 속 이야기를 들려주듯이 하셨다.

　"이건 말야, 여기에 내가 창을 이렇게 만들었어. 아틀리에는 자연광이 비쳐야 하거든."

　창문도 선생님을 닮아 아주 조그만 동화 속에 나오는 창이다.

　"그리고 이건 테이블이야."

선생님은 정말 열심히도 설명해주셨다. 마치 소인국을 몰래 훔쳐보는 어느 소년처럼, 선생님의 이야기는 진지하고도 꿈과 환상으로 가득 찬 선생님만의 멋진 작품이었다.

작품에서도 그런 선생님의 모습을 충분히 볼 수 있지만, 사실 나는 선생님이 만들어놓으신 소품이나 낙서 같은 것들을 좋아한다. 그것들을 가만히 보고 있노라면 선생님이 어느샌가 내 옆에서 소곤소곤 속삭이며 뭔가를 이야기해주실 것만 같다. 선생님은 몽당연필을 특히 잘 사용하셨는데 파리의 이케아에 가면 고객용으로 비치된 몽당연필이 있다. 그것을 몇 개씩 가지고 와서는 자랑하신다.

"이케아에 가서 이거 가지고 왔어. 이쁘지?"

너무나 행복해하시며 몽당연필을 보여주시던 선생님이셨다. 그런 선생님을 보내드리며 쓴 나의 일기를 찾아보았다.

삶과 죽음의 기로에서 (2018년 6월 30일 일기)

원로선생님들과 가까이 지내다 보니 한 분 두 분 세상을 떠나시는 모습을 지켜보게 된다. 그럴 때마다 안타깝고 슬픈 마음은 무척 커서, 가뜩이나 예민한 내 생활에 참 많은 영향을 준다. 오늘 백영수 선생님의 장례미사부터 화장까지 치르고 먼 길 가시는 선생님 잘 배웅해드린 후 빗길을 달려 집으로 왔다. 벽제였으니 오는 길에 오랜만에 소식을 전하지 못했던 사람들 한두 분 만날까 했지만 생각처럼 정신적 여력이 있지는 못했다.

파리에 계신 따님이 못 오셔서 사모님 곁을 지켜드려야겠다고 마음은 먹었지만, 막상 사모님이 입관식에 같이 들어가자고 하실 때는 잠시 혼란스러웠다. 처음부터 끝까지 입관식에 다 참여해본 적도 없거니와, 솔직히 살짝 겁도 났다. 주변의 지인들께 여쭤보니 그런 마음이 들면 들어가지 말라고 했고, 또 가족이 아닌데 참여하는 것은 아니라고도 했다. 그러겠노라고 결정한 듯 전화는 끊었지만, 중요한 건 내 마음이었다. 이제 다시는 못 볼 선생님 얼굴을 보는 마지막 순간을 놓쳐버린다면 아마도 내내 후회할 것만 같았다. 싸늘한 주검의 모습으로 창백히 누워 하얀 솜으로 칠공을 막고 계신 선생님은, 어쩌면 그렇게 많이 야위셨는지…….

부부의 연을 맺어 한평생을 살며 기쁘고 슬프고 즐거운 날들을 함께 보낸 사람을 떠나보내는 그 심정은 어떠할까, 잠시 생각도 해보았다. 젊고 예쁜 시절에는 누구나 빛을 내지만, 나이 들어 더 이상 내 몸 하나 추스르지 못하는 나이가 되었을 때 수발해주는 사람은 누구인가. 피를 나눈 형제도 아니고, 금이야 옥이야 키운 자식들도 아니고, 미우나 고우나 함께할 연을 맺은 부부가 아니던가.

박완서 선생님의 소설 『황혼』이 생각난다. 나이 들어 새로운 사람을 만날 수는 있지만, 그렇게 새로 만난 사람의 대소변까지 받아낼 수는 없다는 말. 아마도 함께 산 세월이, 혹은 함께 지나온 시간이 그 전부를 받아들일 만큼 온전한 정이 아닌 탓이리라.

싸늘한 주검을 보는 것은 무서운 일이라 생각하겠지만, 사모님은 선생님 볼에 입맞춤을 하시고 마지막까지 얼굴을 만지셨다. 바로 옆에서 오랫동안 함께 세월을 보낸 사람에게는 그 주검마저도 보내기 싫은 아쉬운 마음이었을 듯싶다. 그 안타까운 모습은 보는 사람 마음까지도 참 많이 아프게 했다. 선생님은 작년부터 이미 계속 음식을 잘 드시지 못하셨기 때문에 앙상한 가지처럼 메마르셨다. 마지막 순간까지도 그처럼 살아내신 선생님은, 그

해맑은 미소를 뒤로한 채 한 줌의 재로 형태마저 사라져 버렸다.

유학생활 내내 한 번도 삐뚤어지거나 흔들리지 않을 수 있도록 나를 지켜준 가톨릭 신앙이었으나, 어떤 이유로 냉담하기 시작한 나였다. 선생님 보내드리는 미사만큼은 조금 더 깨끗하게 올리고 싶은 마음에 일찍 성당에 가서 고백성사를 봤다. 오랜 냉담의 시간에서 한 걸음 다시 신앙인으로 성장하겠다고 마음먹기란 너무 힘들었다. 선생님 영결미사에서 고백성사를 하지 않고 성체 모시기가 싫어서 정말 얼떨결에 고백성사를 봤다. 눈물이 났다. 선생님은 마지막 가시면서까지 이렇게 냉담의 시간들을 깨뜨려주시는구나. 아낌없이 주고 가시는 선생님.

선생님은 바로 얼마 전까지만 해도 눈길 마주치고 숨결 나누던 분인데, 만져도 딱딱하게 굳은 채 움직이지 않고, 소리쳐 불러도 들을 수 없고 대답할 수도 없는 다른 세계의 존재가 되셨다. 이처럼 삶과 죽음은 정말 종이 한 장 차이구나 하는 생각과 함께, 살아계실 때 한 번 더 찾아뵐 걸 하는 후회가 들었다. 한편으로는 곁에 있는 소중한 사람들과 잘 살다가 세상을 떠나는 것처럼 아름다운 일이 없겠구나 하는 생각도 든다. 슬픔만큼 영혼을 정화하는 일은 없다고 했던가. 선생님은 먹먹한 슬픔과 영롱한 아름다움으로 나에게 남을 것이고, 나는 슬픔의 깊이만큼 아름답게 살아갈 것이다. 상기도 비가 내린다.

백영수 선생님 외에도 이성자 화백, 그리고 나에게 아버지처럼 용기를 심어주셨던 신성희 선생님과의 인연도 정말 깊다. 여전히 신성희 선생님을 떠올리면 죄송스럽고 마음 아픈 일이 있다. 선생님께서 한국에 가시면서 "크리스틴, 화실에 한번 들러"라는 전화를 주셨는데, 바쁘다는 이유로 선생님 화실에 찾아뵙지 못한 것이 내내 마음에 걸린다. 선생님은 그렇게 한국으로 가셔서 영영 파리로 돌아오시지 않으시고, 끝내 한국에서 생을 마치셨다. 그렇게 돌아오지 못하실 걸 알았더라면 모든 걸 다 뒤로 하고도 찾아 뵀을 텐데, 지나고야 후회하는 일들을 더는 만들면 안 될 것 같다.

귀국한 뒤 나는 그래도 예술가들이 가장 많이 모여 사는 동네인 평창동에 둥지를 틀었다. 이 동네에는 파리에서부터 인연이 있던 김창열 선생님을 비롯하여 바로 옆집에 윤명로 선생님, 그리고 김병기 선생님, 김구림 선생님, 임옥상 선생님 등 무려 200분이 넘게 쟁쟁한 원로화가들이 사신다.

그 가운데 나와 인연이 깊은 또 한 분의 원로화가는 김병기 선생님이다. 모든 원로 선생님들은 훌륭하시지만 나와 가장 정신적 교감을 많이 나눈 분이 바로 김병기 선생님이 아닐까 싶다. 사실 선생님을 알게 된 것은 다른 분들을 알게 된 것보다 훨씬 짧은 세월이다. 그러나 아마도 가장 많은 시간을 함께하고, 가장 많은 대화를 나눈 분이 아닐까 싶다. 김병기 선생님은 내가 만난 원로 선생님들 가운데 프랑스와 한국을 모두 다 합쳐도 가장 최고령이시지만, 내가 만난 이 세상 사람들 가운데 가장 지적인 분이라고 해도 과언이 아니다.

선생님과의 인연에는 참으로 우여곡절이 많았다. 선생님과 나는 할아버지와 손녀만큼이나 나이 차이가 나지만 통하는 게 참 많았다.

선생님은 특히 사모님과 파리 여행을 하시던 얘기를 자주 들려주셨는데, 여행지에서 느낀 경이로움을 말씀하시는 가운데 폴 세잔에 대해 흥미롭게 얘기해주셨다. 나는 원래 세잔에 별로 관심이 없었으나 선생님을 알게 된 뒤로 좋아하게 되었는데, 그것도 이런 선생님과의 재미난 추억 덕분이다.

세잔이 말년에 고향으로 돌아가 매일 아침이면 화구를 챙겨 찾아가서 많이 그렸던 고향의 산이 생빅투아르산이다. 그곳에 직접 가서 거닐며, 앞서간 세잔을 느끼며 대화도 하셨다는 이야기는 선생님의 감수성을 잘 말해주는 대목이다. 선생님은 프랑스 여행길에서 오늘날 김병기의 생빅투아르산을 그리며 세잔의 면 분할이나 화면 구성을 온몸으로 공감하셨다고 한다.

선생님이 100세를 넘기시며 하신 말씀이 생각이 난다. "100세가 되고 나니 이제 좀 인생을 알 것 같아." 선생님을 존경할 수밖에 없는 이유가 또 있다. 언제나, 대상이 누구든 상관없이 상대의 입장이 되어 말씀해주시는 점이다. 별것 아닌 걸 사들고 가도 "이건 세상에서 가장 맛있는 과자야"라고 하시며 내가 들고 간 것을 세상에서 가장 가치 있는 것으로 부각시켜주신다. 내가 살아가며 가장 많이 생각해야 할 부분이 선생님의 그러한 정신적 가치가 아닐까 싶다. 선생님과 가만히 이야기를 나누노라면, 마치 신이 선생님을 통하여 나에게 들려주고 싶은 이야기를 말해주시는 듯한 착각이 들 때가 있다.

나는 어릴 적부터 뭔지는 모르지만 어렴풋이 나의 운명에 대해 직감한 것 같다. 얘기했듯이 나는 혼자서 내 발로 혼자 성당을 찾아가 세례를 받았다. 그 뒤로 단 한 주도 빠짐없이 미사에 참석하며 마음속에 꿈틀거리던 미래의 내 삶을 위해 기도했고, 그러고 나면 마음이 편안해졌다. 어린 시절 성당이 내 마음의 휴식처였다면, 김병기 선생님은 내 인생의 절반을 넘기는 나이에 신이 내게 보내주신 선물과도 같은 분이라는 생각도 든다. 내 삶을 조금 더 깊이 있게 살아내며 잘 나이 들어가야 하는 과제의 길목에 선 나. 사람인 듯 아닌 듯, 언제나 미소 지으며 얘기를 풀어주시는 선생님.

인간은 누구나 현재보다는 미래에 더 나은 삶을 기대하고 꿈꾸며, 각자의 가슴속에 크든 작든 희망이나 소망 하나씩은 품고 살아갈 것이다. 어린 시절 성당에 이끌렸던 것도 내 마음속에 나도 의식하지 못한 갈망들이 있었기 때문일 것이다. 예술의 세계에 뛰어들어 예술가들과 어울리며 그들과 어깨를 나란히 하며 살아가는 나의 운명 또한 결국은 내가 의식하지 못하지만 내면 어딘가에 꿈틀거리는 갈망과 추구 때문이겠다. 예술이라는 인간의 미와 감수성의 영역을 쫓아 수도 없이 많은 사람들과 만나서 이야기하는 것 또한 내 안에서 여전히 내적인 삶의 방향을 찾기 위함이 아닌가 싶다.

한 시대를 풍미한 유명한 원로 선생님들과의 인연을 통해 내 인생에서 내가 찾아내야만 했던 것은 뭘까? 나는 아마도 이 시대와 앞 시대를 연결하는 마지막 세대에 속한 사람일 것이다. 원로 선생님들과 크고 작은 추억들을 쌓고 내적 에너지를 교감한 마지막 세대인 내가 우리 다음의 세대들과 어떻게 연결할 수 있을까? 나는 요즘 그런 고민을 한다. 왜 하필 내가 그렇게도 유명한 분들과 인연이 되었을까?

　나는 나를 통해 선생님들의 모든 에너지를 모아 젊은 세대들과 교감하고 그 폭을 좁히는 일을 할 수 있을 것이라 믿는다. 너무나 흔하게 쓰이는 문화예술이라는 말이 우리 삶의 한 부분이 되고 좀 더 많은 사람들에게 더욱 밀접하게 다가갈 수 있기를 바란다. 문화예술이 특정 부류뿐만 아니라 인간 모두의 감수성을 울릴 수 있는 보편적 매체로 모든 이에게 공평하게 자리매김할 수 있도록 일조하고 싶다. 그런 의미에서 앞으로 나의 내적 여정은 한 시대를 풍미한 선생님들과의 인연을 경유하여 미래의 목적지로 더 멋지게 이어지기를 바란다.

만남과 인연

6

나의 경험 나의 비전

그래도 예술 속에서 살다

    나는 파리8대학에서 공부를 하고 파리에서 갤러리를 하며 약 20년 가까이 그곳에서 살았다. 크고 작은 미술전시를 기획했고 때로는 미술장르를 넘어서는 복합적인 전시와 공연을 기획하기도 했다. 그러니 나의 사회적 · 직업적 정체성을 말한다면 가장 먼저 예술기획자를 꼽을 수 있을 것이다. 물론 그러한 생활이 늘 순탄한 것만은 아니었고, 퐁피두센터 근처 마레 지구의 화랑가에 자기 소유의 건물이 있는 '파리의 갤러리스트'라는 수식어가 늘 화려한 것만도 아니었다. 고뇌와 좌절 또한 작지 않았던 것 같다. 그러면 응당 내가 나 자신에게 물어야 할 질문이 있다. 그럼에도 불구하고 나는 왜 여전히 예술 속에 살고 있는가? 예술가 다음으로 예술을 가장 가까이에서 둘러싸고 있는 기획자로서, 지금부터 거기에 답해보고자 한다.

    내가 2006년에 한불수교 120주년 기념행사의 일환으로 기획했던 것이 바로 '오슈 비엔날레(Auch Biennale)'이다. 갤러리를 오픈하고 얼마 되지 않았을 때였다. 나는 프랑스 남부 오슈시에 한국에서 활동하는 작가 37명을 초청해서 진행하는 행사의 총기획자 역할을 맡았다. 한국 작가들을 15일 동안 프랑스 가정에 머물도록 하여 프랑스 문화를 함께 체험하고 작품으로 완성해나가는 기획이었으며, 제르 (Gers) 지방의 큰 행사로 치러졌다. 제르는 프랑스에서 프랑스령 기아나(Guyane)에 이어 둘째로 면적이 넓은 지역으로, 오슈시는 그곳의 주도이다. 프랑스 혁명의 기운이 꿈틀거리던 1790년 제르에 데파르트망(Département)[1]이 설치된 바 있다.

나는 문화교류라는 목적을, 생활 속으로 직접 들어가서 타문화를 경험해보도록 하는 새로운 방식의 전시기획으로 달성하고자 하였다. 오슈시가 달팽이 요리와 푸아그라, 그리고 맛있는 와인들이 발달한 곳이라는 점에 착안했다. 갖가지 김치와 된장, 고추장 등 우리 전통의 발효음식들이 역시 발효음식인 치즈를 즐겨먹는 프랑스 사람들 입맛에 맞을 가능성도 고려했다. 한불수교 120주년을 기념하

---

1 산과 강이 많은 우리나라에서 그러한 지형을 경계로 도(道)를 구분한 데 비해, 프랑스에서는 각 지역의 주도를 지정하고 그로부터 프레퓌(Prefet, 도지사)가 말을 타고 하루 만에 도착 가능한 범위를 데파르트망(Département)으로 정한 것이 1700년대 말이었다. 현재 프랑스는 에타(Etat), 레지옹(Région), 데파르트망(Département), 캉통(Canton), 코뮈노테 드 코뮌(Communauté de commun), 코뮌(Commun) 등으로 구분되어 있다. 행정구역이 이처럼 지나치게 세분되어 있다 보니 그에 따른 공무원의 인건비 등 지출이 낭비되는 면도 없지 않다. 데파르트망의 개념을 없애버릴 계획이 오래전부터 있었지만, 긴 역사 동안 유지해왔던 행정구역을 하루아침에 없앤다는 것은 여전히 어려운 과제이다.

나의 경험 나의 비전

며 두 문화가 서로 교류하고 협조하는 관계가 된다면 아주 훌륭한 그림이 되리라고 생각했다.

오슈 비엔날레를 기획하기 이전에도 비슷한 기획을 한 적이 여러 번 있었는데, 그런 큰 기획을 할 때마다 역시 문화수준의 차이를 느끼게 되었다. 역사적 건축물을 중요시하는 전통의 프랑스와 그렇지 않은 우리나라 사이의 문화적 차이가 바로 그것이었다. 그 행사를 처음 기획할 때도 클로드 바타유(Claude Bataille) 당시 오슈 시장은 상당히 많은 고민을 했다. 오슈시에서 가장 문화와 역사를 자랑할 만한 어느 장소의 어느 건물로 동양의 먼 나라 아티스트들을 어떻게 맞이할 수 있을지. 시장은 메종 데 가스코뉴(Maison des Gascogne)[2]를 선뜻 내주었다. 메종 데 가스코뉴는 오슈 시민들에게는 어쩌면 가장 중요한 장소이다. 낙농국가인 프랑스에서 가장 많은 작물이 나오는 가스코뉴 지방의 특산물을 소개하고 판매하는 건물인 것이다. 이 지역의 중요한 문화예술 행사를 비롯하여 가톨릭 국가인 프랑스의 가장 큰 명절인 노엘(Noël, 크리스마스) 특산물 시장도 이곳에서 열린다. 그만큼 그 도시에서는 가장 의미 있는 건물을 고민 끝에 내놓았던 셈이다.

그런데, 역사와 문화가 다른 우리나라 화가들이 처음 메종 데 가스코뉴를 접하고 보인 반응은 달랐다. 고마움보다는 이런 곳에서 어떻게 전시를 하느냐는 반응이었다. 그림은 작품 판매를 위해 만들어

---

2 1829년 2월 15일부터 1829년 7월 5일 사이에 건축했다고 한다.

진 완벽한 공간의 하얀 벽에 걸리지만은 않는다. 어떤 공간에 어떤 그림을 거느냐에 따라 그 공간의 분위기를 바꾸어주는 역할도 하고, 걸린 그림의 의미도 달라지는 것이다.

오슈 비엔날레는 공동기획자가 프랑스 국가훈장을 받을 정도로 극찬을 받은 전시였으나, 공동기획을 했던 나는 그런 대접을 받지 못했다. 그 이유는 그러한 문화적인 충돌과 그에 따른 작가들의 몰이해 때문이 아니었을까 싶다. 그때부터 지금까지 곰곰이 생각해보고 있는 주제여서 그 부분에 대한 이야기를 좀 더 상세하게 나누고 싶다.

우리는 한국전쟁 이후만 보더라도 황폐한 나라를 일으켜 세우고 먹고사는 것에 바빴다. 그러니 몇몇 예술가와 애호가들을 제외하고는 예술이란 상상할 수도 없는 먼 나라 이야기였을 것이다. 또, 그 과정에서 받아들인 것이 미국의 문화이거니와, 허허벌판에 개척한 미국의 상황이 우리 현대사와 어쩌면 비슷했는지도 모른다. 그런 가운데 우리는, 건물의 역사나 그 역사 속에 묻어 있는 삶의 양식화라 할 문화에 대한 관심보다는 '현재'를 더 중요시해왔을 것이다. 자연스럽게, 세계에 발맞춰나가려는 시도 또한 과거보다는 현재에 비중을 둔 문화적 수준이 기준이 되지 않았을까 싶다. 미술에서도 소위 '잘 팔리는 그림'에만 집중하게 되고, 심지어는 예술의 경계마저 자본주의와 함께 성장해오게 되었다. 그처럼 현대사 속에서 미국화한 우리의 미적 감수성이 유럽의 그것과는 꽤 달라질 소지가 생긴 것이다.

불과 60여 년 만에 일구어낸 성장의 결과가 현재라고 생각하면,

나의 경험 나의 비전

우리는 정말 대단한 민족임에 틀림없다. 그 바탕에 창의성과 부지런함, 그리고 섬세함이라는 한국인의 특성이 있음도 사실이다. 그리고 그 가운데 한국인의 섬세함이 돋보이는 문화예술 장르도 포함되어 있다고 믿는다. 파리8대학 석사과정 때 이반 툴루즈 교수님의 수업을 통하여, 또 파리의 갤러리스트로서 10년간 일한 경험을 통하여, 나는 이렇게 말할 수 있다. 한국인만이 가질 수 있는 독특한 화풍이 있다는 것. 물론 서양인들은 따라올 수 없거니와, 그렇다고 중국인이나 일본인들이 따라올 수도 없는 독특한 화풍, 그것이 바로 한국인만이 가질 수 있는 섬세함이다.

한국인만의 간결하고 섬세한 화풍이 있다는 것은 매우 중요한 사실이지만, 작품 속에 나타나는 그 표현력을 대중에게 전달하려면, 자기 작품을 설명할 수 있는 작가로서의 작품 철학이 분명하게 있어야 한다. 그 작품 철학은 그림을 통해서만 전달될 수 있는 게 아니라, 감히 말하자면 바로 작가적인 삶이 녹아 있어야 하는 것이다. 그럼 작가적인 삶은 무엇일까. 작가는 그림을 기계처럼 그리는 사람이 아니다. 자신의 세계를 화면 위에 표현해내야 하는데, 그 세계는 화면에 나타나기 이전에 이미 작가에게 묻어 있어야 한다. 작가는 철학자를 뛰어넘어야 한다는 말을 자주 듣곤 했다. 그 말은 그만큼 자기 세계가 정확히 표출되어야 된다는 뜻이다.

자기 세계가 완벽하게 만들어지려면 '앎'이 있어야 하며, 그러한 작가의 생각은 반드시 문화 수용이 바탕되어야 한다. 작가는 그 어떤 직업인들보다 문화 수용에 밝아야 하고 다른 사람들보다 앞서야 하는 것이다. 교통이 불편하던 시대에 살았던 고흐나 모네의 작품에도 일본식 화풍으로 그린 것들이 있고, 우리나라 근대화가들의 작품들 중에도 앞선 시기 서양화풍들이 드러나는 수많은 습작들을 볼 수 있다. 그것이 곧 세상과의 소통이며 나를 찾고 발굴해가는 과정이라 믿는다. 근대가 처음 우리에게 다가오던 그 시절에도 선배화가들은 알고자 노력하고 문화 수용에도 적극적이었던 것이다.

이럴진대, 외국에서 열리는 국제교류전에 참여할 때 작가로서 그 나라의 문화와 역사, 그리고 전시할 도시에 대해 한 번쯤은 사전 준비를 하고 와야 맞지 않나? 만약 오슈에 온 한국 작가들도 그러한 준비가 있었더라면 전시 풍경은 많이 달라지지 않았을까. 그때 한국 작가들은 네모반듯하게 각이 딱 떨어지는, 하얀 페인트가 칠해진 벽면에만 작품을 걸며, 그런 벽이 작품을 가장 돋보이게 할 거라고만 생각해왔다. 그러니, 그 건물을 보고는 당장 짐 싸들고 한국으로 가겠다는 게 첫마디였다. 물론 사전에 기획자인 내가 한국에 있는 작가들과 더 많은 커뮤니케이션을 하지 못한 결과였을 것이다. 결과적으로 나는 양국 모두를 만족시키는 전시를 하지 못했다.

그렇지만 성과는 매우 컸다. 우선, 예상을 뛰어넘게 한국 작가들의 작품들도 상당히 많이 팔렸다. 물론 기획의 목적이 분명했기에 나는 기획자로서 단 10퍼센트의 수수료도 요구하지 않고 컬렉터가 작가에게 다이렉트로 지불하는 방식으로 했다. 무엇보다도, 외부적으로는 굉장히 성공적인 전시였다. 프랑스 정부에서는 국가적으로 인정하였고 가스코뉴 지방에서도 굉장히 획기적이고 멋진 전시로 평가하였다. 신문과 방송에 관련 소식이 쏟아져 나왔고, 완벽한 문화체험을 통한 전시회라는 찬사를 받았다. 그 전시를 통해, 나와 공

나의 경험 나의 비전

동기획을 했던 남편의 사촌이자 가스코뉴 지방의 미술학 교수이며 미술인협회 대표였던 장 마조렐(Jean Majorel)은 프랑스 국가훈장인 프리 뒤 슈발리에(Prix du Chevalier)까지 받을 정도였다.

그들이 본 교류전은 상당히 의미가 있었다. 무엇보다도, 오로지 낙농업으로 생계를 유지하고 있는 오슈 지방에도 드디어 국제적인 문화예술 교류가 이루어지며 예술적인 측면에서 뒤처지지 않는 행사가 벌어졌다는 점이 그러했다. 다음으로, 그 지방의 특산품을 국제적인 행사에 참여시킴으로써 그들이 자부하는 와인, 푸아그라, 달팽이 요리들을 점점 더 많은 사람들이 맛보고 경험하고 좋은 평가를 하도록 한다면 세계적인 시장으로 거듭날 수 있는 새로운 기회라고 판단했다.

이 부분은 내가 보고 경험한 프랑스의 문화전략과 그대로 일치한다. 프랑스는 '문화의 혁명'이라는 말이 생겨나기 이전부터 프랑스적이지 않은 것에 대해서도 왕성한 호기심을 보이고 그것을 적극적으로 받아들이되, 가장 프랑스적인 것과도 진취적으로 융합하여 새로운 프랑스 문화를 만들었고, 그러한 전략의 결과 강력한 문화경쟁력을 갖추어왔다. 남의 나라 음악이나 춤을 새로운 시각으로 보고 수용하여 재탄생시키며 또 다른 장르로 변화시켜온 과거 프랑스의 행적들만 보아도 충분히 이해할 수 있으리라. 그러한 자연스런 경험들을 바탕으로 프랑스는 오늘날 문화강국이 되었던 것이다.

예술작품의 수용과 의미화에 문화적 · 역사적 맥락에 대한 이해는 필수적이다. 예컨대 20세기의 가장 영향력 있는 작가로 평가되는 앤디 워홀(Andy Warhol, 1928~1987)을 보자. 현대미술을 이야기하자면 어쨌든 산업과 연결될 수밖에 없고, 이 가운데 워홀은 미술사에서 산업과 미술을 연결짓는 또 다른 스토리를 남긴 사람이다. 가난했던 워홀이 미술사에 이름을 남기기 위해 상류층에 어떻게 전략적으로 접근하고 어떻게 그들에게 자기 작품을 팔았는지는 자못 흥미로운 스토리다. 그는 세상이 돌아가는 것을 알기 위해 매일 아침 신문을 읽었는데, 1962년 마릴린 먼로가 자살했다는 기사를 신문에서 읽고는 발 빠르게 먼로의 초상화를 그려서 이슈가 되었다.

그는 물론 상업성을 대표하는 화가로 알려져 있지만, 한번쯤은 그의 내면으로 들어가 들여다볼 만한 화가라고 생각한다. 그의 생애와 그가 살았던 시대를 대비하고 그 가운데서 그가 어떤 노력을 했는지, 진지하게 작가론적 성찰을 해야 마땅하다. 그는 팝아트라는 장르를 선보이며 대중미술과 순수미술의 경계 자체를 무너뜨렸다. 샤넬 No.5, 마릴린 먼로, 캠벨 수프 깡통, 코카콜라 병 등 당시의 상업성과 관련된 흔해빠진 제재들을 오브제로 삼아 예술로 승화시켰던 것이다.

이 혁신은 상업과 예술의 경계를 혁명적으로 바꾸어놓았는데, 그로부터 상업적인 미국 미술과 가치지향적인 유럽 미술이 두 갈래 길을 걷게 된다. 미술이란 우리가 생각하는 것보다 훨씬 더 다양하고, 어쩌면 우리가 알지 못하는 그 어떤 세계까지도 이미 발견하여 표현한 작가들이 있을지도 모르는, 경계가 불분명한 장르이기도 하다. 그렇기 때문에 미술을 둘러싼 비즈니스는 인간의 무한한 창조성을 지닌, 가장 가능성이 많은 영역일지도 모른다.

내가 보기에, 세기를 흔드는 현대미술 작가들은 규격화된 틀을 만들어 그 속에 가치와 철학을 부여함으로써 작품을 상품화하기도 한다. 이제 예술품은 더 이상 한 작가가 직접 헌신하지 않아도 되는 공장화, 분업화의 단계에 이르렀다. 결국 미술은 인간과 자연 속에서 나타나 삶의 감수성을 자극하는 유의 휴머니즘을 벗어난 자본주의적 예술로 변모하고 있는 것이다.

그럼에도 불구하고 예술이 가지고 있는 감수성이나 순수성, 그리고 인간의 감성을 환기할 수 있는 힘을 잃어버려서는 안 된다. 인상주의의 대표 화가인 모네는 대단한 사업가적 기질이 있어서 자신의 작품을 팔기 위해 집으로 컬렉터를 초대해 가든파티를 열고 작품을 소개하는 대단한 수완가였지만, 화가로서도 크게 노력했다. 눈앞에 보이는 것만이 아니라 알지 못하는 먼 나라의 문화를 내 것으로 만들고, 작품으로 완성시켜나가는 과정에서 부딪치는 여러 변화들을 두려워하지 않고 새로운 길을 개척해 나갔던 것이다.

내가 비엔날레를 기획하게 된 동기 또한 그런 것이었다. 작품으로 자신을 표현하며 넓은 세계에 도전해야 할 작가들이, 우리보다 적어도 한 발은 앞서간 프랑스의 문화를 몸으로 느끼고 체험해볼 수 있도록 해주는 것, 그래서 그들만의 새로운 세계를 재창조할 수 있는 작업으로 승화할 수 있는 기회를 제공하는 것이었다. 물론 그 과정은 분명 낯설 터였고 단 2주간의 경험으로 작품세계에 큰 변화가 있을 것이라 기대하기는 어렵다. 그렇지만 적어도 그러한 경험을 통해, 서서히 작품 안에 낯선 문화를 수용하고 더 먼 곳을 보며 작가의 상상력에 날개를 더할 수 있는 계기가 되기를 바랐다.

작가는 누구보다 시대를 뛰어넘어야 하며, 동시대인 가운데서 시대를 조명하는 관찰력과 그에 따른 상상력이 남달라야 한다. 앞서 지나간 작가들이 그러했던바, 그 과정에서 미술이라는 장르에도 변화와 그 흔적이 남게 된 것 아니던가. 지금 이 시대를 걷는 작가들이 더 긴장하지 않을 수 없는 까닭이다. 젊어서 고생은 사서도 한다던가. 그만큼 산 경험이 주는 지혜는 돈으로 환산할 수 없는 가치가 있다. 작가들에게 스토리가 없고 상상력이나 경험이 없다면 창의력에도 한계가 생긴다. 그만의 감수성을 지닌 작가로 거듭나기 위한 기본 전제일 것이다.

오슈 비엔날레를 하면서 나는 기획자로서 겪을 수 있는 마지막 느낌까지 맛보았다고 해도 과언이 아니다. 또한, 기획을 하는 자리는 참으로 외로운 자리라는 것도 비엔날레를 통해서 깨달았다. 나는 한다고 하고 최선을 다해 여기저기 뛰어다녀도 내 자리에 서보지 않은 사람은 내가 될 수 없는 법이니까. 게다가 상대는 각자 개성이 강한, 마흔 명에 가까운 작가들이 똘똘 뭉친 집단이었다. 그들 개개인의 입맛과 요구에 모두 맞춰줄 수는 없었다. 작가들은 작가들대로 기획자에게 불만이 생기고, 기획자는 기획자대로 내 이익을 떠나 뭔가 해보고자 했던 바람대로 되질 않으니 서로 갑갑한 상태였다.

그리하여 2주간의 모든 일정이 끝났다. 낯선 나라에서 입에 맞지도 않는 음식으로 버텨내며 고생하셨습니다, 라고 기획자로서 인사를 하는데 눈물이 마구 쏟아졌다.

"나는 작가의 입장인 여러분들과 똑같은 위치에 있는 한국 사람입니다."

우리. 같은 나라 사람으로, 그림이라는 한 배를 같이 탄 사람들.

함께 조금만 더 힘을 합쳤어도 더 좋았을, 안타까운 오해와 그에 따른 결과에 대한 아쉬움이었다.

그림이 팔리고 기획자가 작품 판매금의 단 몇 퍼센트도 요구하지 않고 전액을 작가들에게 주는 것을 안 뒤에야 겨우 미소 짓던 작가들. 비엔날레에 참가한 작가뿐 아니라, 이 시대의 작가들은 진정 자기 존엄성을 가지고 있는가? 이 척박한 미술계에서 살아남기 위해 그렇게까지 자신을 드러내야만 하는가? 물론 그 가운데 몇몇 작가들은 외로운 기획자를 달래주며 열심히 따라주었다. 그런 분들이 있었기에 길다면 긴 24시간의 하루를 15일간 내내 같이 먹고 자며 견딜 수 있었는지 모르겠다.

참 힘들었지만 보람은 있었고, 무엇보다 나 자신에게 혹독한 매를 댄 듯, 앞으로 다가설 내 인생에 시련을 막아줄 힘이 되었던 경험이었다. 남들 앞에 서는 게 어디 쉬운 일인가, 라고 스스로를 위로하면서.

그러한 외로움과 보람은 비엔날레처럼 큰 행사에서만 느끼는 것이 아니었다. 파리의 갤러리스트로서 일상적인 삶을 사는 가운데서도 소소하지만 깊은 울림으로 찾아오곤 했다. 어느 날 할머니 한 분이 갤러리에 찾아오셨다. 우리 갤러리를 계속해서 눈여겨보시던 할머니였는데, 드디어 용기를 내어 문을 열고 들어오신 것이었다. 혼자 사시는 그 할머니는 침실에 걸 그림을 하나 골라달라고 하셨다. 할머니는 내가 추천해드린 그림을 좋다고 하셨고, 세 번에 걸쳐 작품 값을 수표로 끊어주고 가셨다. 그리고 작품을 사 가신 지 한 달

만에 갤러리에 엽서가 한 장 도착했다.

> 크리스틴,
> 당신 덕분에 내 인생이 달라졌어요.
> 이제껏 나는 매일 아침 눈을 뜨며 오늘 또 하루가 시작되었구나, 긴 하루를 한숨으로 시작하며 맞았어요. 밤이면 내일이 나에게 있을까, 하는 두려움으로 눈을 감았어요.
> 그러나 당신이 추천해준 이 그림은 나에게 그림이 아닌 희망을 주더군요. 아침에 눈을 뜨면 환하게 웃으며 나를 바라보며 봉주르, 하고 맞아주고, 밤이 되어 눈을 감으면 본 뉘! 아 드 맹! 하고 저녁 인사를 하며 내일을 기약하며 기쁨으로 눈을 감게 해주더군요.
> 이런 희망을 나에게 안겨준 당신에게 정말 감사합니다. 나의 새 친구가 된 이 희망을 보고 싶을 땐 우리 집은 당신에게 언제나 열려 있답니다.
>
> 당신의 벗,
> 마담 소피 카조

예술은, 인간의 모든 행위가 그러한 것처럼, 덧없고 덧없고 덧없도다! 그러나 그 덧없음으로부터 비롯되었으나 인간을 영원함으로 끌어올리는 작업이 예술의 진정한 가치가 되어야 하지 않을까?

어공과 늘공 사이

    나도 90년대에 유학생활을 하면서 프랑스 정부의 도움을 꽤 많이 받았다. 집세보조금[3]과 함께 노동증[4]도 얻을 수 있었다. 따라서 국립대학에 다니던 나는 노동증으로 아르바이트를 하고 집세를 내면 집세의 절반은 나라에서 다시 돌려주는 방식으로 혜택을 받으며 공부했다. 그 고마운 마음이 있었기에 이후 갤러리를 운영하며 나라에 세금 내는 것에 대해서는 한동안 불만이 없었다. 나와 비슷한 외국학생 누군가를 내가 지원한다고 생각하면 뿌듯한 일이기도 했으니까.

    문제는 그 다음이었다. 지원이 너무 많다 보니 젊은이들이 3개월

---

3   Caisse d'Allocation Familiales에서 지급하며, 보통 '알로카시옹'이라 함.

4   Carte de Travail. 국립대학생에 한해 정해진 범위에서 아르바이트를 허용함.

일하다가 그만두고, 다시 정부 운영의 지원센터를 찾아가 6개월간 월급과 비슷한 금액의 지원금을 받으며 놀고 먹는다. 그 후 다시 짧게 3개월간 일하다가 또 싫으면 언제든 그만두고 다시 6개월간 공짜로 놀고 먹기를 반복한다. 수많은 사람들이 그렇게 악용하다 보니, 점차 혜택도 금액도 줄어든 상태이다. 집세보조금 역시 문제였다. 나는 멀쩡한 프랑스 중산층들이 살고 있는 건물에 들어가서 비싼 임대료를 내며 살고 있었다. 그런데, 이 건물에 오래 살았다는 이유로 임대료 상한제 및 알로카시옹과 가족수당 모두를 적용해 누구는 150유로 내고 살고 있고, 누구는 1,800유로까지 내고 살고 있으니 다른 이웃들은 불만이 없었을까?

이런 집은 대부분 자녀를 대여섯 명씩 낳아서 부모는 놀고 먹고, 방치된 아이들은 전쟁터처럼 밤낮으로 칼을 휘두르며 싸워서 자주 경찰들이 출동한다. 왜 그들은 애를 대여섯 명씩 낳았다는 이유로 수당을 다 받으며, 국가는 정작 아이들에게는 무책임한 그 부모들에게 동등하게 혜택을 줄까? 인구를 늘리는 것은 중요하지만, 얼마나 잘 키우는가도 출산 못지않게 중요하지 않은가? 그 아이들은 그런 부모 밑에서 커서 의무교육 기간이 끝나면 제멋대로 각자의 삶을 찾아간다.

자유, 평등, 박애. 참 좋은 말들이지만 그 속에 숨어 있는 곪아터진 정책들로 인해 점점 망해간 나라, 그 정책을 똑같이 우리나라에서 받아들인다? 왜 우리나라의 정책이 무조건 프랑스와 비교되어야 하는지 솔직히 나는 모르겠다. 프랑스에서 사업을 하며 세금을 내면서도 처음에는 좋은 마음이었으나, 차츰 생각이 달라졌다. 제도에

나의 경험 나의 비전

기생해 사는 저런 사람들을 위해 내가 세금을 내야 하나? 내가 혜택을 받은 만큼은 이미 다 냈으니 나도 세금 덜 내야지.

실제로 우리가 잘 아는 유명한 프랑스 배우들 중에도 세금 때문에 벨기에로, 영국으로, 미국으로 국적을 바꾼 사람들이 꽤 있다. 그 사람들은 유럽연합 안에서 그냥 국적만 바꾸고 돈만 벨기에 등 외국에 가져다 두고 자연스럽게 그냥 프랑스에 오가며 산다. 그런 모습이 과연 본보기일까?

최근 우리나라 학부모들에게 '프랑스식 교육법'이 인기가 있다고 한다. 그런데 그게 별다른가? 내가 경험해본 바로는 한국보다 조금 더 독립적으로 키운다는 것 외에는 우리나라의 교육법과 거의 비슷하다. 우리나라처럼 사람과 집집마다 교육방식이 조금 다르기도 하다. 원래 남의 떡이 더 커 보이고, 게다가 거창하게 뭔가 논리적으로 제시하면 다 멋있어 보이는 법이다. 나는 우리의 교육방식에 자부심을 갖고 소신있게 키우는 것이 중요하다고 본다. 고칠 점들이야 물론 여기저기 있지만, 우리의 교육방식은 세계 어디에 내놔도 뒤처지지 않는다.

자, 그럼 이제부터 한국식 교육법과 프랑스 교육법을 약간 비교해보고자 한다. 나는 프랑스에서 임신, 출산, 교육을 경험하며 프랑스 학부모들과 친밀하게 지내면서 아이를 사립학교까지 보냈던 경험이 있다. 프랑스식 교육법이 얼마나 좋은지 잘 판단해보기를 바란다.

식습관과 육아방식 문제에 대해 생각해보자. 프랑스 집안의 며느리로 있으면서 조금 의아했던 것 중 하나가 아이라고 더 챙겨주지 않는 점이었다. 프랑스는 아이와의 정서적 교감보다는 이성적 교육이 더 중요하며 그래야만 나눌 줄 아는 아이가 된다고 가르친다. 아이라고 음식을 하나 더 먹을 수 있는 특권은 없는 것이다. 그에 비해, 내 어린 시절을 떠올리면, 아버지와 마주한 밥상에서 아버지가 가시를 발라낸 생선살을 내 숟가락 위에 소복이 올려주시던 기억이 참 따뜻하게 남아 있다. 별로 양이 많지도 않았던 생선인데, 아버지가 먼저 수저를 내려놓으며 꼭 우리들 더 먹으라고 남겨주시던 기억은 지금도 나를 행복하게 만든다.

나는 내 아이에게 엄마의 따뜻한 정서가 더 필요하다고 생각했고, 아이를 더 챙겨주는 교육법을 택했다. 아무래도 정서적인 면을 더 중시하는 방법은 아이들을 더 품고 키우는 편이다. 독립심을 키워주기 위해 너무 어릴 때부터 부모와 떨어져 혼자 자기 방에서 키우는 방식은 조심스럽게 생각한다. 형제자매도 없이 홀로 크는 아이들이 점점 더 많아지는데, 이미 외로운 아이들을 너무 빨리 밀어내는 것은 아이들 정서에 큰 도움이 안 된다. 물론 아이 각자의 성향도 중요하겠지만, 품고 키우는 한국식 정서적 육아법이 훨씬 인간적이고 긍정적인 면이 많다고 생각한다.

이처럼 프랑스와 우리나라는 문화가 서로 다른 부분이 많을뿐더러 우리가 비교우위에 있는 장점들도 꽤 있다. 이제는 자기발견을 적극적으로 해석하고 그것을 바탕으로 우리의 문화경쟁력을 확보해나가는 것이 바람직하다. 우리에게는 우리 상황과 현실에 맞는 정책이 있어야 한다. 나이브한 아이디어들을 정책에 반영하기 위해 누군가 머릿속에서 고민하고 있으리라 기대해도 좋을까? 프랑스가 오늘날의 문화강국이 된 데는 앙드레 말로, 자크 랑과 같은 훌륭한 지도자들의 혁신적인 정책이 있었기 때문이다. 우리도 그처럼 성공하려면 올바른 비전과 방향을 설정하고 면밀하게 전략을 잘 세워야 함은 물론이다.

프랑스에서는 큰 미술관의 관장이라도 일반 시민의 타당한 요청이 있으면 기꺼이 시간을 내서 만난다. 미술관장은 언제나 미술관을 지키는 사람이다. 다른 눈치를 볼 필요가 없고, 오로지 미술관 운영의 결과로 평가받으면 그만이기 때문이다. 언제 날아갈지 모르는 자리라면 그럴 수 있겠나. 거의 평생직장이라 가능한 일이다. 퐁피두센터의 디렉터가 바뀌는 것은 아직 본 적이 없다. 루브르미술관이나 기메박물관 같은 기관들도 마찬가지다. 나이가 들어 프랑스에 가도 여전히 같은 자리에서 10여 년 전에 본 직원들을 만날 수 있는 이유도 바로 여기에 있다.

나는 파리8대학 입학시험의 성적이 좋지 않았다. 도대체 내가 어느 부분에서 잘못을 했는지 이유를 알아야 할 것 같아서 교수님을 찾아갔다. 교수님은 개별 구술시험을 통해 학과장의 권한으로 합격 서명을 해주었고, 나는 입학할 수 있었다. 우리나라에서 그런 식으로 학생을 합격시켜주는 교수가 있다면 아마도 교수직 박탈까지 갔을지 모른다. 교수는 예비 사회인을 제대로 지도하는 사람이다. 그러면 지도자들이 앞장서 존중의 태도를 보이는 것이 맞다.

독일이나 프랑스의 정책을 받아들이려면 사회의 기본구조부터 바꾸어야 한다. 프랑스에서 내가 살던 바로 옆집에 구청장이 살았는데, 우리는 서로 자주 인사하는 보통의 이웃이었다. 그는 아침이면 평범하게 일반인과 똑같이 일터로 가는 직장인이었다. 유명한 미술관장들도 똑같이 평범한 시민들 중 한 사람이었고 그들은 각자의 임무를 충실히 하는 시민들 가운데 한 사람이었다.

나는 행정적 권한을 대부분 쥐고 있는 '늘공'(정년보장 직업공무원을 가리켜 '늘 공무원'이라는 뜻으로 이름) 틈에서 문화예술현장부서장인 전문직 '어공'(임기제 전문직이나 정무직은 '어쩌다 공무원'이라고 해서 그렇게 이름)으로 보낸 경험이 있다. 언론으로부터 "콘크리트 도심 속에 꽃처럼 피어난 문화예술공간"이라는 찬사와 함께 주목을 받는 공간이 J아트센터였다.

서울의 구립미술관 중 하나로 운영되었던 J아트센터는 2017년 5월 16일 재개관하였는데, 기존의 미술관 이미지를 깨고 새로운 도전을 한 것으로 평가받았다. 미술관 하면 흔히 시내에서 조금 떨어진 곳, 또는 언덕 위나 녹지공간에 위치해 있어서 관심 있는 사람들만 찾는 공간으로 인식한다. 그러나 사람들이 가장 많이 오가는 전철역 옆 쇼핑센터가 들어선 주상복합건물의 지하공간이, 어떻게 백화점에 딸린 갤러리 같은 곳이 아니라 정식의 아트센터로 탄생될 수 있었을까?

J아트센터는 드물게 도심 한가운데 있는 지하문화예술공간으로 재탄생하였다. 미술관으로 성공한 기존 사례들을 보면, 처음부터 건물이 미술관으로 설계되었거나 대대적인 개조작업 끝에 미술관의 기능에 최적화된 경우가 대부분이다. 그와 비교하면, 미술관으로 설계되지도 않았고 대부분의 공간을 다른 용도로 쓰고 있는 상태의 건물 중 일부를 문화예술공간으로 재탄생시키기란 결코 쉬운 일은 아

나의 경험 나의 비전

니었다. 미술관이라는 관점에서 볼 때 분명 드러날 수밖에 없는 그 건물의 단점을 장점으로 승화한다는 것은 몇 배의 고민이 필요한 작업이었다.

당시 그 지역은 낙후된 곳이라는 이미지를 깨고자 하였다. 전철역에 바로 인접한 아트센터, 쇼핑센터와 연결된 아트센터. J아트센터는 바로 그렇게 문화예술공간으로서는 약점일 수도 있는 공간적 요소들을 오히려 강점으로 승화시키고자 한 것이었다. 차디찬 콘크리트 건물의 지하공간에 문화예술의 옷을 입혀 새롭게 재탄생시킴으로써, "콘크리트 도심 속에 꽃처럼 피어난 문화예술공간"으로 도약하도록 하였다.

기존의 'J아트갤러리'는 지역의 문화예술 관련 협회나 단체 등 특정 분야에 있는 사람들이 대관 절차를 거치면 누구든 전시를 할 수 있는 비전문적인 공간이었다. 'J아트센터'라는 새로운 이름으로 개관하며 시각예술장르 본연의 전시와 더불어 지역의 아동, 청소년, 주부들을 대상으로 한 강연, 미술 해설 등의 사업들을 운영한 바 있다. 지역민들에게는 '우리 동네'가 잠만 자는 곳이 아니라 좋은 전시와 공연을 볼 수 있고 다른 곳에 자랑할 수도 있는 곳이 되었던 것이다. 어릴 적부터 미술관을 찾고 문화예술을 가까이 접함으로써 정서를 함양하는 유럽처럼, J구민들도 '우리 지역'에서 그런 경험을 할 때가 된 것은 틀림없었다.

나는 J아트센터의 초대 관장으로서 약 20년간의 프랑스 유학 및 비즈니스 경험을 살리고 국내 원로화가들은 물론 프랑스의 세계적인 대가들과의 네트워크를 동원하여 직무를 수행하였다. 문화예술

마인드가 있는 당시 구청장에게 지역미술관의 비전을 설득하고, 리모델링 설계에도 직접 참여하며 공간을 구성했다. 개인 화랑으로는 하지 못했던 의미 있고 좋은 전시들을 마음껏 기획할 수 있는 기회였다. 그런 맥락에서 보람 있었던 일 가운데 하나가 요절한 지역작가의 작품성을 재평가하고 그의 작품세계를 재조명한 전시였다. 지역미술관의 존재 의미를 단적으로 보여주며 지역작가들은 물론 지역민들에게도 정체성과 자부심을 심어주는 역할을 했기 때문이다.

이대로 괜찮은가요?

세계 최강 예술의 나라 프랑스에서 '파리지기'로 살면서 내가 배운 것은 물론 많다. 그중 가장 큰 하나는 두말할 것 없이 우리 한국 사람들이 지닌 예술적 재능의 가능성을 알게 되었다는 점이다. 각국에서 내로라하는 미술학도들이 몰려드는 파리에서도 한국인들의 작품은 돋보였다. 유학 초기, 마레 지역 한가운데의 유명한 갤러리들에서 고영훈 선생님이나 오수환 선생님 등의 작품들을 전시되어 있는 모습을 창 너머로 보곤 했다. 그때 그 뿌듯함이란 이루 말할 수 없었고, 기쁘고 자랑스러웠다.

일찍이 프랑스를 이끄는 LVMH[5]의 대표인 베르나르 아르노(Ber-

---

5 프랑스에 본사를 두고 있는 다국적 기업으로, 루이비통(Louis Vuitton)과 모엣 헤네시(Moët Hennessy)의 합명으로 이루어졌다. 모엣 헤네시는 샴페인 회사 모엣과 코냑 제조사 헤네시가 합병한 것이며, 프랑스를 대표하는 샴페인 모

nard Arnault)와 프랑수아 피노(François Pinault)는 한국인의 예술성을 이미 오래전에 알아본 컬렉터들이다. 특히 프랑수아 피노는 유명한 아트컬렉터로 알려져 있는데, 그를 둘러싼 수많은 컬렉터들은 그가 어떤 작품들을 수집하는지 언제나 관심을 갖고 주시한다. 그의 날카로운 눈과 판단력을 믿으며 그의 선택에 자신도 약간의 도움을 받을 수 있을 거라고 기대하기 때문이다. 프랑수아 피노는 기업인을 넘어서 이제는 그의 수준 높은 안목을 국가에서 적극 지지함으로써 그가 가지고 있는 컬렉션을 가지고 파리의 한가운데에 미술관을 오픈할 계획에 이른다. 프랑스가 여전히 문화강국으로 불릴 수밖에 없는 이유 중 하나가 바로 이것이다. 곳곳에 이러한 멋진 생각들을 하고 있는 사람들이 있고, 국가는 이런 사람들이 더 왕성하게 활동할 수 있도록 지원을 아끼지 않는다.

국내 컬렉터들이 미술품을 비자금 조성과 자금 세탁 용도로 소리소문없이 창고에 넣고 잠가버리는 일들이 언론을 통하여 많이 알려졌다. 자본주의 사회에서 예술품은 다른 명품들과는 달리 강한 소유욕의 대상이 되는데, 그것은 예술품이 세상에 단 하나뿐이라는 유일성을 지니고 있어 명품과는 차원이 다른 내적 감동을 주기 때문이다. 그런데, 부의 축적은 절대로 혼자서 이룰 수 없고 그런 면에서 일정 수준 이상의 부는 공공적 성격을 지니게 된다. 해외의 유명한 컬렉터들처럼 그에 상응하는 사회적 환원으로 공공적인 공간으로

엣샹동(Moët & Chandon)이 유명하다.

발전시키는 일이 바람직하며, 그것은 세월이 흘러도 영원히 기억될 것이다.

페기 구겐하임(Peggy Guggenheim), 폴 게티(Paul Getty)는 물론 프랑스의 베르나르 아르노나 프랑수아 피노와 같은 대표적인 컬렉터들과 그들의 컬렉션이 사회에 환원하는 모습을 눈여겨보아야 한다. 페기 구겐하임이나 폴 게티 등 시대를 앞서갔던 현대의 대표적인 컬렉터들의 행적과 우리나라 컬렉터들의 움직임은 무척 대조적이다. 양자 사이에는 국가라는 절대적인 힘이 그들의 컬렉션을 어떻게 더 빛날 수 있도록 돕고 있는가의 차이가 있다.

미국이나 프랑스의 공공미술관은 우리의 국립, 시립 급과 함께 더 작은 단위의 지역(Municipale) 미술관들이 있고 지역주민들이 자유롭게 예술을 감상하며 활동할 수 있는 공간으로 아트센터도 있다. 구겐하임미술관의 경우는 구겐하임의 정신을 반영하여 지역의 어린이들이 미술장르에 더 관심을 갖고 경험할 수 있도록 어린이 그림대회 등을 적극 지원하며 주도면밀하게 운영하고 있다. 그러나 국내의 경우는 어느 동네에 공공미술관이 생기면 밥그릇 싸움으로 번져 지역 작가들과 미술관 사이에 소동이 끊이지 않는다. 전시에 대한 평가는 그렇다 치고, 공간의 용도를 어떻게 하라는 등 자기 영역을 넘어서는 부분까지 지나치게 요구한다. 행정에 대해서는 그리 간섭이 심하던 관이 이번에는 지역 민원이라고 눈치를 보며 중심을 잡지 못하는 구조 때문이다.

그렇다면 프랑스의 컬렉터들이 얼마나 체계적으로 컬렉션 관리를 잘하려고 하는지 살펴 볼 필요가 있다. 프랑수아 피노의 경우, 그의 컬렉션은 골동품상인 그의 두 번째 부인으로부터 시작되었다. 첫 컬렉션 작품인 폴 세르지에(Paul Serusier) 컬렉션을 시작으로 오늘날에 이르기까지 약 5,000점에 이른다. 유럽을 대표하는 유명한 컬렉터인 만큼, 이탈리아의 그라시 궁전(Palazzo Grassi)[6]에서 첫 번째 피노 컬렉션 전시를 한 바 있다. 1년 뒤 베네치아 시의회에서는 푼타 델라 도가나(Punta della Dogana)[7]를 피노에게 낙찰하여 그라시 궁전에 피노 컬렉션 공간을 마련하고, 이어 폐허가 된 야외극장인 테아트리오니(Teatrioni)을 복원한 문화 프로젝트가 시작되었다.

파리에서는 뒤늦게 2016년에 마레 지역 가까이에 위치한 증권거래소(Bourse de Commerce)를 새로운 피노 컬렉션 브랜드의 현대미술관으로 전환하겠다는 계획을 발표했다. 2020년 9월에 개관할 계획이었으나, 코로나바이러스 사태 때문에 2021년 1월 23일로 연기한 뒤 또다시 연기하였다. 그의 한국 작품 컬렉션을 보면 도자기와 같은 고미술품과 소품들로부터 시작하여 서서히 한국 현대작가들의 작품들로 확대되었다. 그가 한국 작품을 수집하기 시작하자 주변의 컬렉터들이 따라 움직임으로써 프랑스에서 점차 한국 작가들의 작품이 주목을 받고 있다.

프랑수아 피노가 초기에 한국 작품에 눈을 돌리기 시작했을 무렵 국립현대미술관과 서울시립미술관의 거절로 무산되었던 전시기획

---

6 베네치아의 대운하에 소재한 궁전.

7 베네치아의 대운하에 소재한 미술관.

은 지금 생각해도 너무나 안타까운 일이 아닐 수 없다. 그간 여러 차례 제기해왔던 문제들, 바로 공무원들의 행정 갑질 마인드와 공공 미술관의 횡포가 겹쳐진 것이라고밖에는 설명할 길이 없다. 몇 년의 임기 동안 위의 눈치만 보며 아래로는 군림하려는 사람에게는 결코 자신의 권위가 훼손되어서는 안 되었을 것이다. 운영성과로 평가받을 일도 없는데, 생색도 안 나는 귀찮은 일은 해서 뭐 하겠나.

늘공들 사이에서는 이런 말이 있다고 한다. '아무 일도 하지 않으면 아무 일도 생기지 않는다.' 기존에 해왔던 일만 잘 유지하면 승진에는 아무런 지장이 없으니 새로운 일을 벌여서 괜히 긁어 부스럼을 만들지 말라는 뜻으로 하는 말이라고 한다. 따라서 나같이 전문직 어공이 들어오는 순간 어떻게 해서든 보고하지 않고 과장 선에서 커트해버리는 것이 가장 깨끗하다나. 실제로 내가 창의적인 일들을 추진하다가 커트돼버린 내 아이디어를 몇 건 모아서, 그것을 살리려고 국장님을 찾아가야만 했던 경우가 한두 번이 아니다. 현장을 알기에 이왕 주어진 예산을 가장 합리적으로 아껴서 사용하고 싶은 전문직 공무원과, 기존에 일해온 리듬에 따라서 결재하기 가장 쉽고 일하기도 쉬운 업체와 진행하고자 하는 일반직 공무원. 둘 사이의 갭은 상당히 컸다.

아트센터 공사를 진행하면서, 나는 나무계단 견적을 내기 위해 일일이 업체들에 전화해서 비교하고, 가장 저렴하고 퀄리티 높은 제품을 제작하는 장인에게 부탁했다. 그런데 실무 처리 과정에서 실무 책임자가 업체와 전화해서 "이게 말이 되는 가격이냐! 너무 싸다. 그러니 예산을 올려서 보내라."고 했고, 업체에서는 실무에서 원하는 가격으로 올려서 보냈다고 한다. 그랬더니 이번에는 이 예산은 안 된다며 거절했다는 것이다. 물론 이미 몇 차례 견적이 오간 후였다. 기껏 없는 예산을 업체에 부탁해서 깎아놓았는데, 실제로는 구에서 늘 거래하던 업체에 맡겨 두세 배가량 비싼 가격으로 형편없이 제작 되고 말았다.

그런 일을 말하자면 한도 끝도 없을 것이다. 연말이 되면 멀쩡한 도로를 전부 파헤치는 공사현장을 쉽게 볼 수 있는 것부터 말이다. 미집행 예산이 생기면 그 다음 해로 이월되는 것이 아니라 그만큼 삭감되므로 어떤 일을 벌여서라도 예산을 소진해버리는 일은 공무 원들 사이의 관행이라고 한다. 또 그런 관행에 슬쩍 편승하여 퍼주 기를 하는 것일 수도 있다. 국가를 한 가정에 비한다면, 멀쩡한 집을 부수어 올해 쓸 돈이라고 해서 다 쓰고야 마는 집이 과연 몇 있을까 싶다.

지나간 기회에 연연하는 것은 미래를 향해 가는 사람들에게는 별 로 도움이 안 된다. 다른 이야기를 해보자. 불과 10여 년 전까지만 해도 유럽에서 '한국 출신'이라고 하면 '남한, 아니면 북한?' 하고 물 었다. 심지어 우리들의 생각도 비슷했다. 동남아 처녀들과 한국 시 골 노총각의 국제결혼이 오로지 대를 잇기 위한 '짝짓기'에 의미가 있다는 그 무지막지하고 비합리적인 생각도 우리 시대의 산물인 것 이다. 젊은 동남아 여자는 당연히 사랑을 바랐을 것이건만, 대를 잇 는 씨받이 취급밖에 못 받았다.

세상은 바뀌었다. 국제커플 자체가 늘고 있고, 거기에는 동남아 처녀와 시골 노총각 커플만 있는 게 아니다. 한동안 서양 남성과 한국 여성 커플이 늘어나다가, 불과 몇 년 사이에 서양 여성과 한국 남성이 결혼하는 사례도 상당히 많아졌다.[8] 게다가 유튜브 채널을 봐도, 과거에는 백인들에게 한국에 대해 물을라치면 '뭐, 한마디 해주지' 하는 태도였는데, 요즘은 '나 한국에 대해 이거 아는데 봐줄래?' 하는 모습이 많다. 유튜브 크리에이터들이 대부분 '국뽕'을 웃기다고 생각하는 세대여서 인터뷰가 조작되었다고 생각하지는 않는다.

아무튼 최근 몇 년 사이에 한국에 대한 인식이 급속도로 바뀐 것은 틀림없다. 한국의 아이돌 그룹인 BTS가 미국뿐 아니라 프랑스의 최고 디스크상을 받기도 하고 빌보드차트 1위에 오르기도 한다. 또 최근에는 '이날치밴드+앰비규어스댄스컴퍼니'의 〈범 내려온다〉 영상이 5억 뷰를 돌파하며 스페인 세비야에서 열린 '관광혁신 서밋'에서 디지털캠페인 부문 관광혁신상을 수상했다. 이처럼 한류의 열풍은 식을 줄을 모른다.

한국 유학생들이 외국인 친구들에게 한국식 이름을 지어주는 것이 유행일 정도이다. '알렉스'라는 남학생은 '안상수'라는 이름을 받고 '자스민'이라는 여학생은 '장수민'이라는 이름을 받는 식이다. 각국의 대학에서 한국어 코스가 인기를 얻고, 대중문화 수준을 넘어서

---

8 2013년까지만 해도 국제커플 25,963건 중 외국 여성과 결혼한 경우가 70%, 외국 남성과 결혼한 경우가 30%였다. 출신국은 중국, 베트남, 필리핀, 일본 순이고 중국과 베트남이 60%를 차지했다. 그러던 것이 불과 5~6년 사이에 큰 변동이 생겼다.

는 한국학과 전공수업의 정원이 꽉 차는 곳도 많아졌다. 이렇게 세상은 바뀌면서 우리의 위상이 점점 조금씩 자리를 얻고 있는 시대가 온 것이다.

이제 우리는 세계의 변방이 아니다. 세계화는 점점 더, 과거와는 분명 다르게 우리가 주목과 관심의 대상이 되는 방향으로 진행되고 있다. 이제 한국은 더 이상 '작은 나라'라고만 생각하지 않게 되었다. 참으로 격세지감이 느껴지지 않을 수 없다.

한국인의 예술성을 세계에서 인정하고 있는 지금 이 시기에 가장 중요한 것은 무엇일까? 그 무엇보다 시급한 것이 바로 '전략'이다. 지금이야말로 세계 시장에 우리의 예술을 알릴 수 있는 기회가 왔고, 우리만의 전략이 필요한 시기가 왔다. 미술의 경우, 프랑스 파리에는 루브르미술관을 비롯해 오랑주리미술관, 퐁피두센터가 있고 영국 런던에는 대영박물관을 비롯해 내셔널갤러리, 테이트모던, 자연사박물관 등에 우리나라와는 비교도 안 되도록 엄청난 양의 유물과 작품이 가득하다. 유물이라고는 다 빼앗겨 보여줄 것도 별로 없고, 그들만큼 잘 보존하지도 못한 불행한 역사를 가진 우리가 그들과 똑같은 전략을 쓴다면 어떻게 승리할 수 있겠는가?

내가 파리를 떠나올 무렵에는 영화면 영화, 노래면 노래 등 한국 문화가 막 알려지기 시작하던 때였다. 싸이의 〈강남 스타일〉이 일궈낸 또 하나의 한국 붐이 그 사례이며, 내가 말하는 '가능성'이란 바로 그런 현상과도 연관된다. 한국인의 끼는 각별하다. 세계 어느 나라가 우리 민족처럼 정도 많고 흥도 많은가? 신바람, 신명풀이가 문화유전자로 등록되어 있는 민족이다. 게다가 신이 나면 어깨춤 덩실 덩실 추던 그 어깨 너머로 쓱 보고도 뚝딱 뭔가 만들어낼 줄 아는 재주와 감각도 있고, 문화선진국의 전문가들도 감탄하는 섬세한 재능과 디테일한 예술적 취향도 있다. 문화예술의 시대를 맞은 오늘날, 우리가 먹거리로 삼을 수 있고 상품화할 수 있는 바탕들이 다 갖추어진 유전자들이다. 선진이 선진이고 후진이 후진이면 역사는 바뀌지 않는다. 선진이 후진 되고 후진이 선진 될 때 시대가 바뀌고 새로운 역사가 시작되는 법이다. 우리 앞에 그런 전환점이 놓여 있다.

글로벌화의 길

우리나라 미술시장이 세계 미술 유통 시장의 반열에 오를 수 있는 첫걸음은 무엇일까. 오로지 한 가지밖에 없다고 본다. 파리를 다녀온 관광객들에게 물어보고 확인할 수도 있다.

"방금, 루브르미술관에서 나오셨지요? 어떤 작품이 가장 기억나세요?"

한국 사람, 중국 사람, 일본 사람, 심지어는 EU 내에서 루브르미술관에 온 사람들의 목적은 거의 똑같다. 단 하나 〈모나리자〉. 그것을 실제로 봤느냐 못 봤느냐가 중요한 것이다. 실제로 루브르미술관 입구에서 사람들이 하나같이 바쁜 걸음으로 이동하는 동선을 한 번 따라가보라. 그들은 주변에 어떤 작품들이 걸려 있는지 살피기보다 모나리자가 어느 방에 걸려 있느냐만 생각하며 앞으로 전진한다. 그리고 〈모나리자〉 앞에서 찰칵 인증사진을 찍고는 다시 되돌아오는 사람들이 70퍼센트는 될 것이다. 그런 그들에게 무엇을 봤느냐고 물어본들 답은 뻔하다. 그들은 그 수많은 유물들이 전시되어 있고, 한 동네 크기만큼이나 규모가 큰 루브르미술관에서 본 것이라고는 〈모나리자〉가 전부일 것이며 가장 생각나는 작품은 당연히 〈모나리자〉일 것이다.

이제 생각을 바꿔보자. 그들을 바꿀 수 있는 우리나라만의 전략은 무엇일까? 미술계를 중심으로 우리 사회 전체가 뭉쳐야만 하는 시기가 온 것이다. 우선 작가들 스스로가 단결해야 하고, 제대로 된 갤러리를 선별해야 한다. 그리고 그렇게 선별된 갤러리에 대해서는 국가 차원에서 지원해야 한다. 화랑 한두 곳을 선별해서 그들이 지원하는 작가들의 작품들을 국가에서 소장하는, 이른바 '선택과 집중'의 방식이다.[9] 작가들 가운데 스타작가가 나오는 것처럼 갤러리도 그렇게 갈 수밖에 없다. 일부 부작용이 있더라도 예술인들을 능력과 인품 양면에서 믿고 맡기되, 프랑스처럼 행정직-예술가-민간인이 함께 풀어나가면 된다. 국가대표 선수가 된 갤러리도 미술 생태계의 선순환구조를 만드는 데 앞장설 의무가 있음은 물론이다.

지금까지 우리나라는 '시범국가'라는 불명예스런 딱지를 안고 있었다. 미국의 프랜차이즈 커피숍이 한국에서 마지막으로 던져보고

---

9 이에 대해서는 '엠마뉴엘 페로탕(Emmanuel Perrotin) 갤러리'를 예로 들 수 있다. 최근 평론가 몇 분과 사적인 자리에서 나눈 대화를 간단히 전하면, 국립현대미술관이나 서울시립미술관에 소장작품 심사를 가면 언제나 거의 90퍼센트는 모 갤러리 소속 작가들이더라는 것, 그리고 어차피 후보 중 누구를 뽑더라도 그 갤러리의 소속 작가들이니 결국은 그 갤러리가 돈을 버는 구조로 되어 있더라는 것이다.

그래도 안 되면 문을 닫기로 했는데, 그게 우리나라에서 대박을 쳤다. 그리고 그 여세를 몰아 전 세계에 지점을 내며 호황을 누린다. 프랜차이즈 패밀리 레스토랑들 또한 우리나라에서 크게 성공해서 다시 회복하는 경우가 많다. 그만큼 새로 나온 것, 물건 사는 것에 반응이 빠른 사람들이 한국인이라는 분석이다.

세계의 미술시장에 내세울 우리나라만의 신개념 아트마케팅 전략을 위해서는 미술관에 걸려 있는 작품들을 대상으로 한 체계적인 미술사적 연구가 필요하다. 또한 20세기 작품들을 이미 많은 컬렉터들이 수집했다면, 이제는 더 미래지향적인 작품들을 소장할 수 있는 시기로 만들어야 한다. 세계의 유명 미술관에서 이미 널리 알려진 작품들을 보며 그 시대를 상상했다면, 비디오아트라는 새로운 개념으로 세계 미술시장을 한 걸음 더 나아가게 한 백남준의 나라인 우리 한국에서는 계속해서 앞서가는 예술의 이미지로 각인시킬 전략을 쓰는 것도 좋은 방법이다.

대중문화이기는 하지만 K-팝, K-드라마 등 한류가 대단한 열풍을 일으키고 있는 만큼, 우리가 다방면으로 예술적 감각이 뛰어난 민족임은 이미 세계에 알린 셈이다. 그들에게 조상이 남겨놓은 역사적 유물과 예술작품이 있다면, 우리나라는 미래를 이끌어갈 새로운 감수성을 불러일으키는 재미나고 기발하고 감동적인 젊은 아티스트들의 나라로 이미지화 전략을 펼 수 있을 것이다.

젊은이들이 삼삼오오 모여 그들만의 왕국을 만들 수 있도록 관에서 지원할 수 있는 정책을 만든다고 상상해보자. 전국 곳곳에 버려진 집들, 싼 건물들을 찾아 그들만의 왕국으로 꾸며보도록 부추기

나의 경험 나의 비전

자. 순수미술과 상업미술이라는 일반적인 개념들은 모두 던져버리고 오로지 예술가의 놀이터 내지는 예술가의 왕국으로 만드는 것이다. 예술가들의 작품을 통해 관객들은 이 작가는 어떤 생각과 느낌으로 이런 작업을 했구나 하고 자연스레 느끼게 되며, 또한 예술가들로부터 그들의 이야기를 듣는 시간도 함께할 수 있다. 그리고 그곳을 나올 때에는 그냥 빈손으로 나오지 않을 수 있도록 예술가가 만들어 놓은 자신을 닮은 아트상품 하나쯤 가볍게 살 수도 있다.

현재 우리나라 20대들의 문화는 무엇일까. 인스타그램, 페이스북 등에서 유명한 카페나 뷰가 좋은 포토존이 주목을 끌면 너도 나도 그곳에 다녀왔다는 똑같은 사진들로 SNS 공간이 채워진다. 모두 다녀온 그곳을 안 가면 마치 시대에 뒤떨어진 듯한 느낌도 들고, 먼저 다녀온 발빠른 사람들은 그만큼 팔로워 수가 많은 첨단 인플루언서가 되는 것이다.

그러나 가만히 생각해보면 그들이 노는(?) 공간들은 그 세대의 안목으로 만들어진 곳이 아니라, 아이러니하게도 70년대생들의 아이디어가 대부분이다. 현재 우리나라의 '문화 갑 세대'는 바로 이 세대라 해도 과언이 아니다. 소비층도 70년 세대가 장악하고 있지만, 만들어내는 공간도 역시 이들의 작품이 대부분이다. 70년대생들은 현재의 문화교육에 비하면 혜택받은 세대이고, 그러한 혜택의 결과를 지금 발휘하고 있는 것이다. 70년대 세대는 가곡이나 클래식, 칸초네 등 다양한 음악 장르도 배웠다. 봄이 오면 "꽃피는 봄 사월 돌아오면" 같은 가사가 떠오르고, 가을이 되면 "기러기 울어 예는 하늘

구만 리"처럼 가을에 관련된 노래를 흥얼거리기도 한다. 그처럼 교육을 통해 충분히 감수성을 체험했기 때문에 그 결과가 지금 나타나고 있는 것이다.

현재 젊은 층에 그들만의 문화가 없는 이유는 바로 그들의 문화적 소양이 부재하기 때문이다. 곧, 거슬러 올라가면 우리나라 문화교육의 부재가 현실화하고 있는 과정을 확인하는 셈이다. 오늘날 이 시대의 20대들에게는 그러한 감수성을 채울 만한 기회조차 주어지지 않았던 것이다.

그렇다면, 이제라도 우리나라의 미래를 이끌고 갈 청년들에게 기회를 주어야 한다. 맘껏 그들이 그들만의 꿈을 펼치며, 오로지 순수하게 그들만의 아이디어로 미래를 맞이할 준비를 하도록 젊은이들만의 놀이터를 만들어주자. 다만, 현재 우리나라의 지원정책이 미흡한 터라 좀 더 신중하게 전문가들을 투입해 제대로 된 지원정책을 마련하는 것이 시급하다. 너무 지나치지도 너무 모자라지도 않게 누군가에게 꼭 필요한 지원이 무엇인지 적극 검토해야 하며, 대충 시범사례로 국가지원금을 낭비하는 일은 걸러내는 것이 바로 전문가들의 몫이다.

현재 청년들이나 예술가들에게 제공되는 지원금이 때로는 독약이 되고 있다는 사실을 정부에서는 모를 것이다. 잘못된 정부지원금은 때로는 미래를 차근차근 준비하는 단계의 청년들에게 '돈맛'을 너무 많이 보여주어 진지함을 잃도록 하는 경우가 의외로 많다. 반대로 정말 단돈 10만 원이 없어 꼭 사고 싶은 재료를 사지 못하는 예술가도 많다. 모 재단의 청년예술가정책지원금은 연간 지원액이 대단한데 몇몇 작가들에게만 편중되다 보니, 이미 혜택을 받은 청년예술가들은 그보다 적은 액수의 지원금은 아예 거들떠보지도 않는다. 더 심각한 것은 늘 지원받던 사람이 계속 지원받을 수 있는 시스템이다. 심사방식은 물론 '대충대충'의 지원정책 전체가 결과적으로 예산은 예산대로 낭비하고도 성과는 없을 수밖에 없는 구조적 문제를 가져왔다.

흥과 끼, 그리고 감수성이 풍부한 우리 민족에게 이 시대에 가장 중요한 자원은 바로 인적 자원이다. 전 세계에서 독보적인 예술적 감수성과 우리만의 끼를 세계무대에 올려 경제적 가치로 성장시켜야 한다. 훌륭한 부모는 아이가 가장 잘하는 것을 통해 수익을 얻을 수 있을 때 가장 행복하고 가치 있게 사는 것이라고 조언할 것이다. 뛰어나게 지능이 높은 아이는 그 아이대로 세밀하게 분석하고 연구하여 세상에 이바지하도록 이끌어주는 것이 맞으며, 또 다른 특기를 가진 아이에게는 또 그 아이가 가장 잘하는 것을 할 수 있도록 바탕을 만들어주는 것이 바람직하다.

이미 오래전부터 유럽에서는 그렇게 해왔지만, 여전히 우리나라는 그러한 합리적인 교육방식에 뒤처져 있다. 이런 현실에서도 세계적으로 돋보이는 예술성을 가진 인재들이 발굴되는 것을 보면, 국가는 더 이상 훌륭한 아티스트들을 육성하는 일을 늦춰서는 안 될 것이다. 그리하여, 세계에 한국을 알리고 한국예술을 홍보하며, 세계인들이 꼭 한 번 방문해보고 싶어지는 관광문화를 만들어야 한다. 동시에 다른 문화를 존중하되 우리 문화에 자부심을 갖고 공동체적

단결을 유지할 수 있도록 우리나라만의 아름다운 방식을 찾는 데 모두 기여해야 한다.

해외에 나가서 살면 모두 애국자가 된다고 했다. 나 역시 예외일 수는 없다. 파리에서 18년간을 살면서 너무나 열심히 살았고 꿈도 컸다. 그러나 당시 파리 시장인 베트랑은 자국 화랑을 성장시키기 위해 마레 지역의 모든 갤러리스트들을 들러리로 만들었다. 축제 기간 동안 화랑들이 야간개장을 하는 '하얀밤(Nuit Blanche)' 프로그램은 이름은 그럴싸하지만 실제 수익에는 전혀 도움이 되지 않았다. 그 가운데 유일하게 관에서 작정하고 돕기로 한 화랑 한 군데에서 프랑스 정부, 파리시 등 모두 어마어마한 작품들을 구입했다. 또한, 그 화랑 역시 해외 아트페어를 통해 자국 아티스트들을 지원했다. 참 얄밉게도 정부, 기업, 컬렉터가 각자의 전략을 기가 막히게 소화해내는 것을 보며 많이 부러웠고 당장 내 조국으로 돌아가야지 하는 결심도 동시에 생겼다. 국력이 든든해야 그 속에 살고 있는 국민들도 더 당당하고 자랑스럽게 살아갈 수 있는 것이다.

나는 이 책을 통하여 젊은 청년들에게 말하고 싶다. '나는 돈이 없으니까 유학은 불가능할 거야.' '나는 머리가 안 좋아서.' '나는 부모를 잘못 만나서.' 이게 다 당신의 자신감 부족 혹은 게으름을 용서받기 위한 핑계들이다. 그렇게 핑곗거리만 만들려고 하지 말고, 박차고 나가라. 단돈 100만 원과 비행기 값이면 어디든 가서 무엇이든 시작하기에 충분하다.

언제부턴가 우리 일상에서 아주 흔하게 사용되는 단어가 '문화예술'이다. 잘은 모르지만 뭔가 고상할 것만 같은 '문화', 거기에 '예술'이 함께 사용되고 있다. 가만히 생각해보면, 문화라는 커다란 테두리 속에 예술이 있고 교육도 있는 것이다. 우리의 삶과 우리의 일상 그 자체와 등치되면서 그 모든 것들을 품고 있는 단어가 바로 문화이다.

인류가 시작되어 진화 과정을 거치는 동안 기록이 필요했을 것이고, 그 기록들로부터 예술이 시작되었을 것이다. 인류는 지구의 곳곳에서 거의 동시다발적으로 발현되었으므로, 생각하고 진화하는 동물인 인간이 각기 처한 환경 속에서 적응하는 방식 또한 다를 수밖에 없었다. 추운 지역과 더운 지역의 환경 차이가 있는 이상 거기에 대응하는 사고와 사용하는 도구 등도 다를 수밖에 없기 때문이다.

이렇게 각 집단은 환경적 조건에 따라 제각기 발전해나가며 각각의 고유한 행동양식을 발견하게 되었다. 그러한 일체의 양식들이 축적되고 '문화적으로' 작동함으로써 문화는 각 지역별로 고유하게 발전했다. 다른 지역으로 전파되면서 다른 집단의 문화를 받아들이기도 하고, 그러한 감각이 더 발달된 집단은 다른 집단들의 문화를 확장하여 인류 전체의 문화로 발전시켜왔다. 그것이 오늘날 우리들의 문화이다.

사진기가 없던 16~17세기에는 사람의 손으로 직접 왕족들의 초상화를 그렸다. 사진술이 발달하기 시작한 1850년대에 들어서며 화가들은 일자리를 잃고 실의에 빠지게 된다. 그러나 작가들은 그 가운데서도 살아남을 궁리를 하며 새로운 화법을 연구하고, 되레 위기를 기회로 삼아 사실적 재현의 부담을 벗어던지는 계기를 마련하였다. 그것이 바로 '현대미술사'의 시작이 된다. 한편으로 연극이나 오페라, 혹은 탱고나 재즈 등 모든 다양한 장르의 예술들이 비슷한 시기에 앞다투어 인간의 창의성을 다양한 모습으로 그려내기 시작하였다.

당시에는 그것만을 예술이라고 칭하였으나 오늘날은 어떠한가? 무엇이 예술이고 무엇이 예술이 아니던가? 미술 하나만 봐도 한국화, 동양화, 조각, 소조, 회화, 공예, 디자인 등 다양한 장르들로 구분했었으나 이제는 그 경계가 모호해진 지 이미 오래이다. 또한, 미술과 무용의 결합이라든가 음악과 무용의 결합 같은 종합적이고 혼합적인 장르로 변화해온 지도 오래다.

일상의 영역에서도 그것은 대세이다. 여자는 긴 머리, 남자는 짧은 머리가 전부였던 스타일에서 이제는 다양한 컬러와 스타일로 발

미치다 열광하다

전했다. 사람들은 각자의 개성에 맞는 다양한 의상들로 자신을 표현한다. 오래전 유명한 디자이너인 알렉산더 맥퀸이 당시 폭풍적인 주목을 받은 이유는 획기적인 기획력과 그만의 독특한 방식 때문이었다. 그는 기존의 패션쇼에서는 전혀 볼 수 없었던 방식으로 회화인가, 아니면 퍼포먼스인가, 그것도 아니면 그래도 패션쇼인가 싶게 만들었다. 그렇게 경계를 무너뜨린 그를 우리는 '세기의 아티스트'로 기억하고 있다.

그렇다면, 이러한 세상의 한가운데에서 우리는 과연 예술을 어떻게 보고 있는가? 바로 지금 당신이, 우리가 미쳐 있는 삶 그 자체가 이미 예술이며 우리는 예술적 삶을 살고 있는 것이다. 더 아름다워지기 위해 여성들은 화장을 하고 더 개성적인 옷들을 찾아 고민하고, 그 욕구를 충족시킨다. 화장은 여성들만이 하는 것인 줄 알았던 시대를 지나, 요즘은 남성들도 화장을 한다. 외모지상주의자가 아니더라도 이왕이면 더 예쁘고 잘생긴 사람에게 시선이 가는 건 당연하다.

결국 각자 추구하는 미의 기준에 따라 자신을 표현하고 자기 주변을 가꾸고 살아가는 그 과정이 바로 문화이며 예술인 것이다. 그저 단순히 잠자는 공간 정도로만 생각하던 집과 그 집을 채우고 공간을 실현시키는 도구인 가구들도 이제는 각자의 개성을 표현하는 수단이 되었다. 집집마다 주인의 취향과 성향을 드러내 보이며 자기만족과 인정욕구를 실현시켜준다. 우리가 의식하지 못하는 사이 이미 우리는 예술의 한가운데에 살고 있는 것이다.

세상 사람들이 각자의 예술로 삶을 채워가고 있는데, 그럼 나는 어떻게 살아야 할 것인가? 어쩌면 당신은 이미 자기도 모르는 사이에 자신이 추구하는 모습으로 삶을 살아가고 있다. 목걸이나 반지와 같은 장신구를 좋아하는 사람도 있을 것이고, 거추장스럽게 생각하며 싫어하는 사람도 있을 것이니, 당신의 취향 또한 이미 당신만의 개성으로 작동하고 있는 것이다. 인간의 이러한 취향, 개성, 감수성, 취미, 미적 감수성 등 그 모든 것들은 '내'가 주인이 아니었으면 이룰 수 없었던 것들이다.

문화는 결국 어떤 정신적 감수성으로부터 비롯된 것인데, 그렇다면 그 철학은 어디에서 비롯된 것일까? 그 역시도 결국 인간의 삶에서부터 비롯된 것이다. 인간이라면 누구나 환경에 지배를 받는데, 반성적 사유가 체화되어 있을 뿐 철학자 또한 사람이다. 어떤 신적인 존재가 아닌 인간이 신적 존재 이상의 가치를 체득할 때에는 그에 따른 고통이 동반되는 법이다.

'차연(差延, différance)'이라는 개념을 탄생시킨 프랑스 철학자 데리다(Jacque Derrida)는 11세 때 학교에서 쫓겨났다. 그 경험은 그에게 평생의 트라우마로 자리하게 되는데, 그것은 동시에 그를 깊은 사색으로 몰기 시작했을 것이다. 이 사회의 판단기준은 과연 무엇에 의한 것이며, 그것은 과연 정답일까? 이 시대에 우리에게 꼭 필요한 철학을 말하라면, 나는 주저 없이 데리다의 '차연'을 댈 것이다.

파리 유학 시절에 철학을 공부하던 지인들이 몇 있었으니, 데리다에 관한 담론도 어쩌면 그때 우연히 마주쳤을지도 모른다. 그런데나는 그가 더 이상 이 세상 사람이 아닌 지금에서야 그가 남긴 수많

미치다 열광하다

은 이론들에 대해 고민하게 되었다. 동시에 이미 지나간 나의 과거로 돌아갈 수 있다면 꼭 그에게 묻고 싶은 말들도 떠오르기 시작했다. 그 과거 속에서 오늘이라는 미래를 기억할 수 있었으면 좋았을 텐데, 라는 애매한 여운이 맴돈다. 하긴, 그런 질문들이 철학을 공부하는 이유이기도 하겠지.

그는 어린 시절의 트라우마와 함께 외국인으로서 조금은 소외된 삶을 살며 사람들과의 만남이 익숙하지 않았을 것으로 보인다. 나 또한 그 시대 그 사회에서 외국인으로 살며 직간접적으로 겪었거니와, 그가 프랑스 방송에 출연하여 남긴 짧은 인터뷰들을 통해 충분히 추측해볼 수 있기도 하다. 그가 살던 rue de l'Ecoute-S'il-Pleut(Ris-Orangis)의 동네 사람들은 그렇게 세기적인 철학자가 한 동네에 살고 있다는 사실조차도 몰랐고, 심지어 그는 동네 사람들과 말도 하지 않는 언제나 비밀스런 조용한 사람으로 기억된다.

그런 내성적(?)인 성격의 그는 'à traîner en pyjama(파자마를 입고 돌아다니는 사람)'이라 표현될 정도로 그의 '굴'(아지트이자 집)을 떠나지 않는 사람이었다. 그의 집 뜰에는 1967년 그가 이사 온 이후로 인연이 된 모든 고양이들의 무덤과 함께 크리스마스 때마다 트리를 만들었던 전나무들이 빠짐없이 옮겨 심어져 있다고 한다. 이러한 삶으로 미루어볼 때, 그는 모든 사물과 생명에게 그가 할 수 있는 최대한의 방식으로 애정과 존중을 표하는 삶을 살지 않았을까 생각해본다.

이처럼 굳이 데리다에 관한 사적인 이야기를 하는 것은 20세기 최고의 철학자라는 데리다도 평범한 우리의 이웃이었기 때문이다. 유명한 철학자의 이론은 결국은 그의 삶에서부터 비롯된 것이며, 각자의 삶은 존중받아야 하지 않는가. 데리다의 이론 중에서 내가 좋아하는 부분은 차연에 관한 것으로, 다름을 인정하는 그 순간부터 모든 관계나 구조는 달리 해석될 수밖에 없다. 내가 좋아하는 것을 상대방이 항상 좋아할 수 없는 것처럼, 그리고 어느 한 사람에 대한 누군가의 평가는 결코 전부가 아니라 한 부분일 뿐인 것처럼, 모든 것으로부터의 존중이야말로 이 사회의 가장 필요한 출발점이 아닐까.

데리다가 어린 시절 겪었던 경험처럼, 나의 기억을 따라 나를 구성하는 과거 속으로 들어가보게 된다. 그곳에는 내가 고기를 좋아하지 않는 이유도 있고, 죽음이나 차별에 관한 기억들도 있다. 나는 그것을 삶이라는 과정을 통해 끊임없이 느껴왔다. 아마도 나뿐 아니라 이 책을 읽는 당신도 이러한 경험을 한 적이 있을 것이다.

사춘기 시절, 아무런 잘못도 없는데 선생님이 나에게 나오라고 하더니 출석부로 머리를 내려쳤다. 한창 예민하던 시절에 친구들 앞에서 그런 일을 당했을 때의 자괴감은 지금도 너무나 또렷하다. 나는 억울하다며 학교에 가지 않겠다고 떼를 썼고, 급기야 아버지가 학교로 찾아가셨다. 그럼에도 불구하고 선생이라는 권력자는 그의 잘못을 인정하지 않았고, '아, 그런 것이었냐?'라는 답이 전부였다. 어린 나이였지만 한 대 맞은 아픔보다 선생이 가진 권력에 지배당할 수밖에 없었던 내 모습이 뚜렷하게 기억에 남아 있다.

지배당하는 순간 우리는 억압당하게 되고, 그 억압은 강제로 상황을 받아들여야만 하는 약자에게 적개심을 품게 한다. 그의 이론 전체를 동의하지 않거나 혹은 이해하지 않는다 하더라도 적어도 한 사람이 깊은 생각과 고통 끝에 내린 결론이라면 우리도 한 번쯤은 함께 고민해봐야 할 것이다. 우리는 모두 철학자이다. 다만 기억을 소환해내지 않는 철학자들일 뿐이다. 누군가는 그것을 연구하고, 누군가는 훌륭한 이론이 있어도 그냥 흘러가는 대로 살다 사라진다. 그런 세상의 다양한 한가운데에 있다. 데리다의 장례식에서 그의 아들 피에르(Pierre)는 사전에 아버지가 적어놓은 조서(調書)[1]에서 골라 이 문구를 읽는다.

언제나 의식하며 끊임없이 삶을 준비하고 따라가라. 나는 너희들을 사랑하고 너희들의 웃음이 있는 곳에는 내가 있다.

그의 삶은 마지막 순간까지도 무덤 너머로부터 아들에게 '나는 너희의 행복 안에서 함께할 것이다'와 같은 메시지를 남긴다. 이 말은

---

1 유럽에서, 사망하기 전에 공증인을 통해 공증한 일체의 서류. 공증인은 상속자가 이 조서의 내용대로 이행하는지 여부를 살피며, 이행하지 않을 경우 유산상속 등 사망 절차가 원활하게 이루어지지 않을 수 있다. 사망 후 고인이 바라던 그대로를 실행해야만 법적 효력이 발생하므로, 모두 생전에 매우 중요한 서류로 인식하고 작성한다. 한국의 '유언장'이 공증 여부와 상관없는 것과 달리, '조서'는 반드시 고인이 생전에 직접 공증을 거쳐야 한다. 넓게 보아 '공증문서'의 성격이지만, 유언의 상황에 한정된다는 점에서 '조서'가 더 정확한 단어이다.

군이 데리다가 아니어도 어느 장례식에서도 흔히 들을 수 있는 말이기도 하다. 부모의 입장이라면 앞으로 살아갈 내 자식들에게 '나는 죽어서 사라질 테니 너희들끼리 잘 살아보아라'라고 할 사람은 단 한 명도 없을 것이다.

우리는 미래를 알 수는 없어도 그 미래를 향해 끊임없이 추구하고 달려가는 인간들이다. 어떤 모습일지에 대한 확신도 없으면서 마치 열심히 살아야 할 것 같은 희망을 품고 오늘을 산다. 그 결과가 오늘의 모습 그대로일지도 모르고, 어떤 모습의 내일이 될지 알 수도 없지만, 우리는 우리의 아이들에게 내일을 기억하라는 메시지를 전하며 살아야 하는 것이다. 어떤 모습일지 알 수는 없으나, 그 어떤 미래를 기억하며 오늘을 살기를 바란다. 미치도록 빠져드는, 열광하는 삶이 되기를!